百舸风华

BAIGE
FENGHUA

赵斌涛 著

浙江工商大学出版社
ZHEJIANG GONGSHANG UNIVERSITY PRESS

图书在版编目（CIP）数据

百舸风华 / 赵斌涛著 . — 杭州：浙江工商大学出版社 , 2018.6

ISBN 978-7-5178-2773-3

Ⅰ . ①百… Ⅱ . ①赵… Ⅲ . ①中国文学 – 当代文学 – 作品综合集 Ⅳ . ① I217.2

中国版本图书馆 CIP 数据核字 (2018) 第 123164 号

百舸风华

赵斌涛 著

责任编辑	唐慧慧　梁春晓	
封面设计	潘世杰　林朦朦	
责任印制	包建辉	
出版发行	浙江工商大学出版社	
	（杭州市教工路 198 号　邮政编码 310012）	
	（ E-mail : zjgsupress@163.com ）	
	电话：0571-88904980，88831806（传真）	
排　　版	庆春籍研室	
印　　刷	杭州恒力通印务有限公司	
开　　本	880mm×1230mm　1/32	
印　　张	8.25	
字　　数	176 千	
版 印 次	2018 年 6 月第 1 版　2018 年 6 月第 1 次印刷	
书　　号	ISBN 978-7-5178-2773-3	
定　　价	32.00 元	

序

　　初识阿浪是在 2014 年的暑假。我们参加一个文学比赛，网
上发文，线上比拼。他顶着一个手持玫瑰的圣斗士头像，在我的
小说底下点评了一番，并且说了大段俏皮的表扬话。我起初并不
认识这个人，只觉得他同我素不相识，却认真至极地褒扬一番，言
语中还透着真诚坦率，让我在糊涂之时，又对这个人起了好感。

　　正式见到阿浪本人，是在比赛结束的颁奖典礼上。他独自
开着汽车，来到我所在的县城，一见到我，便半信半疑地喃喃：
"你……是杨一欣吧？"

　　我看着眼前的小伙子，中等身材，淳朴的脸上泛着机敏的微
笑，但全然是少年的气息，不由得因未认出对方而显得错愕。于
是他主动自我介绍——他便是"阿浪"。我立马想起那个圣斗士
的头像，以至于后来看到《圣斗士星矢》这部动漫，我都会想起
另一张生动的脸来。以互联网的前因作为根基，我俩便开始自然
地熟络起来。

　　在与阿浪的接触中，我逐渐发现这个朋友的奇特之处：文笔
深沉，仿佛将人性猜得很透，但在现实之中，他却完全是少年心
性。我第一次看他的作品是《迷城》，其用非线性叙述，将时空同

人性纠缠成另一番罗生门，但他自己，却仿佛对世界永远保持温和。在深夜时，阿浪时常会突然向我发来自己的所感所想，仿佛又遭受了世界的重击。作为朋友看来，似乎又会责怪他将痛苦放大了。有时候，在他的文字中，不难发现他在犀利的洒脱下，还有一份温乎乎的绵长。其实说到底，这或许便是他虽然有文学化处理的思辨想法，但骨髓之中，仍旧对世界保持天真、热忱、善良的平实态度。

就如他在《白老师的向日葵》一文中，不仅塑造了勤劳善良的白老师，还以向日葵作为意象和"中介"，同化与延伸了作为善良反馈的学生群体，不仅使读者感受到浓浓的善意呵护，还令读者更相信人性之中那抹光辉的存在；而他在《柚子彩虹雨》中，以斑驳的记忆，对照主角老夫妻的相扶相持，更在彩虹相伴，共别人间的结尾中，产生了一种日本文学式的物哀之美。而在他的笔下，物哀不仅是哀人，更是怜悯整个大千世界。

我读过不少少年写手和青年作家的作品，曾发现一个有趣的现象：凡是青少年阶段的创作者，大多都要显示不同。而这个不同的最大对象，便是同阶段者。所以大凡青少年写作，文笔往往看上去老成得可怕，仿佛要努力离开自我阶层，而被成年者所接纳。其实说一人如何如何早慧，也往往是将其置于成年人的奖励成绩范畴下，得以彰显其成就之水准。故而在青少年文学逐渐受重视的这二十年来，不断地有幼年赋愁、少年老成、青年嗟叹的文笔语调出现，而实际上这就像先锋文学模仿西方现代文学，往往大多数是学人学样的赝品。

读阿浪的作品，不难发现其在文学创作中的喜好：以回忆贯穿现实，形成两个并置的时空，既交错，又互为对照。而在结构方面，也会以非线性、罗生门式，或是更为现代的手法去建构。但细细读之，又会发觉作者不仅仅满足于形式的完成。他更强调自己对于外界和他者的发现，而这种发现往往是善意、温润的。所以我们常能读到阿浪作品中在描写之后的一两句闲笔，以及"第三人称介入"的语段。这就像是电影中一句创作者自我现身的诙谐的调侃，为整部作品增添了一丝既温暖又充满人性的光亮。

对待阿浪这个作家，或是这个朋友，要以真心待之。他的作品就像他的人，看似结构纷繁复杂，其实细细剥开，不难发现那颗敏感又颤动的内心。他的真挚，他的热情，他的世界观，他的语言嗅觉，都在他的笔下一一体现。他自己同他人交朋友，是善良的而不是妥协的，是热情的而不是痴狂的，永远心存他人，为人着想。就好像面对高更无比尊崇而卑微的凡·高，为了乔伊斯愿意"指哪打哪"的海明威，他们眼中既有朋友，也有世界，更有艺术。

盼望阿浪能继续用他的冷眼热肠，观察和剖析这个世界，然后再以温暖的胸膛去拥抱它。这是他文笔的涵养，也是他自我的气质。

是为序。

杨一欣：

中国青少年作家协会会员，《师生》杂志签约作家，出版文集《孤岛空音》。第十七、十八届新概念作文大赛获奖者，第十届全国创新作文大赛决赛一等奖。现就读于上海戏剧学院。

目　录

小　说

散　文

小说

迷 城

雪花飘洒的时候，小镇上唯有胡胖子的烤鸭铺热热闹闹。每个经过这儿的人都无法抵挡那香味的诱惑，因此生意特别红火。

我出场的时候只裹了件破了好几年的皮夹克。和许多人一样，我也想去买只烤鸭尝尝，可惜我这身皮夹克，大洞小洞无数个却找不到一个藏钱的洞！追溯到一个小时前，我还在开满暖气的房间里惬意地享受着老板的谩骂。该死的，就这样把我赶出来了，更倒霉的是刚才过来的时候一不留心把钱掉进了水沟。还好，不算太倒霉，至少碰到了一位同病相怜的兄弟——一条黄尾巴的黑狗。我就跟这位狗兄弟一起蹲在墙角，我想，这位狗兄弟也应当很饿了。

雪越下越大，街道就愈发变得空旷。一个三十多岁的女人拎着一袋东西从狗兄弟的尾巴上踩过，狗兄弟尖叫起来，女人被吓退了一步，她随即阴下了脸："死狗！"接着，她从袋子里掏出一团白色的东西砸了狗兄弟一下，狗兄弟"嗷呜"地叫了声，女人一下子跑远了。

我的目光落在女人扔下的白色东西上，我发现狗兄弟也把目光落在这上头。我们就一直盯着那东西看，一秒，两秒……

"哇——""呜——"

　　我俩几乎同时叫出了声，那玩意儿是个包子！我冲它飞奔过去，我的手就要摸到它了——嘿！被狗兄弟叼走了。我扑了个空。

　　望着狗兄弟飞快地窜进巷子，我恨恨地从雪地里捡了个硬东西掷去，并学着那女人的样骂了声"死狗"。就在我刚要转头的一刹那，听到巷子那头传来"啊——"的一声。

　　糟糕，不会砸到人了吧？怎么办，跑啊！

　　我不知道自己究竟跑了多久，也不知道自己正往什么地方跑去，我的脑海里只有一个意识，那就是跑。雪花簌簌，飞快地在我眼前晃过。夜色总是令人陶醉，在月光的浇洗下这些雪花显得格外凄美。诶，慢着，夜色——月光——雪花，月夜里下雪？雪夜里有月光？这是什么地方？我怎么会跑……等等，我是谁？！

　　请让我理一下思绪：我先是被狗咬，不对，是我被狗追？也不是，是我跑去咬狗然后逃逸？

　　"嘿！朋友。"一只巴掌拍在后背，把我吓了一跳。

　　"怎么称呼？"瞅着那一脸毛胡子，我想就算叫他托尔斯泰也没关系。

　　"我没名字，大伙都叫我毛胡子。"

　　"毛胡子。"我心里暗暗思忖，还有比这更亲切的名字吗？

　　"先生，您要找工作吗？"

　　工作？虽然我现在脑子有些迷糊，但我想我还不算失忆，况且，即便我失忆了，忘了爹忘了娘也不会把它给忘了。

　　这位毛胡子先生带我进了一幢旧宅。宅院很乱，足以看出主人之慵懒，但从规格来看，在那年代也算是不错的宅子了。我猜测这许是某位老爷的府邸，后来家道中落才成了这番景象。

我和他在客厅坐下了。

"先生,您是位旅行家吧?"

"旅行家?"我笑了笑,顿了顿,再点点头,"就算是吧。"

"那好,旅行家先生,您能听我讲个故事吗?"

"说吧,我听着。"

他没像那些说书人一样老套地咳咳嗓子或者拍响堂板,就直接说了:"从前,这幢宅子的主人有个女儿长得很漂亮。这姑娘爱上了一个穷小子,为了他,姑娘不惜跟父亲一拍两散,心甘情愿地跟着穷小子过穷日子……"

我觉得这个故事很乏味,太老套了。黄梅戏里就有不少雷同情节:一个穷小子爱上富千金,遭女方父母反对,后来穷小子进京赶考,中科举(而且还是状元),从此两家和睦,缔结连理。

毛胡子很投入地说:"当这穷小子得知姑娘已经跟她父亲断绝关系后,他便图穷匕见,露出嗜酒好赌的痞子本性。姑娘好像老天平白无故送他的一件礼物,既是他的仆役,又是他泄欲的工具。后来,丈夫因为赌债被人打死,姑娘觉得自己终于解脱了。可就在后事处理完了后她才发现自己怀孕了,于是,她把这个遗腹子生下来,又将其拉扯到四五岁。唉——就在那个冬天呀!"毛胡子鼻孔里喷出俩烟圈,咂咂嘴,接着说:"实在太穷了,这女人只能再回到这座宅子,寻求宅子主人的帮助。宅子早就换了主人,还是她父亲年轻时教过的学生,只是他现在也是债台高筑。但他还算有良心,给了女人一袋肉包子跟一口金碗,那金碗就是她父亲留下的。女人千恩万谢地跑回家,谁知半路上踩了一条流浪狗的尾巴,女人吓了一跳,赶紧扔给它一个肉包子,然后掉头就跑。可能是太慌了吧,她走错了方向,加上雪下得很大,她就迷路了。等她回到家的时候孩子已经饿死了。她痛哭一场,埋掉了孩子。后来,她发现那只金碗不见了,回去找,却根本找不到。她别无去处,只能回到老宅。父亲的学生已经搬走了,宅子里的几件老家具都还在,没被带走多少。她就在这里住下了,过上了小资的生活。她变得很爱吃包子,每天都要吃掉五人份的包子。她纤细的腰变得肥硕,身形也变得臃肿,人们给她起了外号,叫她包子夫人。旅行家先生,您不舒服吗?"

"没什么……"我使劲捂着脑袋,不少画面断断续续地卡在脑海里。

他抛给我几个硬币:"这就是你的工作,每天都过来听我讲故事,如果你愿意的话我可以多给你一些。"

我说我愿意。他果然又给了我一些钱,还递给我一把钥匙,告诉我这是二楼3号房间的钥匙,并嘱咐我多跟这里的朋友亲近一下。

上了二楼,我并不着急进自己的房间,打算先去拜访拜访邻居。

于是我遇见了这个女人。

"请进。"她招呼我进门。

房间打扫得很干净,正中央还摆了张麻将桌,不过桌上摆的是白色的碗碟和包子。女人很肥胖,但举手投足间蕴藏着一种书香世家与生俱来的气质,这种气质是后天生活也很难改变的。我总觉得这个女人我见过,女人也觉得见过我,但我们没多说话,就那样心照不宣地坐着,嚼着碗里的包子。我总有些害怕她的目光,她的目光很冷。

门"嘎吱"一下被推开了，走进一个老头。这老头长得很有意思，身子瘦，个子高，头发很长，统一倒竖，像是被草绳捆扎的一捆草。

"是扫帚老爷啊。"女人不冷不热地打了个招呼。

我忍不住"扑哧"一声笑了出来，又随即闭了口。扫帚老爷的目光很和善，似乎我曾经对他有恩。

"来客人了，包子夫人？"扫帚老爷微微一笑，嘴角左边的金牙锃亮地闪了闪。

这回我倒是没笑，只是心里充满了一种压迫感。

"孩子，你从哪儿来？"

"不知道。"

"你看起来像个南方人。"

"说不定我就是南方人。"

"看样子这位先生也忘了许多从前的故事。"包子夫人插了句嘴，又接着吃包子。

"慢着，什么味道？——鸭子！是烤鸭子的味道！"扫帚老爷大声疾呼，接着便是翻箱倒柜地找，最后，在衣柜里找到一盘鸭子，"夫人！我不是提醒过你吗，别再让我闻见烤鸭子的味道！"

"嘿！老头，想在这里发飙吗，滚出去！"

"你这母驴子，再告诉你一次，这是我的宅子！"

看到他们莫名其妙地嘴脸大变，我完全能预料到下面的情形，便匆匆走开了。

第二天雪还在落着，推开窗户，雪花便沾到我的掌心，迅速模糊——透明而后消失。接着，我就开始了我的工作，去听毛胡子讲故事。

点了一支烟，吸——吐，毛胡子就开始讲了："这座小镇以前有个胡记烤鸭铺，老板是个胖子。胡胖子还算年轻的时候——比现在年轻的时候，娶了一个姑娘，但婚后生活并不幸福，因为那姑娘是由于追求不到自己喜欢的人，作为报复才嫁给这个最让她瞧不起的男人。可胡胖子的思想简单得很，他根本没去多想就乐滋滋地娶了她。女人生活在她所厌恶的婚姻里，愈发变得不可理喻。胡胖子为了女人能过上好日子，每天都起早贪黑地去卖他的鸭子。他在厨房里不断琢磨，做出了许多口味独特、令人赞不绝口的鸭子，生意也越来越好，而赚来的钱往往用来给妻子买首饰。但他妻子厌恶丈夫的一身油渍，对他买的首饰根本就不屑一顾。有一回，胡胖子发现妻子经过一家珠宝店时，对那柜台留恋不舍。胡胖子看见那个柜台上没有别的东西，只单单放着一枚戒指，那枚戒指确实很漂亮，连他这个外行都看得入迷。他下决心，一定要买下这枚戒指！于是，他更努力地去工作。那个大雪纷飞的冬天，白茫茫的街上只有胡胖子一摊熟食铺，他的烤鸭生意非常红火，一整天都没得空闲。他不光是忙着收钱，收钱的同时他看见一个流浪汉跟一条流浪狗饥肠辘辘地蹲在墙角。他很怜悯他们，但他不能走开，他打算卖完这些烤鸭后就去给这狗一些吃的，再给流浪汉介绍份工作。风雪越来越大，人流渐渐稀疏，他的鸭子终于卖完了，他又想起这一人一狗，可那一人一狗都不知去哪儿了。胡胖子叹了口气，他感慨许多人命运之不幸，但随即又觉得自己是多么幸运，有这么好的一个妻子和这么红火的生意。他很喜欢自己的工作，喜欢闻到那烤鸭出炉的香味，他觉得世上再没比这更美妙的了。

"胡胖子跑到那家珠宝店，可店门已经关上了。他有些失望地回家。可他没有看见妻子，而且家里的积蓄都不翼而飞了。他开始不安，他担心有强盗入门，他害怕妻子会有危险，于是他赶紧跑出了门。经过一条巷子时看见好多人都围在那里。他赶紧跑过去看，果然看见了妻子。但妻子正趴在一个男人的尸体上哭，而那男人就是那家珠宝店的老板，他头上有伤，像是刚刚被人砸死的。胡胖子全明白了，原来妻子每次在珠宝店前流连忘返根本不是因为那枚戒指！他回到家，一推开门就闻到他熟悉的烤鸭子味，他觉得这个味道很刺鼻，令他想起妻子经常说的'闻闻你身上这味'。他变得日益消沉，却多出几分上流气质，在气质与忧愁的交合中，他就像一个李尔王与骆驼祥子的结合体。后来啊，他就来到了这座宅子，人们给他起了个外号，叫——唉，旅行家先生，你的手怎么了？"

"没，没什么。"

他笑着给了我一些钱。

我向扫帚老爷讨问他的名字。

他却告诉我："宅子里的人都没有名字，因为大家都忘了从前的记忆。唉，记忆有什么好的呢？"

接下去的一天我就一直恍恍惚惚的。

毛胡子又来给我讲第三个故事了：

"以前有位青年跟一位年轻的姑娘相爱。姑娘向他提出结婚，青年却不想过早步入婚姻，几次都拒绝了姑娘。后来青年又不辞而别出国留学。姑娘是镇上的一枝花，追求她的人很多，为了报复青年，她嫁给了一个卖烤鸭的胖子，那胖子大她二十岁。胖子倒还挺得意，娶了这么个姑奶奶！再说那名青年，回国后发现姑娘已经嫁给一个市井之徒，他懊悔不已。他来到这座宅子，找到宅子的主人——他的私塾老师。老师也很惆怅，原来他的女儿竟为个痞子而跟老父一拍两散！不久，老师过世，青年顺理成章地继承了老师的宅子跟珠宝店，同时，出于善心收了一名流浪青年做学徒。但店里的生意也不景气，只够维持温饱。后来，由于机缘巧合青年跟姑娘又相见了。当初是姑娘赌气嫁人的，这些年谁也没忘了谁，步入中年的两人又回到了青春时代，他俩再度沉入了爱河。冬天的时候，姑娘向青年提出私奔，永远离开小镇。青年犹豫片刻，答应了。他先是回到珠宝店把店收了。那个年轻的学徒自然不乐意，可青年不愿耽搁太多功夫，便把学徒训斥一番，赶了出去。轰走学徒后，他匆忙收拾一些细软便关门了。接着，他还要回老宅一趟，这是他老师留给他的，他必须回去再看一眼。看够了宅子，准备出去时正碰上一个姑娘。他认出来了，这正是老师的女儿，他的小师妹。她告诉他，其实她现在的生活也不如意，婚后才知丈夫是个痞子。现在丈夫死了，她又有孩子，孤儿寡母过得很苦。青年叹了口气，可他的现状也不如意。青年就把准备好路上吃的包子给了姑娘，又从柜子里找出那只金碗，这只碗是他老师留下的，现在他把他留给他的它给了她。师妹走了，青年直奔姑娘的去处。两人冒着风雪走在一条巷子里，幽暗处突然窜出一条狗来，他们吓了一跳。惊魂未定，一口金碗飞出来砸在青年额头，他当场就死了。咦？旅行家先生，故事已经说完了。

你是不是不舒服？"

"没有。"

"头不昏了？"

"不昏。"

"手不抖了？"

"不抖。"

"你……"

"你把工钱给我吧。"

工钱？他古怪地笑笑，递给我一支烟，把打火机也给了我。我接过烟，惬意地享受了一口，其实我并不急着要他的硬币。

"从现在起，你就是这座宅子的主人了。我真的累了，现在，我终于能休息了。"

我问毛胡子，宅子的钥匙不给我吗？他说，给你了，你的钥匙跟他们的钥匙长得一模一样，但它可以打开所有的门，而他们的只能打开自己的门。

走出门的一刹那，他又回头说了句："我曾经欠你个包子，现在用宅子还你。"说完，他就走了。我紧盯着他的背影，虽然背影很小，但我能清楚地看见他四条生着黑色细毛的腿，以及屁股后面那条黄色的尾巴。而那些硬币都升华成了记忆钻入我的脑海。

这已经是我的宅子了。毛胡子也曾跟我说过，这已经是我的宅子了，我也可以随自己的意愿把它装饰得摩登些。当时我只是笑笑，后来我也没怎么去装饰它。

门被敲开了，走来一个中年女人，和每个来到这座宅子的人一样，她也失去了记忆。看见她手上的金碗，我心里有了盘算。我笑着把她拉进来，和她讲起了我的故事：雪花飘洒的时候，小镇上唯有胡胖子的烤鸭铺热热闹闹……女人入神地听着，她自然不知道，在她听故事的这段时间，外面的光阴已经过去七年。

白老师的向日葵

　　学校的行政楼后边有个花园，只因久无人至，不久也就荒芜了。花园里有块空地，约大半张台球桌大小。曾经有几位老师打算在那儿种点蔬菜或是花卉之类，但这些想法后来都不了了之了，毕竟平时这么忙，谁会有工夫搭理那些东西？直到白老师调来了这里，这块空地才开始种上东西。

　　白老师的窗户正对着那块空地，打开窗子就看见下边光秃秃的一片。白老师心想，就这样空着多可惜！

　　于是，他在上面种下了向日葵。

　　向日葵挺立在这块小土地上，显得精神抖擞。圆圆的、金色的花盘，像是一个个小小的太阳。白老师爱极了这些花儿，一有空闲他就过来给它们浇浇水。可是，他也不是随时都有空闲的，比方说出差。

　　那一回，兄弟学校的一位女老师休产假，急缺人手，学校便安排白老师过去代课。一代就是一个多月，这个月还偏偏都尽是大晴天，一滴雨没下过。等到代课期满，白老师回到学校一看，得，花儿全蔫了！

　　"哎哟，我的花，我的向日葵！"白老师真叫一个心疼，他赶忙给这些花儿浇水。能活的都活了下来，实在活不了的只好撤掉，他又在原地栽了几株新的。

"要是以后我不在,这些向日葵可怎么办啊?"

于是,白老师嘱托学生们,以后周五值日的同学卫生工作完毕后顺道再去给向日葵们浇点水。

他们班共 40 人,值日的时候每两人一天,也就是说谁都有可能会轮到周五值日。大家都很守信,放学后谁也没急着跑出学校,都给向日葵浇好了水再回家。

白老师打从心底感激这些同学。他自然不会让大家做白工,作为回报,他时不时地就会请这些同学下馆子吃一顿。

孙金枝和方桂就是其中一组。

孙金枝人如其名,当真是金枝玉叶一般娇贵。她身材高挑,成绩优异,而且极善画画,她的美术作品多次在比赛中获奖。众多光芒集于一身,使得她在同学中显得尤为尊贵。当然,出于嫉妒,背后中伤她的也不少。

"白老师好!"孙金枝爽朗地向白老师打了个招呼。然后,她转过头对方桂说:"小桂子,快向老师问好!"

相形见绌,方桂的生活就没那么舒坦了。他长得矮胖,常受校霸欺负;他成绩不好,常被学霸嘲笑。更要命的是他的名字——方桂!大家都觉得这名字像太监。于是大伙儿合伙给他起外号,叫他"方公公""小桂子""东厂长"……总之,方桂觉得自己的生活真是糟糕透了。

方桂扭扭捏捏地鞠了个躬:"老师好……"

"嗯,你们好。"白老师以笑致意。

三人入座,点餐。几个小菜过后,上来一大盘小龙虾。这是当地最有名的小吃——"大溪龙虾"。

白老师一边剥着小龙虾的壳，一边感慨地说："一晃就很多年过去了。小的时候老师我也常和朋友去溪边钓虾。那个时候环境可比现在要好，野生的龙虾也多，不像现在这些，全是人工饲养的。那会儿，每当大雨前后总会有一大批虾兵蟹将爬上滩。我们把猪肉拴在棉线上，龙虾一钳子下去夹着猪肉就不肯放，轻易地就被我们装进桶里。其实呀，只要它把钳子松一下就没事了，毕竟棉线上又没有钩子，可它就是不乐意。"

"哈哈，那还真是愿者上钩！"孙金枝说。

"可不是！"白老师笑笑，然后说，"那会儿，会钓虾的人可是一抛一个。不是我和你们吹，那会儿数我最厉害，回回钓完了虾，我的那些小伙伴就说：'瞧，这回又是小白脸钓得最多！'"

"啊哈？他们叫你'小白脸'？"孙金枝打量着老师这张脸，分明黑得跟锅底似的嘛！

白老师笑笑说："这就多亏了我的这个姓，谁叫我姓白呢？这个姓很少见，他们就曾以此给我起了不少外号，叫我'白痴''白眼狼'，但都没啥恶意，充其量只是叫着好玩的。而我每次钓虾都比他们多，这下他们还好意思叫我'白痴'吗？你说对吧，方桂？"说着，白老师把刚刚剥好的龙虾放进方桂的餐盘。

方桂早就发觉老师的眼睛一直注视着自己，他点点头："嗯，老师。我懂了。"

白老师欣慰地笑笑。他又转过头对孙金枝说："回回我把龙虾钓上来，总会分给钓得少的同伴一些，因而'白眼狼'这个无中生有的外号不久也就无人提起了。所以嘛，跑在前头的人不能光顾着自个儿跑,时不时回头帮助一下落单的同学,对人对己都是有益的。"

孙金枝若有所思地点点头,她也听出了弦外之音。

"所以啊,到最后就剩一个'小白脸'了,这外号不错,比我这大锅脸强多了!"

大家听了都哈哈大笑。

自那之后,白老师发现孙金枝对待同学明显热情了许多,而方桂在学习上也更努力了。

此后的日子里,白老师更是频频与同学谈心,一段时日之后,学校的老师们都注意到白老师所带的班级不论学习还是纪律都大大地提高了一个档次。

在同学们的悉心照料下,白老师的向日葵成长得格外高大,金色的花盘里生长出许多颗粒饱满的葵花籽。白老师小心地取下这些葵花籽,装进40个小小的花盆里,送给同学。大家用记号笔开心地在上头写下自己的名字。同学们每天都在记录着自己小花盆里的种子发生多少变化,尽管花盆里的种子并没有多大动静,但也无疑是给枯燥的高三生活增添了不少乐趣。

随着墙壁上"高考还剩××天"的日历变得稀薄,高考也随之临近了。同学们有放下一切抓紧时间复习的,也有娱乐学习两不误的。如同水珠滴进土壤滋润了花朵,白老师所能做的便是把一切知识灌入学生脑海。他把自己比作太阳,学生便是他的向日葵,只要太阳是灿烂的,花儿也一定是灿烂的!他一再地保证:"我会陪你们一路走下去。"

如果不是那天发生意外的话,他是不会失信的。

那天夜里，白老师独自坐在办公室整理文案。暴雨骤临，一阵大风灌进来，白老师没能把资料全都压住，一张纸飞了起来，夹在窗户缝上。白老师个子不高，够不着，于是他竟站到窗户口上去捡。大雨漫湿了窗台，他一个趔趄，滑了出去，连带那张纸。

他落下来，正好落在那片植着向日葵的土地上。向日葵被压倒了，它们铺在白老师身下，连同他的脊背一并被嵌进泥土。雨"哗啦哗啦"地下，把那张盖在他脸上的纸打成糨糊。

白老师是在两天后的一个中午醒来的。醒来的瞬间，他感到四周白茫茫的一片。然后，莫主任进来了。他手中捧着一大束花，花儿发出淡淡的香味。

"你醒了？好点了没？"莫主任很惊喜地看见白老师醒过来。

"哎，"白老师冲他笑笑，"真是劳烦你了，老莫。"

"没事儿，"莫主任笑笑，把手中的花束放到床头柜，"你看，这都是学生送的，他们还挺有心！"

白老师看着这束鲜花。这是一捆混杂的花束，错落有致地插着几株郁金香、几株艾草以及三五朵向日葵。向日葵圆圆的、金色的花盘，像一枚枚小小的太阳，在花束中格外醒目。

白老师忽然想起什么，他问："今天几号了？"

莫主任说："四号，再过几天就高考。"

白老师失落地叹了口气，他在心里责备自己，怎么偏偏在这节骨眼上掉链子呢？

莫主任知道白老师在自责，于是他赶紧岔开话题说："你的那些向日葵还真神呢！知道吗，你掉下来的时候好几株都被你压在下边……"

"都死了？"

莫主任摇摇头："起初我们也都觉得活不成了，但还是把它们给扶正了。结果咋的，就这一两天工夫它们就复原了。"

"都复原了？"

"嗯，除了少数几株还有点儿打蔫，大部分都复原了……"他顿了顿，又说，"长大了的向日葵一两天晒不到太阳也不会影响发育。学生们也都成年了，他们自己也都懂分寸，你就趁这阵子好好调养调养，别太操心了。"

就像莫主任说的，学生们的确很有分寸。最后一个星期了，没有玩三国杀的，没有玩酷跑的，没有玩口袋妖怪的，大家都抓紧一切时间复习知识。

捧着语文书的念道："汪曾祺，江苏高邮人，代表作《受戒》《七里茶坊》……"

捧着政治书的念道："毛泽东思想是马克思主义中国化的第一个理论成果……"

捧着英语书的念道："guard——守卫；decision——决定……"

有一个人埋头苦读的，也有几个人相互讨论的，一切秩序井井有条。偶尔有几个老师经过他们班门口，听到里面书声琅琅，都不由得感慨道："白老师的学生才是真正的读书人。"

高考的前一天晚上，白老师做了个梦。

在他的梦里，那些向日葵都有了魔法，纷纷飘浮在空中，像是阿拉丁的魔毯。白老师坐在一个巨大的金色花盘上，学生们坐在金色的小花盘上，不知是谁吹响了口哨，大大小小的花盘一并儿浮到高空，飞快地往远方飞去。他们飞过碧空，穿越过洁白的云彩,身边不时地吹来阵阵凉风,大伙儿欢呼尖叫着,无数的花盘像是无数亮闪闪的鸟儿,载着同学们一齐冲向海滩。海滩上伏着螃蟹、贝壳以及椰子树的影子。海水清清,波浪一层接连着一层,它们前赴后继地拍打在礁石上,飞起了无数白色的水沫。金色的花盘漂浮在波浪上,像无数只小小的船,小船上的伙伴们一起打着节奏唱着歌……白老师沉浸在这片五彩缤纷的梦境中,露出了笑容。

白老师痊愈出院的时候已经是六月末梢,学校早就放了暑假,校园里空荡荡的一片,脚步声在操场上显得尤为清脆。

白老师走进了教室,他不由得怔住了:40张课桌整齐地排列着,每张桌子上都放着一个花盆,每个花盆里都是一株盛开了的向日葵。其中一个花盆底下压着一张字条,他一眼就认出这是孙金枝的字迹,上边写道:

亲爱的白老师:

展信快乐!

当您看到这张字条就意味着您已经出院了,在此祝贺您身体康复!人家说一个好的老师就像一位辛勤的园丁,这话一点儿也不假,您就是那位园丁,我们则是您的向日葵。三年时光犹如白驹过隙,是您给予我们阳光雨露,在我们迷惘的时候为我们分忧解难。请您放心,这次考试我们都很认真,甭管最后结果如何,我们都会笑以面对。

白老师,7月1日有个同学聚会,就在咱们常去的那家饭店。老师,您会来吗?

全体同学

"来……一定来!"白老师的双眼像是揉碎了的两片湖。

恰在这时,风儿吹进来,40 张课桌上的 40 盆向日葵一齐摇曳着身姿,小小的、金色的花盘,像是一枚枚小小的太阳,又像是同学们的一张张笑脸。

侠客都市

谜团：F哥

接到 S 小姐电话的时候 F 哥正在那间名叫"百乐宫"的酒吧喝着一杯上等白兰地。酒顺着喉咙丝丝下滑，手机却很不浪漫地响了起来。电话里传来 S 小姐的声音，F 哥一惊，已经咽下的酒呛出了 1/3，而这 1/3 又恰恰溅在暑期来此打工的女孩 K 的脸上。

"你说 W 先生……跟 Q 博士？ 在哪儿？ J 老板也在？ 知道了，我这就过去。"

F 哥披上西装就往外走。在百乐宫喝一点点酒并不需要付钱，因为百乐宫的老板就是他的老朋友。

出租车上，F 哥一直想着刚刚 S 小姐打的那通电话。电话内容是 W 先生将于今晚在决斗广场跟 Q 博士对战。这本身就是件新闻，F 哥相信待会儿广场上必定会有很多人。不过令 F 哥奇怪的是 S 小姐会主动给他打电话，做了十几年的朋友，这种事倒是头一遭。在电话里，S 小姐的声音并不怎么好听，有些沙哑，不过语调倒是蛮亲切的。

认识 S 小姐是在 F 哥读大学的时候。侠客大学众多项目中 F

哥选修击剑。既然是击剑，那么难免会有所误伤。当年F哥风度
翩翩，一表人才，自然成了击剑系众多男生眼中之钉肉中之刺，他
在某次实战中很悲催地被人"误伤"了，却又因祸得福认识了在
校医室实习的治愈系美眉S小姐。于是剧情很狗血地发展着，接
着F哥就认识了W先生，于是他俩就成了死对头。

　　车到决斗广场，人围着人，进不去，F哥本想凭着自己的轻功
飞上前去，但又怕人们把他当作要比武的，也担心人群里会有使
暗器的把他从半空中打下来——以前就有过这种事。J老板看到
F哥，招呼他过来。他注意到J老板一旁站着S小姐，只是S小姐
并不怎么招呼他，仿佛根本不是她叫他过来的。

　　W先生站在摩天大楼上，聚光灯打在身上，显得十分出彩。

　　在侠客市，你随时都能看到这种华丽之极、高耸入云，却又造
价低廉，没一个人敢住进去的豆腐渣工程。它们盘踞在城市中央，
却又极少占据空间，不会对交通有所不便。因为它们被建造出来
的目的就是给侠客们破坏。譬如《复仇者联盟》里头被六个超级
英雄拯救后的城市就跟直接被导弹轰了差不多，侠客市市长颇有
先见之明，为避免这种事情发生，便斥资打造了这些楼房，专给侠
客打起来破坏用。

　　W先生在空中翻了几个跟头，很华丽地降在地上。尽管这种
华丽的动作在内心深处被F哥吐槽一通。Q博士的出场则更为
寒碜，人们只看见一个着绿袍的老头一瘸一拐、晃晃悠悠地走了
进去。

　　关于Q博士的事迹，侠客市大多数人都如数家珍。Q博士曾
经是侠客大学魔法系教授。传说他能控制风火雷电各类元素，传

说他能用意念让任何东西飞起来。F 哥当年就是信了这些传说才去读侠客大学的，可惜那一年偏逢 Q 博士退休，魔法系停招学生，F 哥只好退而求其次选择学习击剑。

两人的决战并没有人们所期待的那么精彩。Q 博士或许是真的老了，打斗的时候常常喘不上气。这些年侠客市治安有序，一没贼二没盗，街坊四邻相处和乐，烧杀抢掠的事故一件都没发生。既然恶棍不作祟，那侠客也只得纷纷下岗。Q 博士的魔法原本还能用来在舞台上变戏法，但他对此不感兴趣，于是选择隐退。那天跟 W 先生喝酒的时候，F 哥一时兴起，酒后胡言说要看 W 先生跟 Q 博士决斗，他没想到 W 先生真把 Q 博士请下了山，就像他没想到 Q 博士如今会是个瘸子。打斗到了半夜，许多人已经失去了兴致。下起雨来，人群渐渐稀疏，Q 博士那招广为流传的意念术也一直没有展露出来。等到分出胜负的时候在场观众只剩 F 哥、S 小姐、J 老板三人。

Q 博士觉得自己的任务完成了，愉快地消失在街道上。

街道的两旁竖着一盏盏街灯，街灯是夜的精灵，吐露着橙色的气息。远远近近，闪着光的是一道道银色的斑马线，交织在橙色的气息中。奥迪车从上面碾过，车上坐着 F 哥、W 先生、S 小姐以及一直打着酱油的 J 老板。F 哥沉默地抽了口烟，直到 S 小姐咳嗽一下才恍然大悟地将它熄掉。

谜团：S小姐

S 小姐原本是打算自己回去的，但 W 先生死皮赖脸地非得用自己那辆破奥迪送她。二手的奥迪，破旧的奥迪。S 小姐坐进去的时候竟一不小心把车门把手拽了下来。见S小姐坐了后座，W先生也想坐后座，F哥也想坐后座，J老板也想坐后座。但必须得有个人开车。于是十分钟前刚成为冠军的那位爷现在成了这些凡夫俗子的车夫。二手的奥迪，破旧的奥迪。后座只有两个半人的位置。其实以F哥的体形完全可以照半个人挤挤，但这很容易让前面那位大侠觉得这是乘人之危。况且J老板的体形足够塞满一个半人的空间，加上一个S小姐，两个半人的空间被利用得很充分。F哥只能无奈地坐上了前排的副驾驶座。

S小姐虽然不是侠客市最漂亮的姑娘，却是这辆车上唯一可以吸引人的角色。一个女人，不论是20岁的萝莉还是30岁的御姐，只要知道有人盯着自己就会暗暗得意。因此当她发现W先生拼了命地透过后视镜试图在自己脸上多看到一点面积而心不在焉，接连撞翻巷子里几只垃圾桶时，她觉得挺爽。因此当她发现F哥挺直了身子却又斜着脑袋，时不时像个猫头鹰似的转动几下时，她觉得挺爽。因此当她发现J老板假装靠着车门休息，实则眯着眼睛死盯着自己红色皮裙下露出的部分时，她觉得挺爽。爽啊爽啊，S小姐不由得笑了。S小姐的身材就像她的名字一样性感，但是当你跟她照了面或是说上几句话，你就只想到温柔、高贵、端庄、贤淑，绝对想不到性感与火辣。现在，很多男人喜欢性感与火辣的。因此这位温柔、高贵、端庄、贤淑的"圣女"三十好几还是个"剩女"。这与当年她风靡侠客大学时的情景截然相反。

S小姐天生丽质，才貌双全，17岁就进了侠客大学最吃香的治愈系。她资质过人、才学出众，不日就到校医室实习去了。校医室的大夫们最烦比武受伤的，这些人明明痛得要死却非得故作豪爽，踢开门就嚷："会治病的在哪儿？！"他们在治疗过程中百般刁难，不像是来看病的倒像是来考验大夫的。末了，她们再踹倒几张桌子椅子的，却从不忘撒下一大把钞票，以证明自己跟土匪的区别。自从 S 小姐进了医疗室，那伙青年个个温文尔雅，送花的、献诗的络绎不绝，一到晚上，不乏有人挑灯夜读，学写情诗。一时间文化之气熏满校园。外人不知道还以为武校改革成了文校，不过学校也确实因此获了一些不算很牛却又足以拿出来炫耀的奖。医疗室的几只老狐狸瞅出名堂，立刻推广其独门金创药。据说配方是祖传的。当时校园里就流传过一段有关此药的顺口溜，其中一句是"挨了一刀敷一包，包你想挨第二刀"，冲着 S 小姐的微笑服务，挨第二刀、第三刀的络绎不绝，最雷人的一次是一哥们身上被同时刺了九把刀。那哥们就是此后让 F 哥咬牙切齿的 W 先生。

　　从大一到大四，关于 S 小姐的八卦从未间断。男生女生多半喜欢对她未来的男朋友做预测。只是 S 小姐待人谦和，做人做事都是一碗水端平，从不对谁好一点，也不对谁差一点，因此很难看出 S 小姐好的是哪一口。S 小姐 20 岁的时候要考博士，不过对此关注的人不多，同学们多半还是在关心她的爱情。在传统观念中，男人和女人最大的一个区别在于男人一出生就得做大事，而女人只要嫁个好老公就够了，因此，看到美女，人们多半会想她会嫁个啥样的老公，而不是这个美女多有才学，能做多伟大的事。等S 小姐考上博士后，对她未来夫婿的猜想更是恒河沙数。有人预测她未来将是侠客市第一英雄的夫人，不过这种预测明显是错误的，因为前任的 Q 博士跟现任的 W 先生都不是她老公（当然，现任的这位要是胆子够大的话，也不是没有可能）。也有人预测她将是某个高富帅的妻子。其实说这话的就是挤不进后座的 F 哥。F 哥首尾呼应，把"高"和"帅"集中在一起，却独缺一个"富"字。"富"字笔画太满，装不下。因此，这个预言也不大准。还有个人缘极差、相貌惊奇，注定这辈子孤独终老的学渣说，她以后或许是个"剩女"。S 小姐的粉丝和追求者们都恼火了，将其五花大绑，像块腊肉似的吊在门楣上，咒骂这学渣咸鱼翻不了身，这辈子穷困潦倒，下辈子继续吃苦。这么多年过去了，W 先生一个小时前才成为侠客市最强英雄；F 哥仍旧又高又帅，只是谈不上富，因为他现在是音乐教师兼击剑教练，拿的是固定工资——从没有谁是拿固定工资致富的。倒是那个学渣的预言成真了！S 小姐真成了剩女，那厮忍不住为自己一语成谶而自豪。好吧，我想你们已经猜到那厮就是如今财大气粗的 J 老板了。

　　夜，寂寂的。S 小姐不知道此刻与她同处这狭小空间的三人都在思考些什么。自己真是老了吗？自己的腿已经没有那么大的魅力可以揪住他们了。自己真的没有魅力了？J 老板和她有一搭没一搭地讲几句之后打了几个瞌睡，不讲了。F 哥抽了一支香烟，S 小姐故意咳嗽一下，希望他能恍然大悟，先熄烟，再道歉，最后借机多搭几句话。不过 F 哥在完成了她三部曲计划的第一步后就结局了。又过一会儿，J 老板家到了。J 老板下车后 W 先生再度踩下油门。二手的奥迪，破旧的奥迪，在黑漆漆的夜里"咕噜咕噜"地响着呼噜。J 老板愤怒地看了车子一眼，车子一摇三摆地跑着，像头屁颠屁颠的驴。J 老板转身往家的方向走去。

谜团：J老板

虽然从刚才起就一直盯着S小姐看，但J老板是无论如何都不会对她多动心思的，因为J老板自己就是个女人。一个女人，不论是20岁的萝莉还是30岁的御姐，只要知道有人不顾自己盯着别的女人就会觉得不爽。因此当她发现W先生拼了命地透过后视镜试图在S小姐脸上多看到一点面积而心不在焉接连撞翻巷子里几只垃圾桶时，她觉得不爽。因此当她发现F哥挺直了身子却又斜着脑袋时不时像个猫头鹰似的转动几下时，她觉得不爽。因此当S小姐莫名其妙露出微笑之后，她就更不爽啦，这摆明了就是胜利者的得意嘛！

此刻她高举着右手，手上握着一把银晃晃的菜刀。

"剁了你丫的！"

"嚯嚯嚯！"菜刀挥了下来；"嚓嚓嚓！"西瓜分成四瓣。J老板左手一瓣右手一瓣，坐沙发上啃了起来。一口，两口，三口……啃！啃！啃！啃掉这红色，啃净这红色。S小姐的那件皮裙就跟个红幽灵似的在她脑子里转悠。S小姐的腿真是好白好白好白，那件皮裙真是好艳好艳好艳。J老板看看自己泛黄的皮肤——其实也不是全黄嘛，至少大腿部分还是有些白的，只不过这令它看起来更像根玉米棒子。

当年托人找关系死缠烂打才进的侠客大学，J老板本可以选择格斗系——她天生神力，有这方面的优势——却非得往人气最高的治愈系钻。治愈系主任天生一副职业性的微笑，她说："J同学啊，做人要脚踏实地啊，要实诚啊，所谓骆驼和羊各有千秋啊……"J老板不听。主任立刻原形毕露:"我们治愈系的姑娘个个天生丽质、才貌双全,男患者盯上一眼,病就好了,哪有你这长相的……"她本想说:"你这长相能把没病的吓出病来。"但J老板手上飞出的蛋糕令她把这句话连同奶油一并咽了下去。主任哇哇大叫,说J老板缺德。那J老板只好去读哲学系了。

在侠客大学,学魔法的看不起学击剑的,学击剑的看不起学格斗的,学格斗的看不起学哲学的。因此哲学系主任的职业微笑远比治愈系那位来得厉害。他把哲学系的这个好那个好给J老板条条框框罗列出来。最终J老板还是进了哲学系。不过这跟哲学系主任的叽里呱啦没啥关系,主要是因为哲学系悠闲自在,时间可以任凭自己支配。

西瓜已经啃净,露出透着淡青的白色。J老板本想听听音乐,但她最终放弃了这个念头。酒吧的工作已经让她受够了音乐。于是她打开电视。午夜时分,许多频道都是挂着"彩虹旗"或者"指纹钟",只有CCTV 6还在乐此不疲地工作着。现在播放的是2006年的《超人归来》。布兰登·罗斯主演的超人长得还蛮可爱,就是内裤外穿滑稽了些。侠客市的侠客们各式穿扮的都有,就是没有内裤外穿的。据说,2013年6月底新上映的《超人:钢铁之躯》中超人的制服帅得要死,红内裤也给除去了。据说,这部电影是投资高达两亿美金的超级大片。据说,这部电影的导演是执导过《300勇士》《守望者》的扎克·施奈德。据说,主演亨利·卡维尔曾被《帝国》杂志评为"好莱坞最倒霉的演员"……J老板很想去电影院看看这部被人传得神乎其神的电影。不过,到了电影院,满场都是《小时代》。据说,《小时代》中的演员全是俊男美女。据说，这是一部投资不大的中小成本电影。据说，这部电影的导演是个从未碰过电影的 80 后。据说，这部电影的主演是近年来声名鹊起的杨幂。很奇怪，好莱坞大片无人问津，一部国产电影怎么就有大波大波的人涌上去？于是她带着疑惑进去看看。

放映厅里坐着的净是年轻女孩，目测都是 90 后。好半天她才看见一小伙，目测也是 90 后。只见邻座的女孩一个劲地冲他撒娇撒野，J 老板立刻明白是怎么回事。影片开始了，画面中的城市很唯美，很漂亮，这让她的心情蛮愉快。只是越到后来就越看不懂了，譬如四个女孩也没怎么着，咋就跑到高楼上撒酒疯去了？放映过程中，"快看，这男的又在白日做梦了""这是书上哪里""哈哈""然后怎么样""然后是"的声音此起彼伏，像波浪似的在小小的影厅里四处翻滚，来回荡漾。这些年轻的观众一直笑啊笑啊的，可笑着笑着就有人哭了，然后好些人都哭了，哭着哭着到后头又笑了，旁边的女孩一激动竟把整桶爆米花抛到天上。影片结束后 J 老板自然一头雾水，但更令她疑惑的是场上观众没一个舍得走，纷纷跟着银幕上的红男绿女又唱又跳。J 老板瞬间感觉他们是怪物。但是 10 秒钟后她便觉得自己才是怪物。自己这些年婚姻美满、事业顺利，侠客市治安有序，风气井然，日子犹如静水微澜，咋就是找不着"发迹后"的感觉呢？

CCTV6 的《超人归来》响起了片尾曲，一行行字幕升起。J 老板这才意识到电影已经在自己刚刚的胡思乱想中结束了。现在该做什么呢？睡觉。

......

电话响起。

"喂？"

电话里传来 A 警官的声音："W 先生回家了吗？"

"还没。"

"糟了，" A 警官急切地说，"F 哥没回家。刚才给 S 小姐家打电话没人接。W 先生也不在，只怕他们……"

谜团：A警官

A 警官放下电话后立刻赶往 J 老板家。现在是凌晨两点钟，如果你醒着的话可以看见两束橙色的灯光，像一对幽灵，在漆黑的夜里奔跑。

A 警官是故事中唯一一个和侠客大学不搭界的角色，她来自另一个城市。早些年侠客市出了个叫 P 的飞贼，此贼轻功了得倒不是重点，重点在于他能转瞬间变声易容。敌人有这样的绝活，警方着实难办。你想啊，快追到他的时候这小子往人群里一钻，随便变个路人甲路人乙的模样你能认得？要是变作个当红偶像指不定还有粉丝扑上去要签名，你能下得去手？恰巧这时候女警 A 被调到侠客市工作。她心思缜密，能力超群，外加女性的直觉，单枪匹马就把飞贼 P 擒了回来。于是 A 从一名普通女警升级成了队长。只不过在此之后侠客市一片太平，A 警官也就一直没啥贼可以抓了。多年后想起这件事来，连她自己都觉得不可思议。虽然她的本事作为刑警没啥用了，不过绝佳的思辨能力与过人的谈判水平还是有用武之处的，比如挑衣服、买菜的时候她就没吃过一点亏。

J老板早早地就在楼下等候。虽然还是夏天，可马上就要入秋了。刚刚下过一场大雨，整个城市湿漉漉的，有些凉。J老板打着哆嗦。在她看来A警官纯属吃饱了撑的，整天盼着有案子，看到张三劈柴就说他毁坏树木，看到李四烧钱就说是在搞迷信，整个儿唯恐天下不乱，想破案想疯了吧！想到这儿，A警官的车就到了。

"上车！"

J老板上了车，A警官一踩油门，车子咕的一声开远了。

车上，A警官压抑多年的破案瘾就像鸦片瘾似的发作起来，她对J老板说，W先生肯定和F哥打起来了。J老板不信。A警官引导她："除了他俩，还有谁在？"J老板说："还有S小姐，她今天穿了件红色皮裙。""这就对了嘛！"A警官激动地说，"他俩都追过S小姐吧？今天晚上大好的机会，两只贼猫跟金丝雀拴一起能不馋？相信我，我的直觉很准。他们分出胜负后，赢的那个对S小姐又亲又抱，输的那个则哈哈大笑，嘱咐对方莫要辜负后潇潇洒洒地走开，然后躲到一个酒吧拍着桌子说'再来一瓶！'你看，S小姐今天穿着裙子，穿着裙子比裤子方便得多。届时他们……哎哎，睡了！"

J老板自然是因为懒得听她啰唆才装睡的。不过她也素闻A警官心思缜密，断案如神，就连当年不可一世的飞贼P都是她的手下败将，自己没理由不信她。

于是，在接下来的40分钟里，A警官反复在脑海里勾勒他们对战的场面：W先生飞起身来踢翻了F哥，F哥起身后抽出配剑刺伤他的胳膊，W先生折断他的剑，两个人赤手空拳地打了一番，接着又抱在一起翻滚，互相掐着对方的喉咙，青筋暴起。然后就是享受战利品的环节。A警官突然意识到S小姐穿的是皮裙而不是布裙，这多不方便嘛！若是一般布裙，肯定就比裤子方便，只要那男的扎上马步，S小姐就可以两手搂着对方的脖子，两腿像水蛇一样缠住人家。问题又回到了原点，穿着皮裙怎么"办事"？脱掉，肯定是脱掉！S小姐的身材就像她的名字一样性感，虽然三十有几，但仍青春不改，脱光后雪亮的身子呈现在橙色的灯光下……"办完事"后两个人瘫坐在地上，大汗淋漓，气喘吁吁。

在A警官的奇思妙想下，时间像自来水一样流得飞快。车子七弯八拐，到了W先生与F哥的所在。A警官叫醒J老板，两人下了车。J老板诧异地看着他们，只见他们"两个人瘫坐在地上，大汗淋漓，气喘吁吁"，就像A警官猜的那样。S小姐不在这里。路口的自动贩卖机被砸得七零八碎，饮料罐子滚得满地都是，W先生和F哥人手一份，正大口大口地喝着。

真相：W先生

今夜无眠，是我感觉最刺激的一个晚上。言归正传，我承认我是喜欢S小姐的，F哥也是。说起我今晚为什么会和Q博士决斗，这都是基于一个月前的那次聚会。那天吃饭的时候，我们想起了许多大学时代的故事，令我们诧异的是有关我和F哥的故事居然全是当年为了追到S小姐如何钩心斗角、尔虞我诈。如今我有我的家庭，F哥也有他的，只是S小姐还孑然一身，当然，我们谈话的时候都巧妙地避过了这些尴尬。酒足饭饱，我们谈起了当初的理想。其实我和F哥的理想是一样的，都是成为侠客市最伟大的侠客，但我们的不同点在于 F 哥是有偶像的，而我没有。F 哥的偶像是 Q 博士。F 哥告诉我，当初就想成为像 Q 博士一样的大法师，谁晓得碰巧那届他退休。我说，指不定哪天我能请他出山，再打赢他，届时你就得称我大师了。他当然知道我是在开玩笑，于是他也开玩笑地说："你若真能请得动他，我定叫你大师。"现在，也就是今晚，我已然打败了 Q 博士，不过 F 哥并没有如约叫我大师。我也没催他。

　　我想你们一定纳闷，为什么我会和 F 哥"大汗淋漓，气喘吁吁地坐在地上"？别多想，其实我们就跟 A 警官最初的判断一样，我们的确打架了。在 J 老板下车后的时间里，我们的车子在城市的各个路口转悠来转悠去，每片灯光下都有我们的车辙。我也不知道自己今晚为啥这么爱转悠，或许是吃饱了撑的。虽然我一贯吝啬，但今晚我却希望转到汽油用完为止——我实在不知道该叫哪个先下车。于是，汽车不耐烦了；于是，汽车熄火了。F 哥找到了和我吵架的借口，他决心不浪费。我也知道他找到了这样的借口，我也不打算浪费。于是我们吵架了。我们吵着吵着，扯上了许多从前的事。从前我们有许多机会吵架，但那时最流行的是笑里藏刀，就是心里头明明恨对方恨得要死，却不直接骂人，而是把讽刺藏在奉承里头。我们当时都觉得这种敌对方式很酷也很绅士，现在才意识到原来扯开了嗓子骂才是最痛快的。虽然这次的吵架有些牵强，但我们都舍不得这种痛快感——现在想吵个架还得拼死拼活找理由呢！我们吵得愈加厉害，我有我的强势，他有他的幽默，这是我们各自的优势。吵到词穷，我们都觉得这个程度可以打架了，于是我们就打起来了。据说 19 世纪的法国贵族向对手提出挑战时有个习惯：把手套摔在对方脸上。我们都没有夏天戴手套的习惯，好在刚刚下了雨，我们就舀起路面上的一抔积水泼到对方脸上。S 小姐一言不发，安静地坐在边上看戏，这让我觉得她很配合。我飞起身来踢翻了 F 哥，F 哥起身后抽出配剑刺伤我的胳膊，我折断他的剑，两个人赤手空拳地打了一番，然后又抱在一起翻滚，最后互相掐着对方的喉咙，青筋暴起。我们都很想知道 S 小姐现在更关注谁。于是我们不约而同地回过头，只见 S 小姐正对着路口张望。不一会儿，路口开过来一辆汽车，下来一个穿着黑色衬衫的男人，光线很暗，我看不清他的脸，只觉得他的身材很高大，让我不由得想到蝙蝠侠韦恩。S 小姐走上前去，他搂着 S 小姐的肩膀，然后他们上车。然后他们走了。所以你们也就不用再期待接下来的福利镜头了。我们够累了，大汗淋漓地坐在地上，气喘吁吁。路口的自动贩卖机在我们刚才的打斗中殉难，饮料罐子滚得满地都是。我们随手捡起一个，大口大口地喝着。这时，我们看见各自的老婆来了，瞬间觉得自己很幼稚。放下罐子，我们迎了上去。

　　J 看着我出血的胳膊有些心疼。虽然老婆长得五大三粗，但她内心很温柔。A 警官不知道她的丈夫被我打出内伤，还以为没出血就是胜利，眼神里为她老公自豪。J 问我："S 小姐呢？"我说："被她男人接走了。"A 警官恍然大悟地哦了一声，她还想再问点什么，但 F 哥阻止了她。F 哥说："我们回去吧。"我说："去百乐宫吧。"他们同意了我的提议。于是我给汽车加好油，车子就开了起来。二手的奥迪，破旧的奥迪，跑起来就像一头屁颠屁颠的驴。我承认我不喜欢车，我喜欢奥迪纯粹只是因为喜欢它的标志，四个圈圈连在一起，这看起来很特别。汽车一路颠簸，碾过了侠客市每个路口的灯光。我想起"街灯是夜的精灵，吐露着橙色的气息"，这首当年写给 S 小姐的情诗现在读起来令我酸得掉牙，好在我只记得这一句，其余的句子 S 小姐说不定还记得，说不定连这句也忘了。J 说："K 应该睡醒了，要不要叫她也过来？"让宝贝女儿暑假来百乐宫打工是我们早前就商量好的。我说："还是让她多睡会儿吧。"我们这些人在百乐宫吃喝是不用付账的，因为百乐宫的老板就是我的妻子。车已到站，百乐宫的霓虹昼夜不息地闪烁着。我让 J 和他们先进去。他们问我："你不进去吗？"我推辞说："还要办点事。"说完我就开车走了。

　　车子第三次从城市的各个路口穿过，这次没有街灯——街灯也睡了。我现在要去完成最后一件事情——付给飞贼 P 应得的酬劳。不知道发生过什么，总之他现在是个卖二手破车的瘸子，嗓子也有点哑，让他模仿 S 小姐的声音打电话还差点露了馅。不过，好在他的易容术没有荒废。他今晚扮成 Q 博士的模样陪我演了出好戏，我必须当面感谢他。

安之若素

　　白色的灯光，橙色的讲台，红色的布条上题着金灿灿的十四个字：灵纹中学学生会第三届换届选举。安素小姐霸气测漏，穿一身黑色皮衣皮裤上台。她咳了两下，用清亮的嗓音说："各位好，我是 10 级 1 班的凌安素……"

　　那时我才高一，尚未加入学生会，只是坐在观众席上看热闹，连投票的份都没有。我看着台上的人一个个上来又下去，在这些人中，我对安素小姐颇具好感。她是那种让人一看就觉得冰雪聪明的女孩。结果出来后，安素高票当选学习部部长。我还记得那时，她面向全校师生说："我保证，绝对把学习部办成学生会最好的部门！"

　　由于高三的都毕业走了，高一的才刚进校，因此整个学生会空荡荡的。安素小姐新官上任，求贤若渴，发下报名表无数。我把报名表填好后激动地跑去学生会办公室面试，只见办公室人潮涌动，摩肩接踵。安素小姐转头就看见我，她对我微笑致意，这让我感到很愉快。应聘的队伍长得像条龙，移动起来却慢得像条虫，等我从"虫尾巴"走到"龙头"，时间已过去将近二十分钟。当我把报名表交给她的时候，她发出"嗯"的一声。我很在乎这一声"嗯"，声音越长就说明她越满意。果然，她的下一句就是："你的报名表我很满意。"我忙说:"谢谢学姐!"这个称呼也令她很愉快,于是她笑着问我:"你为什么要加入学生会?"我赶紧做出一副激情澎湃的样子:"啊!我要加入学生会,努力付出,积极贡献,为学校,为咱们灵纹中学,建设和谐美好的校园环境!啊,我亲爱的中学!你是我的第二故乡,我愿为你抛头颅洒热血,血战疆场……"在我滔滔不绝的讲话中,整个办公室的人都乐得直不起腰,安素小姐强捂着肚子咯咯直笑,不断用手捶打桌子。好半天,她才憋住笑,问我:"你有信心吗?"这又一次引发了我的激情:"有啊!正所谓'将相本无种,男儿当自强',记得学姐您那回学生会选举时说过'一个不想当将军的士兵不是好士兵',这是多么富有内涵……"她忙尴尬地打断我:"干什么拿我举例子?""因为!"我开始第三次激情澎湃地说,"您说话总是那样的具有哲理,凡是您的金玉良言,我都会深深地记在心里!"办公室哄然笑倒一大片,起哄的又是一片,安素小姐终于忍不住仰天长叹:"我跳楼去啊……"

一切都发展得很顺利,我在第二周就正式成了学习部的一员。

学习部的工作简单得很,我只需保证每周三清晨按时检查东校区的早读,中午检查午休纪律,以及每周日夜自修去开一场会就算 OK。不过开会确实是令我头痛的一件事。副部长老蒋是篮球集训队的,整天在烈日下扯着嗓子呐喊,导致嗓子沙哑无比。偏偏安素小姐就指定了叫他主持,他念起稿子来就像一千只鸭子叫,同学们实在受不了了,纷纷交头接耳,这下又惹恼了安素小姐。安素小姐的凶残可怕是全校闻名的,但凡有人在开会时吵闹,甭管是她三叔的儿子还是六姨的闺女，统统都要严惩不贷！如此一来学习部死伤无数，许多人都对她恨得咬牙切齿，以至于她的人缘一直都不怎么好。不过，安素小姐第一次以正面人物登场也是在会议上。

那天晚上，老蒋照旧用他"千只鸭"的嗓子宣布会议内容。这时，铁门"晃啷"一声被踹开，几个凶神恶煞的男生指着里排一哥们吼道："小子，你给我出来！"我们吓得不知所措，老蒋也腿肚子直抖。虽然小说、电影里经常出现霸凌，但我们高中的风气是团结友爱、互帮互助居多的，以至于我们一看到校霸就会像看见罕见的霸王龙一样惊喜且害怕。这时，轮到安素小姐顶着主角光环登场。只见她食指直戳领头那人的鼻子，骂道："你们这拨烂头，滚出去！""烂头"是我们这一带特有的方言，专门用于形容流氓混混。那几个"烂头"明显被眼前这个拇指姑娘的气势给怔住，我赶紧趁机跑到德育处搬救兵。等我带老师赶来，战斗已经结束。我看到安素小姐一动不动地站在门口，仰着头，好像是在把眼泪憋回去。我很后悔错过了一场好戏。她平静地叫我坐回位置。我入座后，发现所有人都用一种不知道是惊讶还是诧异又或者是敬佩的眼神看着她。安素小姐整顿好情绪后像往常一样骂道："看什么？开会！"我们赶紧回过神来接着开会，这是大家第一次这么配合地服从她的命令。

会议结束后，大家陆陆续续地散场。我看到安素小姐背对着我们，倚在栏杆上偷偷抽泣。我意识到这是个绝好的机会，只要上前安慰她几句就能获得极大的好感。可是，戏剧化的一幕发生了：在我刚要上前的一刹那，一个大块头抢先一步上前拍拍她的背安慰她，她靠在他肩膀上，小鸟依人。这令我很尴尬。尴尬中，我愤怒地看了大块头一眼，他就是先前被那几个校霸找上门来的家伙。大块头的个子很大，凌安素的个子极小，他们两个处在一起就跟卡比兽搂着皮卡丘似的，怎么看都很奇葩。

这位大块头姓韩名哲羽，是美术社的高才生。这个名字很新潮，足见他爸妈当年起名字时是多么的高瞻远瞩，哪像我爸妈，给我起了这么个雷死人的名字——金刚川！

不知不觉地就度过了第一个学期，在这不短不长的光阴里，我对安素小姐的称呼由学姐变成安素再变成素素，我们已然成了无话不谈的好朋友。不过与之相对的，我跟韩哲羽也成了视如寇仇的死对头。只是我们一贯貌合神离、心照不宣，也就一直没有撕破脸皮。我想，只要有根导火索在，我们这两堆火药就会轰的一下爆炸。果然，不久之后一根导火索把我俩都给点燃了。

事情要从那次游玩说起。安素小姐早前就答应学习部的同学要组织外出游玩，却一直没有具体方案。韩哲羽建议去雁荡山，却遭到我的反对。我提议去方山，一来是因为雁荡山除了树就是水，不如方山有趣，二来也是考虑到方山较近，可以省钱。但我的提议也遭到了他的反对。我们开始唇枪舌剑，争吵过程中不断翻着旧账，几个回合下来仍不分胜败。既然嘴上功夫难分胜负，只好在手上见高低。办公室有着足够的纸笔，我们就把纸团和笔杆子朝对方掷去。我的优势在于目标体积庞大，易于瞄准；他的优势在于身强体健，力道十足。我们打得忘我，竟忘了旁边站着凶悍的安素小姐，更忘记隔壁是超级恐怖的德育处。门被咣啷一声推开后，狼叔一手提着我，一手提着他，像拎小鸡似的把我俩拎到德育处。

　　狼叔乃德育处主任，只因他凶猛可怕，终日龇牙咧嘴，犹如《X战警》里的金刚狼，故而得名。不过这回他也不知咋的善心大发，只罚我俩写下检讨就算了事。我自诩文采奕奕，一夜间写下三千字的检讨，一气呵成，抑扬顿挫！韩哲羽则发挥他工美社的优势，挥毫撰书，大秀书法，几百个字写得龙飞凤舞，令人赞叹不绝。自那之后韩哲羽对我的态度有了莫名的好转，我也没问他为什么，毕竟在我们的生活中许多事情都是没有为什么的。我们不久也成了朋友，直到两个月后他转学离开，其间我们一直没有争吵。他离开的时候我既没有心痛得死去活来，也没有高兴得拍手叫好，我只是一如既往的平静。这种平静就像看到白天少了几朵云，夜晚少了几颗星的感觉一样。许多日子后，我才知道有个成语叫安之若素，形容的就是我当时那种状态。

　　我从高一升至高二，安素小姐也从高二升到高三。她开始发胖，两个月的假期竟让她胖得像个胀大了的气球。不过胖女孩的性格都很温柔，安素小姐这么一胖，脾气反倒好了很多。她变得爱笑，也开始有了闺蜜，偶尔也会撒撒娇。当我在欢送毕业生的晚会上看到她穿着粉红色裙子唱歌的时候，我很难想象这会是当年那个指着校霸鼻子骂的假小子。

　　六月末，安素小姐高中毕业。那天，我和她还有几个学生会的朋友一起去电影院看《小时代》。银幕上四个女孩一边撒酒疯一边唱着《友谊地久天长》。这是《魂断蓝桥》里的曲子，我很喜欢那部电影，也很喜欢这支歌，我在心里默默地跟着唱。我看到安素小姐的嘴唇微微张合，我相信此刻她也一定在默默地唱着这支歌。

电影散场，人也跟着散场。我们在车站互说再见，挥了挥手，然后带着微笑转身。当时是下午五点，橘红色的太阳浸红了天上的云。我忽然想到《再别康桥》里的句子：悄悄的我走了，正如我悄悄的来；我挥一挥衣袖，不带走一片云彩。有那么一瞬间，我感觉自己和她就像徐志摩一般潇洒。

我还记得她当时笑着对我说："接下来就轮到你们了。"她说的没错，马上就要轮到我们了，夏天过后我就步入高三了，我也要开始为自己的理想而忙碌了。凌安素也好，韩哲羽也好，他们都是我漫漫人生路上的几个过客，而我也是他们漫漫人生路上的过客，我们在青春的转角处擦肩而过，给彼此留下了很好的微笑。我告诉自己，不论接下来的日子是静水微澜还是波涛起伏，我都会以安之若素的态度去迎接它。

2013 年 8 月 26 日晚，白色的灯光，橙色的讲台，红色的布条上题着金灿灿的十四个字：灵纹中学学生会第四届换届选举。我霸气测漏，穿一身民国学生装上台。我咳了两下，用清亮的嗓音说："各位好，我是 11 级（2）班的金刚川……"

春城春天春雪

　　春雪记得自己是在一个春天来到这座城市的。那天雪花簌簌，落满了春城的各个角落。从南以北，无限苍茫。如果此刻你是春城上空的飞鸟，你将会看到整条街道白茫茫的一片，像一张洁净的白纸。然后，你又将看到白纸上面浮现一点朱砂，你的视线逐渐向她靠近，朱砂渐渐扩大，这时候，你就能看清一张年轻姑娘的脸。白色的皮肤，红色的面颊，可爱得像一簇抹着白雪的红梅。

　　春雪穿着红色的毛衣，背上一把吉他走进城市。她自远方一个山村而来，浑身上下透着一股自泥土而出的青草似的气息。她敲开一幢矮房的门，出来个女人，四十好几的模样。春雪进了门，她们说了一会儿话，女人才知她是个乡下姑娘——其实女人早猜到了！有钱人住酒店，一般人住旅店，再不济也住个小饭馆，能来她这儿的十之八九都是穷蛋。女人把她带到楼上。她告诉春雪，这儿还住着一个人，是个小伙，年纪和春雪差不多。女人把她带到一个小房间，说："这儿就是你的家了。"然后女人敲敲旁边房间的门，年轻的小伙出来了。女人说："东风啊，帮忙收拾一下，她叫春雪，新搬来的。"春雪友好地伸出左手，这时她才发现东风的左袖空荡荡的。她急忙像做错事一样缩回手。东风毫不在意地笑笑了。然后三个人动手收拾房间，说说笑笑。这儿本来就不是富裕人家，最富余的财宝就是灰尘，最常见的客人是蜘蛛，收拾干净反倒看起来有些冷清。给床铺好被子后这两人就出去了。

脱下红毛衣，里边是一件白衬衫，春雪兴奋地躺在床上翻滚。被子柔柔，散发着淡淡的香味，春雪知道，这是沐过阳光的气味。春雪的家乡多雨，到了每年夏季最热的时候，妇女们就把被子拿出来晒。母亲告诉她，被子在这样的阳光下暴晒一天，一整年都不会发霉。晚上睡觉的时候，春雪像一只不满足的小狗，贪婪地嗅着这股淡淡的味道。

蓝色的街灯亮起，淡淡的光线在窗前摇曳。春雪看向窗外，雪已经停了，一团月光浮在云里，朦胧得若隐若现。

第二天清晨，她又披上红毛衣，背着吉他出去了。熙熙攘攘的人群在街道上涌动，白纸上面一片花花绿绿的颜色。穿过了这层颜色，又拐了几个弯，春雪见到那座名叫百乐宫的酒吧。吃早饭的时候房东问起她此行的目的。春雪说，她想当歌手，所以出来闯荡一下。她听说许多歌手就是流浪着流浪着就流浪出名堂来的。于是房东推荐她去百乐宫。百乐宫不光是春城最大的酒吧，而且还是个了不起的音乐基地。这里的歌手工资都高出普通酒吧三倍，而且百乐宫和许多音乐公司都有所接洽，如果在这里工作的话，对于日后走红多少有些帮助。

金老板五短身材，挺着个大肚子，一副传统财主的长相。自上到下把春雪打量一番，觉得还不错，就让她试试。这个时候还没开始营业，店员们和老板一边聚餐一边盯着台上的春雪。春雪开始唱了，手指拨弄着吉他，吉他发出旋律，与她的歌声交汇在一起。曾经,春雪站在故乡高高的屋脊上唱歌,下面仰着大人、小孩、老人的脸。春雪着了魔似的唱着。春风吹响山林,秋雨打湿湖岸。唱到酣处不时有人跟着和,唱到悲处亦不乏有人小声啜泣。春雪实在是个天才,只是没想到换了个场合就会紧张成这样,三分钟的曲子两次拨错了弦。

接着,画面一转,切至东风带着春雪到百花街的情景。

东风原本是去杂志社签约的,回来后才知春雪找工作失利。东风拉起她说:"走!带你去个地方。"于是他们就来到百花街。

百花街是流浪艺人们汇聚的场所。东风告诉春雪,现在许多城市都严禁街头卖艺,春城算是网开一面,只允许他们在百花街上表演。每到夜晚,这里便灯火如昼。春雪心里冒出个念头,要在百花街干下去!

卖艺的第一天,春雪心里多少有些不大自在。这跟在老家不同。她本就有些腼腆,现在她把这种腼腆带到了城市。她小心地拨弄着吉他,不敢唱得多大声。每每有个路人走过,她都下意识地把头垂下,这种举止反倒更让人觉得有趣。于是人家就特意驻在一旁盯着她看,人多了,春雪的声音也就愈发紧张。这时,在一旁看着的东风忽然放声高唱,春雪心里一惊,抬头看了东风一眼,东风继续唱歌,眼神里透着微笑。春雪会意,忙用吉他跟歌声回应东风。入了状态,春雪便唱得出神。她忘了此刻身处何地,忘了眼前的车水马龙,她看到一条河,河的左岸是碧绿的树林,右岸是一座村庄。村庄升起炊烟,炊烟袅袅,飘向天边形成一抹黄云,黄云里掠过一群鸟儿,鸟儿扑打着翅膀,钻进左岸的树林。来来往往的人多了,他们都围着春雪和东风。一旁表演爵士鼓的几个胖子也入了迷,纷纷放下鼓槌来看春雪和东风的表演。他俩一起把最后一个高音落下时,围观的人群纷纷鼓起了掌,像潮水般响亮。东风拉着春雪,深深地鞠了一躬。

结束后,东风蹬着自行车,春雪侧着身子坐在后面。风很大,东风的左袖在春雪眼前飞荡。东风忽然问道:"春雪,你多大了?"

"17岁。"

东风惊讶地说:"才17岁,个子这么高?"

春雪不好意思地笑笑,然后问他:"你几岁?"

东风答:"20岁。"

春雪忽然没头没脑地问了一句:"你会骑摩托车吗?"

摩托车在山区很少见。曾经有个邮差来送信,骑着一辆二手的摩托。春雪看着好羡慕,觉得这玩意酷极了。她好想对那邮差说:能让我坐一下吗?可她最终没好意思开口。

东风狠狠地说:"我最厌恶这东西。"

在接下来的谈话里,春雪得知东风也是个外出流浪的文艺青年。他原本是学校的高才生,后来被一个爱飙车的摩托车手碾断了左臂。他便辍了学,在家待了半年,突然说要当作家。于是便外出旅行,来到春城。过了一会儿,春雪也告诉他关于自己的故事:

春雪小的时候,母亲告诉她,她是在一个春天出生,那天正好落着雪,所以父亲给她起名叫春雪。春雪没见过父亲,她常问父亲是谁。母亲总说,那年山洪,你父亲为了救人出来自己被淹没了。春雪很漂亮,长到17岁时已然成了十里八铺众所周知的漂亮姑娘。时不时地就有人议论着她的婚事。村里人始终保持着传

统的早婚观念，认为姑娘就得趁着年轻早点嫁。因此姑娘一旦到
了年纪就会有人张罗着这些，三书六礼下好后，只等姑娘成年就
好结婚。母亲起初倒是不急，只是说的人多了，母亲也跟着操心，
她感觉春耕就不错。春耕是同村的小伙，比春雪年长4岁。他家
原本清贫，好在吃饭的不多，加上春耕勤快，能做活，不久就挣起
了家业。不过春雪却不打算这么早结婚。她在电视上看到一个名
为"天使杯"的民间歌手选拔赛，是她最喜欢的安琪儿小姐举办
的。春雪常在电视上看到安琪儿小姐的节目，她总是穿着一件雪
白的长裙，在唯美的灯光下载歌载舞。春雪对母亲说她想去外面
闯荡，因为安琪儿小姐就是草根出身。母亲同意了。于是春雪就
来到了春城。于是就有了今晚的对话。

　　夜寂寂的，看不见一个行人。远处钟楼上的指针已过了十二
点，路口卖馄饨的老头正忙着收拾摊子。街灯清冷，发出淡蓝的
光线，打在雪地上。雪地上是错综复杂的脚印与车辙，自行车从
上面碾过，碎了一地的灯光。

　　此后的每天，春雪都去百花街上表演。白天虽然人多，但大
多都是匆匆而过，真正赚钱的点还是在晚上。晚上车水马龙，灯
火如昼，春雪一个人既是歌手又是老板，常常忙不过来，好在东风
每晚都过来帮忙。收钱、拾掇、接送，他像个快乐的杂役——快
乐的杂役是免费的。多年后，春雪还常常想起这些个夜晚。

　　春雪有时也会和百花街上的其他人搭讪。那几个打鼓的胖子
性格豪爽，常把春雪捧起来转。卖馄饨的老头很客气，常把剩下
的饺子或者馄饨拿给春雪。一个月的工夫，就像水融入大海一样，
春雪已经完全融入了这个家族。这个家族里，春雪觉得最另类的

两人就是阿浪跟弹琵琶的老头。阿浪是个二十来岁的青年，披着蓬乱的长发，穿着打着补丁的牛仔衣裤，终日抱着一把电吉他，也不怎么说话。春雪承认，这是个极有魅力的男子，打从来此卖艺的第一天她就这么想了。百花街的生意有时也会冷清，但再怎么冷清阿浪的身边都会有几个青年捧场，他们都是阿浪的歌迷。听完阿浪唱歌后，他们不会直接给钱，却会搂着他肩膀，带他下馆子去。艺人们告诉春雪，阿浪是这里最受欢迎的歌手，春城的青年都称他"流浪王子"。流浪王子的话不多，却常投出微笑，像清晨淡淡的阳光一样。直到三个月后，不知是啥原因阿浪要走了。多年后春雪回忆起来，只记得那天阿浪一整天都在周而复始地唱着那首《离别的车站》，一边哭一边唱着。傍晚四点半，天色渐暗，他也终于要走了。由于蹲得太久，两条腿僵得发硬，最终还是由两个青年把他搀起来。春雪发现送行的大多是些男青年，其中也有女的。他们一个个地上来与阿浪拥抱，好多人都哭了。上车的一刹那，阿浪真的有太多的话想说……最终，他强忍着，深深地向他们鞠了个躬。告别了歌唱了三年的舞台，告别了这些既是粉丝又是兄弟的人。车子慢慢远去，车里车外挥手不断。在那之后，春雪就常常在想，若是哪天自己离开了，会不会也是这番场景。春雪很在乎这些。当然，也有人压根不在乎这些，那个人就是弹琵琶的老头。

弹琵琶的老头不知姓甚名谁，只是终日拿着把破木吉他唱着《常回家看看》《钞票》《昨夜星辰》这些歌曲。他的卖艺从某种程度上说更像是乞讨，只是比乞讨略有尊严罢了——他总是跪在人前，一边唱一边磕头。但你若真说他是个叫花子，那他必定跟你急！当然，春雪对这老头兴趣不大。

现在，是春城的冬季。

阿浪走后，百花街上依旧这么繁华。又过了几个静水微澜的日子，直到某天，一个发传单的男孩把"天使杯"的宣传单放到她手上，春雪才意识到自己在这里已经过了快一年了。与此同时，东风也收到了杂志社的信件。那家长期与他签约的杂志社主编去世了，新主编上任后急于找个助理。有人推荐东风，新主编看过东风的文章，觉得很不错，于是寄去了这封信。春雪明白，编辑一本好杂志一直是东风的心愿；东风也明白，春雪的理想是成为一名偶像，就像安琪儿小姐一样。东风是个专写青春文学的作者，他常说青春文学最重视的两大主题就是理想与情感。东风显然更为重视前者，而春雪并不清楚自己重视哪个。所以分手那天两人心照不宣，安之若素。是啊，本就没啥舍不得的——他们算什么关系？朋友？不止。兄妹？恋人？都不对。那还是朋友。既然是朋友那就得相互祝愿才对。于是他们在祝愿中分手了。从这一刻起，春雪重视的主题变得明确：理想。

海选的结果出来了，春雪很高兴，自己进了复赛。

复赛的结果出来了，春雪不大满意，自己没进决赛。但她倒也不算很失望，至少她见到了她的偶像安琪儿小姐，并和她拥抱了3秒钟。这3秒钟，像3个小时，3个月，3年。安琪儿小姐对她说："……你只要相信，有梦想就有希望，人人都有机会成为天使。"她看着安琪儿小姐，真的好漂亮。她不由得想到那个弹琵琶的老头，同样是演员，为什么差距这么大？

春雪原本以为今后的日子会很无趣。安琪儿小姐的话也不知道有没有道理。"人人都有机会成为天使。"天使不就代表爱吗？
爱不应该是人人皆有的吗，那么为什么还要办比赛来甄选呢？难
道爱与天使都是需要竞争的？母亲这阵子频频来信，说春耕还在
等着她，希望她能早些回家。她也曾动过回家的念头。家乡有大
亩菜畦，种满了油菜花。每年春天，油菜花开得繁盛，像金色的海
洋，春雪和村子里的姑娘在这金色的海洋里嬉戏，捕捉飞来飞去
的蝴蝶；每年春天，山上的积雪化了，一株一株的笋芽儿刺破泥土
向上钻，春雪提着凿刀，把刚刚挖出的笋子放进背篓里。每年春
天，有燕子回来筑巢了；每年春天，有纸鸢飞到天上去了；每年春
天，有隔壁人家的桃花吹到自家院子来了……每年春天！每年春
天——春雪好想再回到那些个春天。有时，她恨不得立刻收拾行
李回去，可就在她这种念头频频出现的时候，有位不速之客来了。

金老板五短身材，挺着个大肚子，一副传统财主的长相。他
笑眯眯地对春雪说："姑娘，有兴趣来百乐宫上班吗？"他已经在
电视上看到春雪的表演了。

春雪给母亲回了信，告诉母亲自己还要再打拼一年，如果春
耕等不及，那就让他和别家女孩结婚吧。

百乐宫的日子过得十分自在，春雪还跟比她小一些的女孩小
蓝成了好朋友。小蓝只比春雪小一岁，却比春雪早两个月来到这
里。她带着一种与生俱来的腼腆，春雪在她眼睛里看到一年前自
己的模样。但她又不同于春雪，一年多的流浪生涯，早已让春雪
变得成熟。春雪现在是百乐宫的台柱，她也开始拥有许多祝福与
掌声。后台最大的化妆间是自己独有的，每晚演出过后，她都能
看到那里鲜花簇簇。春雪有时也会想起百花街上的朋友，那天她

心血来潮地回到百花街。走了一些人，又来了一些人。他们见到春雪都很高兴。冬天人少，那几个打鼓的胖子终究因生意冷清而搬走。春雪发现还少了一人，就是那弹琵琶的老头。她问卖馄饨的老头："那个弹琵琶的大爷呢？"

卖馄饨的老头说："死了。"

"死了？"

老头告诉她："那个弹琵琶的老头家里有个儿子，两年前瘫痪了，媳妇也跑了。为了养家，老头就天天出来卖艺。前不久那老头得了痴呆症，一次回家做饭，火点着了却忘了要做啥，倒铺上就睡。结果半夜的时候房子就着了，他和儿子都给烧死了。"

春雪还想再说些什么，背后传来摩托车响亮的声音。黑色摩托车从她身边掠过的时候春雪不慎摔在地上。骑摩托的小伙赶紧跳下来扶起她。他的名字叫谷雨。以上便是他们邂逅的过程。

谷雨是个很阳光的男孩，这种个性让他选择成为一名摩托车手。每天傍晚，轰隆隆的声音在这个城市的角落此起彼伏地响起。春雪作为百乐宫的头牌，总得等到深夜 11 点才能下班。谷雨恰恰就是这么浪漫的一个人，他总能在春雪从百乐宫正门出来的前一分钟赶到，并提着一碗馄饨和两瓶葡萄酒。吃完馄饨，他们再干完酒，然后上街。谷雨的摩托车十分带劲，发起火来咕哧咕哧，在漆黑的公路上奔跑，速度很快，像迅猛的闪电。风从旁边呼啦呼啦地闪过，像巴掌似的扇着春雪的脸。春雪好疼，下意识地把脸藏在谷雨背后。谷雨挺直了背。酒力发作，春雪微微泛起红晕，她抬头看见谷雨宽厚的肩膀。有一瞬间，她把他当成了东风。但她确定谷雨不是东风。东风是个文绉绉的诗人，谷雨却是个追求快感的骑士。繁华的都市里，砌满了红灯绿酒。两个人都醉了，摩托车也跟着醉。摩托车驶过一片街灯丛林，远处闪着光的是一排排银色的斑马线。红星酒店闪着光，银河俱乐部闪着光，快乐酒吧闪着光，能量舞厅闪着光……摩托车一路奔驰，像呼啸的风从城市的街头巷尾穿过。春雪看到了好多颜色。

红色，红酒的红色，酒吧里的音乐，醉了一夜的芬芳。

橙色，街灯的橙色，孤零零的路口，昏昏欲睡的光芒。

黑色，黑夜的黑色，黑漆漆的摩托，黑漆漆的影子。

深蓝色，夜空的颜色；暗绿色，灌木丛的颜色。红色，一抹红唇的颜色；橙色，一张脸的颜色；黑色，一对眼眸的颜色。醉了，醉了，都醉了。汽车醉了，灯光醉了，床醉了，爱人醉了，酒店醉了。

春雪醒后，见谷雨正倒在自己床上，一条腿挂在床帮上，不由得吓了一跳。多年后想起这一幕来春雪都还心有余悸，她不知自己是否失身于他，只是自那以后开始尽量躲着谷雨。谷雨每每来找春雪，春雪都让小蓝出面回绝了他。小蓝原先也常劝春雪与他和好，但都被春雪喝令住嘴，久而久之小蓝也不再多言。

新一届"天使杯"又要开始了。春雪却发现自己的肚子微微向外胀，这令她很惶恐，她可以肯定，那晚自己已经失身了。

大赛在即，金老板希望春雪和小蓝代表百乐宫参赛，无论哪个赢了都是百乐宫的荣誉。春雪显然比小蓝更有优势。不论长相还是歌喉都胜小蓝一筹。虽然小蓝嘴上一直说着"好姐妹""无所谓""你成名后可别忘记我"这类避重就轻的话，可春雪心里清楚，她是很想要这个名额的。她也知道小蓝之所以频频说些丧气话是出于内疚。只是小蓝不知道春雪早已知道她和谷雨暗通款曲的事了。春雪早就发现了。

半个月前，春城的摩托车手办了一场飙车比赛。有个摩托车手怕追不上前边的，就拼命加速，结果把马路上一个清洁工撞飞了。这事引起了市政府的高度重视。政府早就觉得摩托车手的存在具有一定隐患，只是一直都没出过啥事，也就睁只眼闭只眼了，可如今出了这么大的事，政府不可能袖手旁观，当即下令，严禁摩托车比赛。于是春城的车队解散了，他们的车子也统统被政府收缴。春雪意识到这是个很好的台阶，可以乘此机会跟谷雨和好。要不是发现自己大肚子，春雪是绝不会见他的。于是一段很狗血的剧情出现了：在敲开谷雨房门的前一刻，她听见谷雨和小蓝的情话，然后是两人亲吻的声音。春雪意识到自己的尴尬，谷雨也有自己的选择权，既然还没正式交往，那谷雨凭啥非她不要？也罢，成全他们吧。要是自己去参加"天使杯"，刚一成名就被报料是个孕妇，那得多难堪啊！怀孕也不能告诉谷雨，因为他已经和小蓝好上了。在春雪的思想观念里，未婚先孕是极为可耻的，抢别人男人也是可耻的。小蓝也许没错，毕竟当初是自己先放开谷雨的。然而一个歌手怀孕，这绝对是个大八卦！春雪决定与其等到肚子大到别人都看得出来，倒不如先离开。

她给母亲写了信，让春耕准备好三书六礼，她这就回来结婚。

她向金老板告别，向房东告别，向小蓝和谷雨告别。然后，她想要去和百花街上的朋友们告别。只是，政府为了"美化市容"，已经在一个月前就把百花街清扫得一干二净，艺人们一个不剩，统统离开。他们走的时候都没能和春雪告别，而今春雪也没能和他们告别。阿浪的待遇不是谁都有的。但这些春雪都不在乎了。此刻春雪正坐在火车里,火车在铁轨上奔跑,春雪看见窗外的山川与田野,冰雪消融,万物复苏,这是春天的预兆。

春雪回到家的时候,正好是立春的第二天。母亲告诉她,春耕已经下好聘了。春耕原以为没啥盼头,打算过了立夏就和邻村的姑娘结婚,那姑娘没春雪好看,也不温柔。现在好了,春雪回来了,皆大欢喜。还有一个不知道算好还是算坏的消息:春雪的肚子渐渐退了下去——她并没有怀孕。一切都明白了,那晚她只是把初吻给了谷雨,其他的一点都没损失。真是造化弄人,现在这个迟来的消息已经没多大意义了,它唯一的意义就是让春雪不用再对春耕感到内疚。因为今天,春雪已经成了春耕的新娘。

春雪穿着红色嫁衣,春耕紧攥着她的手,屋外摆着六桌酒席。大家纷纷祝福这对新人。不一会儿,下雪了。有个小孩问:"怎么好端端的落起雪来了?"一旁的老太太笑容满面地说:"这叫'瑞雪兆丰年',是个好彩头!"果然,那一年风调雨顺,庄稼比往年增产了三成。又过了一年,春雪有了第一个孩子,是个男孩,爸爸给他起名叫南山,希望他能像山一样健壮。

多年后,东风成了一家知名杂志的主编,许多国内知名的文学会都少不了他的身影。

多年后,谷雨成了一家旅店的老板,娶了一个并不漂亮的妻子。他跟小蓝没发展多久。

多年后,小南山看到小蓝的节目。现在小蓝已经是当下最红的歌手了,但她从没忘记过春雪,常常去乡下看她。南山指着电视喊道:"快看,妈妈!是小蓝阿姨,她上电视了。"春雪看到电视上的小蓝是那么的漂亮，就像当年的安琪儿小姐一样。春雪有时也会想，要是当年没有那个误会说不定自己现在会比小蓝更出彩。每每想到这儿，春雪就情不自禁地笑了。春耕饶有兴趣地搂着妻子，希望能听到一些城里的故事。春耕没去过城市。春雪平静地说："不记得了。"

春耕疑惑地看着她："怎么，如果不是有啥好玩的，那几年你会舍不得回来？难道你都不记得了？"

春雪当然记得！春雪记得自己是在一个春天来到那座城市。那天雪花簌簌，落满了春城的各个角落，从南以北，无限苍茫。

红色房间

（1）嫌犯

杨警官接到情报，上个礼拜白云酒店奸杀案的嫌犯出现在了市北街道。

整顿好行装，杨警官率着局里的几个弟兄急匆匆地向市北街道驶去。嫌犯的名字毫无特点，大伙更愿意去记他的绰号：一只眼。这是个很有意思的嫌犯，作案时从不蒙面——反正就算蒙上了嘴他那独眼也是藏不住的，人家一瞅那独眼，准能认出他来。要是戴副墨镜吧，他的另一只眼睛视力又太差，一副黑乎乎的墨镜戴上去，就啥也看不见了。

车子很快就开到了目的地，警察们的脖子像鸵鸟似的伸出窗户，扫视着街道上的人群。杨警官心里头还在犯嘀咕，要说一只眼也是局里的老熟客，在杨警官调来之前他就跟局子里的人打熟了。他犯的事虽多，但无非是聚赌、酒驾之类的小事儿，厉害点的也就是缺钱了偷俩手机、电动车之类，回回都是被人家揍得鼻青脸肿地过来。要说他和公安局感情深厚，一逮进来，就是酒店＋医院式的招待：一张沙发椅请出来，伺候他坐坐；一女公安拎着药箱给他做护理。女公安弯下腰凑上来的时候，老贼那只独眼瞪得圆溜；女公安给他脸上消毒，他嘴上喊着："痛啊！痛啊！"那只独眼却乘机使劲地往她领口深处瞟，心里乐得直喊：舒服！舒服！警察给他铐上手铐，押送他进班房。这无非是走个形式，因为他对监狱轻车熟路，不需要警察带领，他自个儿就会蹦蹦跳跳地钻进去。狱警们和他混熟了，有个狱警就说了："'一只眼'啊，老哥给你算了算，你这两年诈赌、偷皮裘、偷手机、偷车、吃霸王餐的事儿可不少，全是些偷鸡摸狗的，啥时候也犯个大案子哩？""一只眼"问："啥是大的呢？"狱警说："风流案啊。"另一狱警就笑了："这小子兴许还是个雏儿呢！"两个狱警哈哈大笑起来。"一只眼"急了，他言道："改明儿老子拐俩娘们儿进来耍耍！"狱警们都乐了：就这熊样的，别倒过头叫娘们给睡了。杨警官此刻想着，就这熊样的，还不见得有拐娘们的胆量，何况杀人？正想着，警车咻溜一下刹住了，老杨一摇晃，脑袋在挡风玻璃上撞了块红。开车的警员报告说："杨队，看见'一只眼'了！"

　　警察们赶紧下了车，朝他奔去："'一只眼'！站住！"做警察的要履行见贼就抓的职责，做贼的则见条子就跑，双方在街道上玩起追逐，市民们爱看热闹，尽管他们早已习惯这一幕，但还是纷纷围拢过来。他们不敢站得太近，怕牵连着自己，也不敢站得太远，免得看不清热闹。一老头在街上摆了个摊子，两大锅滚红滚红的茶叶蛋就放在三轮车上。"一只眼"噌地一下踹开老头，蹬起三轮就跑。别看三轮笨重，电动的，跑起来快似毛驴。三轮车朝人群冲去，看热闹的连忙左右一闪，闪出一条三尺胡同。警察们上了车，也从这条小道上冲过去，人群吓得再一闪，三尺胡同成了六尺巷。

到底是四个轮子的跑得快，一个急弯警车拐到了三轮前头。"一只眼"急忙拉刹车杆，但偷来的车就是不听他使唤，唰地一下直往警车上撞——"砰"的一声警车被撞出个疙瘩，"哗啦"一响三轮碎成了渣滓。警察们气恼地下了车，把"一只眼"团团围住。看热闹的人潮再次涌过来，议论纷纷地点评着这出戏。"一只眼"匍匐在破碎的三轮车下，他的衣裤都破了，渗透出殷红的血。杨警官懊恼地走了过来，他的头上是一块肿胀的瘀青。他叫部下挪开了压在"一只眼"身上的破车，"一只眼"嗷嗷地叫唤着，试图爬起来。杨警官凑上前，猛一脚踹在他屁股上，把自己脑袋上这伤也归咎到"一只眼"身上。

"××的，跑！叫你跑……"说着又踹了几脚。

人群里钻出那老头，人们起初以为是给"一只眼"求情的。老头恭敬地说道："大兄弟，您看我这三轮……"杨警官两眼一瞪，老头不敢吱声。杨警官道："能撞上警车那是你的造化，警车被你撞了才叫糟蹋。"言毕，挥挥手，收队。

（2）审讯

"一只眼"被带回局里审讯。这回的案件非同以往，上上下下都不敢像从前似的打哈哈。

审讯室里，杨警官和"一只眼"各自坐在桌子两端。杨警官瞪着两只大眼，"一只眼"眯着一只小眼。杨警官也不啰唆，厉声问道："上个礼拜三，你都干什么了？"

"一只眼"急忙申辩道："杨老哥哟，我吃了早饭吃晚饭，吃了晚饭玩铜板。咱一天到晚就这么俩乐子，可没干啥伤天害理的，那娘们儿准不是我奸杀的！"

　　杨警官冷笑道："都没提那茬，你咋知道要问杀人案？"说罢再一笑，笑容里充满了胜利者的自信。他期待下一秒能看见"一只眼"瞠目结舌的模样。

　　"一只眼"的反应显然打压了杨警官的自信，他得意地说道："咱这局子来几回了，今儿各位大爷摆那么大谱还能是哪出？准是那案子。"

　　杨警官试图耍聪明才智的机会显然被他破坏了，干脆就开门见山了。他言道："挑明了说，你那晚上都去哪了？"

　　"一只眼"喷了喷嘴："小事没躲过，大事找上头。也罢，咱就直说吧，受活罪总比受死罪强。"

　　接下来的一个小时里，"一只眼"讲述着那晚的情况，警察们一愣一愣地听着，开始在脑中构思出了这样一幅画面：

　　那天凌晨，"一只眼"和狐朋狗友们打完牌就散了，他输得没剩一子，摇摇摆摆地在街上游荡着，不知咋的就逛到了一家酒店门外。他开始想起当初在狱中，狱警取笑他半辈子偷鸡摸狗却没沾荤腥的事。他突发奇想，兴许这酒店住上一晚能碰到个发卡片的美女，拍个照片要摸一下。

　　酒店的楼层各角装满了摄像头，做贼的总是不自在。他无趣地绕着一圈圈楼层打转，只想找个没有摄像头的角落躺下。不知爬到几楼，他总算找到了一个好角落，在某一层楼的厕所里头。照理说酒店设个厕所是多此一举了，不过人家就是乐于如此，这楼平白无故地多出这个厕所倒给了这个不速之客不少便宜。进入蹲间，他小心翼翼地卧在了瓷砖上。高档的瓷砖，光滑透亮，在夜里冰冷冰冷的。"一只眼"须保持一定的弯度，以免坠入马桶。这种睡姿极不舒服，下方的冰冷更是让人难以入睡。只是他实在太累，在冰冷与困乏的双重交织下，就这么进入了半睡半醒的状态。

"一只眼"此刻还不知道，在他所趴着的厕所对面的 606 号房间，正发生着一件荒唐的风流案，由于"一只眼"并未亲眼看见，警察们也不敢妄下定语，他们顺着"一只眼"的描述进行联想：

半夜，"砰"的一记响亮的关门声把他惊醒。"一只眼"迷糊中听见一个男人的声音，似乎是在打电话，别的话都忘了，只记得这一句：刘总，这欣儿有病你咋不早说？他娘的晦气……

"一只眼"听着脚步声渐渐消失，猜想这男人应该走远了。他悄悄溜出厕所，扒在墙角用他的独眼扫视四周，惊讶地看见对面那门漏着一道缝儿。四顾无人，他便壮大了胆子溜进这间房里。他心里盘算着，要是这男人晚上不回来了，正好有个房间给他白住。推门而入，唯一袭红色映入眼帘。一块红色的山花地毯从门口直铺到房间深处，地毯上雕龙画凤甚是好看。"一只眼"踩着地毯上的龙须凤羽走进房间，这是一间多艳丽的房啊！红色的天花板，红色的门窗，红色的墙壁上装饰着一朵朵妖艳的玫瑰。所有的事物都是红色的，唯房中央的大床一片雪白。床铺十分凌乱，似一捆揉作一团的抹布，抹布的一角似乎露出些什么。"一只眼"是个高度近视，压根没发现这一茬。他走过去，惬意地躺在床上。忽然他感到身下压着什么东西，硬邦邦的。他连忙坐起身子，掀开被褥，惊讶地看见被子下面躺着个女人。女人赤条条的，肌肤白净得像玉一样，胸脯上的两点红晕显得极为醉人。"一只眼"吓了一跳，本能地想到要趁早离开。他转身要走，却又回过头来，重新打量着这个赤裸的女子。女子一动不动地倒在床上，没有一丝反应。"一只眼"慌了，他有了最坏的心理准备。他小心翼翼地伸出手，试探性地探了探女子的口鼻、咽喉等部位，希望能得知这姑娘死活。他心一慌手就笨，放她鼻腔上感觉不出什么名堂来，他便不知所措地在这女子身上四下摸索，他把手指按在她胸口，试图感知心跳。手指戳到她柔软的乳房，轻轻地凹陷下去，手指一松，凹陷的部位又弹了回来。这令他感觉非常奇妙，他已经不再纠结死活的问题，在兴奋的驱使下，他的胆量也逐渐大起来……可怜的姑娘，昏睡中毫无知觉。"一只眼"开始宽衣解带，想要进一步行动时，下意识地环顾了一下四周，房里的红色仿佛葡萄酒化成的雾，弥漫在他四周，令他感到十分陶醉。忽然，他的独眼撇到了大门，门仍旧开着。猛然间他惊慌不已，适才红色房间带给他的醉意顷刻间消散，他后悔刚刚进来忘记把门带上，脑子里不断地涌出在他进来的这段时间里房门外会出现的各种可能。他越想越怕，慌忙穿好行装，顺走了姑娘放在桌上的皮包，匆匆逃出门。

"一只眼"的故事戛然而止，他的线索真假参半，案件变得扑朔迷离：市里的酒店没有一家装饰着红色壁纸，那姑娘所在的房间对面确实有一个厕所，可姑娘的房间号明显是909号房。

警察在"一只眼"家中搜出了那只皮包，皮包里装着各种化妆品，以及两张证件，一张是发廊的工作证，另一张是这女子的身份证，两张证件都清楚地写明了"颜依依"这个名字。警方向白云酒店调取了那晚的住房登记，那晚没有名叫"欣儿"的女子入住。登记的住户名字就叫"颜依依"。

这个不知道叫欣儿还是叫颜依依的女子被送往医院的时候，警方从她身上采取了指纹。杨警官把指纹与"一只眼"的指文一核对，结果非常吻合！

很快，警方就做出了决断："一只眼"趁夜潜入酒店猥亵女子，对其造成了人身伤害，并盗走其财物。法院判决六年有期徒刑。"一只眼"服从判决，没有上诉。

（3）疑团

故事看似告一段落，城市恢复了平静，人们继续关注着报纸上最新的花边新闻，如某明星的妻子与经纪人出轨等八卦最受大众喜爱，没人再记得那一次白云酒店的奸杀未遂事件。生活一如既往，警察局的同事因为破案有功得到了嘉奖。唯独一人始终闷闷不乐，那就是杨警官，他始终觉得案子疑点重重，令他寝食难安。

一日，杨警官走进了白云酒店，对那前台说：开个房间，909号。

杨警官推门而入，一袭青色映入眼帘。一块青色的山花地毯从门口直铺到房间深处，地毯上雕龙画凤甚是好看。杨警官踩着地毯上的龙须凤羽走进房间，这是一间多素雅的房间啊！青色的天花板，青色的门窗，青色的墙壁上装饰着一朵朵淡雅的玫瑰。所有的事物都是青色的，唯房中央的大床一片雪白。床铺十分齐整，似一方刚切的豆腐。杨警官躺在床上，回想着一个月前的那个晚上。那一夜,他与一个叫欣儿的女子在这房间里进行着鱼水之欢,波澜起伏的快活之后,欣儿依偎在他怀中,百般娇嗔地说:"杨先生,这40万您是给现金呢还是打卡?"杨警官一愣,反问道:"难道你还没听游总说?上回他的货被海关扣下了,那儿有我一发小,我帮他说了情,就把这批货放了回来。这批货就值40万。游总这不是作为报酬让你来陪我一晚上吗?"那姑娘眼前一黑,砰地一下晕倒在床上。杨警官一惊,是个有病的?!他恼怒地呸了一声,真他妈扫兴!他穿好衣服走出房间,把门狠狠一摔,门上的铭牌本就不牢固,一震就歪倒了,909成了606。杨警官掏出手机给游总打了个电话:"游总,这欣儿有病你咋不早说?他娘的晦气……"

杨警官惬意地躺在床上,他庆幸自己的普通话没那么标准,让人家把游总听成了刘总。更庆幸"一只眼"是个色盲,分不清青色和红色——这个秘密他是在打牌的时候知道的,没告诉别人。眼下只有两个问题使他不解,那一晚的女子到底是谁?为什么要从原定的星光酒店换到白云酒店?

(4)追溯

颜依依是个年轻漂亮的姑娘,在市区一家发廊工作。发廊里三教九流的客人比比皆是。干活累,薪水不高,好在店里包吃住,省着点还能勉强度日。一天,颜依依伺候一位客人理发的时候,客人的手机响了起来。碍于理发过程手脚不便,他就开了扩音,颜依依一字一句都听得格外仔细:"喂,游总啊!欣儿今晚能过来吧?这可是花了大价钱的,到时候可别不情不愿啊。"

　　客人笑呵呵地说："您放一百个心吧，老杨。就在星光酒店，她准乖乖地上门去。就见过一回的丫头，瞧她把你给馋的……您放心，睡个觉40万元，她不肯我也得叫她肯……"

　　睡个觉就40万元？！颜依依听得两眼放光。她从电话中得知那位"老杨"对欣儿也不过一面之缘，自己上门冒充应该不难。当天晚上，她精心打扮一番，早早地跑到了星光酒店。门一开，杨警官问道："你是？"颜依依嗲气道："瞧瞧您，上回刚见过就忘了欣儿我了？"杨警官恍然大悟地说："哎哟，欣儿啊，咱见你一眼就记你一辈子，咋能把你给忘掉呢？""欣儿"说："听说今晚这一带巡查的要过来了，咱换个地方，可好？"杨警官乐得直说好。当晚，他们换到了白云酒店，"欣儿"说："把手机关了，免得坏了气氛。"杨警官心里乐开了花，啥样都依她。两人很快就宽衣解带，在雪白的大床上尽情地颠鸾倒凤。想着即将到手的40万，颜依依兴奋得乐不可支。

　　与此同时，星光酒店里，真欣儿站在909号房门外按了许久的门铃都没人应。她拨打了杨警官的电话，电话那头传来回音："您好，您拨打的电话已关机……"

　　欣儿转身走出酒店，她长长地吁了口气。今晚的贞操保住了。

火炉与冰块

　　火炉先生与冰块小姐是一对好朋友,他们相识在一个冬天。

　　那天早晨,火炉先生睁开眼睛,看见外面的玻璃窗上筑起了一座小房子,房子透亮透亮,与玻璃的模样很像。小房子里头走出来一位新朋友,她也是浑身透亮的,清冽、洁净,散发着一丝丝异域风情。

　　火炉先生感到好奇,于是向她打招呼:"你是我的新邻居吗?"

　　那姑娘不言语,对他微微一笑。

　　火炉先生又问:"好朋友,你叫什么名字?"

　　她调皮地一笑:"你猜猜!"

　　"总不是玻璃吧?"

　　"不对哦,"她笑嘻嘻地说道,"我是冰。"

　　"冰?"火炉先生久居宅里,从未见过如此不可思议的客人。他忙不迭地询问冰块小姐的来历。

　　"你查户口呢!"冰块小姐摆出一副不乐意的模样。

　　火炉先生意识到自己的唐突,连忙冲她赔礼。

　　"罢了罢了。"冰块小姐摆摆手,表示自己大人不记小人过,"真要想知道,我以后慢慢跟你说。"

　　接下来的日子,冰块小姐便在火炉先生这住下了。火炉先生每天都隔着窗户和她打招呼，他喜欢听她讲旅行的故事。从她的讲述中，火炉先生了解到外面世界的精彩纷呈：辽阔的草原、奔腾的江海、银蛇舞动的苍茫雪山、一望无际的名山大川……冰块小姐告诉他，自己每年都要旅行，她会迎着风儿顺着水，在冬季的愉快氛围里惬意地享受着满世界的浪漫。她曾踏着十二月的雨水从天而降，与野蛮的白熊一起捕鱼，在清凉的水面上筑起玉宇琼楼；她曾把树上的果实冻得通红，把山坡丘陵冻成银蛇蜡象；她在湍急的瀑布旁拉弦吟唱，在白雪皑皑的群山里聆听麋鹿轻声呼号。

久居深宅的火炉先生对她的讲述感到着迷，甚至认为这个来自异国他乡的姑娘与他不是生活在同一个世界。她谈吐不凡，气韵尤佳，时而野蛮泼辣，时而冰雪聪明。对偶像的崇拜往往使人渴望得到对方相同的崇拜，火炉先生最拿手的本领莫过于自创的魔幻舞。冰块小姐有幸亲眼见识到这一幕：火炉先生憋足了一口气，身体缩成了圆滚滚、矮墩墩的一团，整张脸涨得通红，他的舞台下方围着一堆柴禾，他们都是火炉先生的粉丝，此刻正凝视着舞台上的明星。

"呼啦！——"一声呐喊，火炉先生蹿得老高，身体变得又细又长，从他的铁帽子里抛撒出无数耀眼的小星星。柴禾们兴奋极了，他们热烈地鼓掌，发出"噼里啪啦"的声响。趁着这股热闹劲，火炉先生卖力地跳起舞蹈来，他的身体不断变幻：忽大，忽小，忽隐，忽现。他变幻出鲜花的形状，鲜艳的海棠吐蕊绽放；他又变幻成猛兽的模样，金凤凰飞舞大狮子跑；他不时地从帽子里抛撒小星星，每抛出一簇星星，柴禾们便会兴奋地尖叫。火炉先生喜欢他们的尖叫，这会使他充满精神；但此时，他更希望看到冰块小姐的喝彩。

隔着一扇玻璃窗，冰块小姐安静地看着火炉先生表演。她微微地笑着，不鼓掌，也不尖叫。

她这是喜欢呢还是不喜欢？火炉先生心里不明白。

春风携绿，大地光彩重生。冰块小姐就是在那个阳光格外温暖的午后辞行的。隔着玻璃窗，她与火炉先生愉快地告别。

"就不能再留些时日吗？你看今天的阳光多舒服。"

"嗯，阳光不错，"冰块小姐点点头，"不过，宅在家中懒洋洋地晒太阳，这可不是我的作风。"

这句话无意中使火炉先生躺了一枪，不过冰块小姐似乎并未意识到这种微妙的尴尬，她又兴致勃勃地讲述着接下来的旅行计划：

"接下来我还要去南极，那儿有我许多的朋友。还记得我和你提过的北极白熊吗？他们虽然热情好客，却是群粗暴的家伙。南极的企鹅就不那样，他们都是些温文尔雅的绅士名媛。听说上个月他们的宝宝出生了，我这次过去正好赶上一顿满月酒。"

"那行，祝你旅途愉快。"火炉先生平静地说。

"别这样嘛，你是不是不开心？"冰块小姐问道。

"不，我没有。"火炉先生说着，挤出一个笑脸。

"那你多保重吧，我走了。"冰块小姐转身离去。

"等一下！"火炉先生冲她的背影喊道，"什么时候再见面？"

"等到下一个冬天。"冰块小姐回头给了他一个微笑。

冰块小姐走后，火炉先生窥看外界的途径只剩那一扇玻璃窗子。透过这窗子，他看见窗外光秃秃的梧桐枝条上萌生绿芽，这些嫩芽愈长愈大，变成了巨大的叶子，一片叶子、两片叶子……梧桐树上数不清的叶子！有时会有鸟儿停在枝条上。隔着玻璃窗，火炉先生问这些鸟儿："小鸟啊小鸟，现在是什么季节？"

鸟儿们叽叽喳喳地唱道："立春！立春！春脖短，早回暖，常常出现倒春寒。"

火炉先生问："春季里有哪些热闹事？"

鸟儿们唱道："立春一年端，种地早盘算；人勤地不懒，秋后粮仓满；山林走骏马，溪水飞白鹭。"

火炉先生又问："你们可曾见过冰块？"

"见过！见过！她在珠穆朗玛峰上攥着一面红旗……"

火炉先生兴奋地问："我也到珠峰顶上插旗如何？"

鸟儿们叽叽喳喳正要答话，这时风卷残云，大雨如临，鸟儿们扑棱着翅膀，唱着唱着飞走了。雨来了，窗子上哗啦哗啦地开满水花。火炉先生问道："小雨啊小雨，外面是个什么季节？"

"立夏！立夏！"雨丝吟唱着，"春争日，夏争时，一年大事不宜迟。"

"你可曾见过冰块？"

"见过！见过！她在大西洋上斗败了一艘大船……"

"我也去大西洋闯荡可好？"

雨丝没有答话，她的声音渐渐小了，阳光出来了，开在窗上的水花儿都谢了。

春去秋来，雁去燕归。火炉先生日复一日地望着窗外，他的双腿未曾离开过地板一步。每一个万籁俱寂的深夜，火炉先生都被脑海里那声音搅扰得心烦意乱。一扇窗,他窥探到了世界的一角;一扇窗,他陷入了困惑迷惘的朝朝暮暮。是恨? 是感激? 他不明白该对窗投以怎样的情感。伴随着日子一天天过去,茂密的梧桐叶子一片片飘落,火炉先生默默数着:一片叶子,两片叶子……梧桐树终于又变回了光秃秃的样子。冬天来了。

火炉喜欢冬天,冰块也喜欢冬天,时隔一年他俩终于再度重逢。冰块小姐兴致勃勃地讲述着一年里的所见所闻,火炉先生望着她,尽管在外奔波一年,她却依然充满活力,相比之下,自己终日养尊处优反倒憔悴了许多。冰块小姐还在津津乐道地谈论着极光的绚丽:"你知道吗,那些光就像彩色的水一样在天上流动……"

"够了!"火炉先生打断了她的絮叨,"我要去旅行。"

冰块小姐被这猝不及防的反应吓得一愣,等回过神来她问道:"你想去哪?"

"大西洋,"火炉先生坚定地说,"还有雪山、北极。"

"你疯了!"冰块小姐简直要尖叫,"雪山、大海,你经得起哪样? 稍微吹点风刮点雨你就生锈了! 我可不是在打击你。"

不是打击我? 可真是此地无银三百两。火炉先生的印象中,每当家中的几位主人议论起某人短处时总会加上一句"我不是说他不好,其实他人也不错"。这准是蔑视,绝对的蔑视! 于是,火炉先生慷慨激昂地喊道:"狂风暴雨可以锈蚀我的身躯,但扑不灭我心中的火。"

"说得好! 说得好!"柴禾们纷纷鼓掌。

冰块小姐轻轻地叹了口气:"你打算什么时候去?"

火炉先生为她语气的转变而高兴："开春，我们一起去。"

"我们俩结伴？"冰块小姐面露难色，"不太方便吧？"

"怎么会？"火炉先生说，"我都做了一年的准备工作了。"

"还是分开旅行吧，偶尔联系就成。"

火炉先生不明白为什么眼前的朋友会变得这么冰冷。他在脑海里回忆起种种与冰块小姐谈笑风生的场景，究竟是从哪一时刻起他俩又变得相互陌生起来？相互熟知的朋友，竟需要像初次见面那样重新打量。

拗不过火炉先生的热情，开春时，冰块小姐终究还是与他一并旅行了。然而火炉先生并未因此高兴多久，几日的相处中，他逐渐意识到自己与冰块小姐的格格不入。那日火炉先生破窗而出，为终于不用再隔着玻璃窗对话而高兴。然而，当他兴奋地拥抱起冰块小姐的刹那，令他始料未及的事情发生了：冰块小姐并没有表现出与他相同的喜悦，相反，她的表情冰冷、痛苦，仿佛是在挣扎。火炉先生吓得赶紧松开手，冰块小姐连连喘气。接下来的旅途中，二人始终保持着距离。火炉先生发现，与她接触非但没有感受到一丝温暖，反而挨得愈近就愈发觉得冰冷；他试图用自己的火热来暖化冷冰冰的朋友，却未想冰块小姐似乎受不得一丝温热，挨得越近反倒使她躲得越远。二人并行，最尴尬的莫过于无言。冰块小姐很少主动开口，火炉先生便尝试主动寻找话题，然而能使俩人把聊天持续下去的话题极少，几个相似的话题聊过几回后双方都失去了兴致。

冰块小姐喜欢水，火炉先生便顺着她的意。他们来到小河边，冰块小姐轻盈地跃落水面，河水潺潺地绕过她的身子，似一条条银色的丝带。清晨的阳光微微照着，照着小河也照着冰块，冰块小姐浑身亮闪闪的，在波光粼粼的小河里显得极为美丽。

"好玩吗？"火炉先生在岸上问。

"嗯。"冰块小姐点点头。

"那我也下来。"

"别别别！"冰块小姐慌忙喊道，"你不能下来。"

她又在拒绝我了，难道连一块儿玩也不成吗？火炉先生心中略有不快，但他还是勉强挤出笑容："一起玩嘛，好不好？"

冰块小姐很想告诉火炉先生，他的身体受不了河水。但她知道火炉先生那份强烈的自尊心，要是这样与他说，他准会以为自己是在看不起他。

"我下来咯。"

"别下来！"

火炉先生心里咯噔一跳：她就这么直接地给我一个闭门羹？

"你玩不了水，"冰块小姐说，"铁炉会生锈，火苗会熄灭。"

火炉先生盯着她，许久，他长叹了一口气，唉——终于沮丧地垂下了头。

"快到了，再翻过那片山坡就能看到家门口了。"火炉先生终于快回到家了，这时的他满怀疲惫。

那日与冰块小姐分别后，他独自面对着辽阔无边的苍茫大地陷入了惶恐。曾经以为凭着满腔热血便能闯荡世界，而这些日子以来现实的复杂多变给了他当头一棒。他并没有走到雪山，也没有见到大西洋，他仅仅是在离家不到五十里的村庄徘徊。好朋友们一一离他而去，就连那些曾经一度鼓励他的柴禾也都因热情耗尽而变得心灰意冷。

"又少了几根木柴。"他叹了口气,火焰微弱地闪跳着。

阳光渐渐黯淡了,天上的乌云团团笼聚。

"要下雨了?!"他略带兴奋地笑了,生平都是在房间里见雨,水花开在窗上时,他多想伸手触摸一下。原野上的雨丝在天空盘旋,大风呼呼叫着,火炉先生仰头望天:"好漂亮。"

雨水"哗啦啦"地落下来,打到他身上。他顿时感到一阵渗入骨髓的忧伤,那股寒流令他四肢冰冷、抽搐,顷刻间把他的幻想冻成粉末。跑吧,快跑吧!他在潮湿的原野上狂奔,铁炉是他笨重的甲胄,处处掣他的肘,这让他想起过去和冰块小姐说过的那句"可以锈蚀我的身躯,但扑不灭我心中的火",可是,这铁炉能丢吗?没了铁炉,火还烧得起来吗?他一路跌跌撞撞,无数泥水飞溅到脸上。他跌入了一个水坑,不断地在坑里挣扎。他开始反思冰块小姐说过的话,那时只当是她目中无人,可如今想来自己愧疚难当。他逐渐意识到自己与冰块小姐的不同,他离不开铁炉、木柴和火焰,或者说他自身就是这三者的结合,没了铁炉的保护,他会变得脆弱不堪;没了木柴的鼓励,他就烧不起希望的火焰;没了火焰,他便是一具冰冷的废铁。失去其中一样,火炉就不存在。这一刻他顿悟到冰块小姐的冷傲其实是一种来自强者的洒脱,她不需要盔甲来束缚自己,因为她自身就是冰,纯粹的冰。她可以离开窗户,可以离开小河,她融化了是水,蒸发了是汽,汽再凝聚成水,水再凝结成冰……她是可以凭借一己之力独自生存的,这是做不到洒脱的自己与她最大的不同。

他看到房子了,看到家门口了,门前每一处曾经习以为常的风景此时倒像初次遇见一样新奇。

他颓废地靠在了墙角，雨水淅淅沥沥地不断落下，大风摇晃着梧桐树，叶子一片片往下落。他默默地在雨中数着：一片叶子，两片叶子……最后一片叶子落下时，炉子中的火苗终于熄了。

"我不要去雪山大洋了，也不想看什么白熊企鹅了，"他的内心在说，"只要能平淡安稳地回到家就足够了。"

补　记

非常感谢您能在百忙中读完我的作品，这是本人首次尝试童话写作。《火炉与冰块》的故事原型来源于我和我的一位朋友，我的这位朋友才华横溢，而且曾经与我私交甚笃，但不知为何，近日来我们的友情愈发疏远了。我曾尝试主动亲近对方，给对方写信、多次寻找话题，希望能重燃友谊之火，然而越是挽留，对方反而越加抗拒。疑惑了一段时间后，方才恍然大悟，我与这位朋友在思想、性格上本就存在诸多差异，只是我俩都对文学喜爱才结为朋友。我们就像文中的火炉与冰块，可以隔着一块玻璃相互欣赏，可距离一旦拉进，个性上的巨大差异便会在我俩之间筑起一道更厚的壁垒。我意识到自己是火，对方是冰，热情不见得适用于每一位朋友，两人靠得太近，反而让火感到冰块高冷难以亲近，也让冰感到火焰热情过度难以适应。其实朋友之间是应该如此，不管彼此性格爱好是否完美契合，都没有必要刻意靠近、迎合或是努力维持，每个人都是独立的个体，终究要过好自己的生活，而与朋友的距离，总会因为时空不可避免渐行渐远。但朋友所带给你的那一份力量留在心里是永远不会走远的。像一首歌所唱的：最懂我的人，谢谢一路默默地陪我，让我拥有好故事可以说。

关于闯荡世界的话题则是来源于我大学毕业时期，同学们都对未来生活感到迷惘，于是有人提议集体北漂，当时这个想法得到不少同学响应。但也有一位在北京发展的笔友来信相劝，最终我的这个念头被打消了，同学们后来各奔东西，有的成了，有的败了，还有的失联了。我把这些近日来的杂事感慨糅合糅合，捏到一块，遂写出了这篇文字。初稿写成后，发给几位朋友点评，有位朋友如是说道："冰有她的追求，火有他的价值。冰为火打开了外面世界的大门，火希望走出去，但不仅仅是盲从冰的旅程，而应该是勇敢地独立地探索自己的路，找到可以发挥自己价值的地方。"

火炉与冰块的不同，不在于他们一热一冷，而在于火炉的热情之下，其内心是空虚的、寂寞的、卑微的，他代表着无数追求高调耀眼，渴望走遍世界以获得更多关注的人群，而他本身并不具备适应外界的能力，恰如文中所述"他离不开铁炉、木柴和火焰，或者说他自身就是这三者的结合……失去其中一样，火炉就不存在"。正如当今的许多青年，大学时踌躇满志，毕业后却被现实的壁垒磨平了棱角。而冰块，她虽看似高冷，但她的内心是坚实的，她的冷傲正是一种来自强者的洒脱，树枝草木想要与她交朋友，她都可以把他们拥入怀抱，即便当这些朋友有一天离她而去时，她也依旧可以潇潇洒洒地与他们告别。相比于热情好客但内心空虚的火炉，冰块的洒脱则是来源于其内心坚实强大的自我，她"融化了是水，蒸发了是汽，汽再凝聚成水，水再凝结成冰……她是可以凭借一己之力独自生存的"，洒脱的个性加坚实的能力基础，因此冰块的成就往往比火炉更高，而这两者的交往，注定了受伤的准是付出最多的那个。火炉渴望发挥价值，渴望走遍世界，而外界却告诉他，他最大的价值就是老老实实趴在屋里，等人来了热情地出来接待，但这显然不是火炉所期待的生活，因为他知道，当这人暖和够了想走了，自己是怎么留也留不住的。于是当理想与实际对立时，究竟是选择服从现实还是激流勇进，便成了一个争论不休的话题。

如果说，想要在火炉与冰块之间取得一个平衡的话，那么磁石当属他俩共同的偶像。一块常温的石头，既不烫也不冰，你只管敞开心扉与他接触，无须担心他过分的热情烫伤自己，也不用担心他像冰块那样冷淡。磁石不需要刻意招摇，他安安静静地待在原地，让自身的才华自然而然地流露出来，便会有无数铁粉被他吸引，主动扑上前来。自古以来，没有哪位偶像是主动去求人家做自己粉丝的，只要魅力够大，哪怕原地不动照样会有一批铁粉。

本文属于尝试性写作，抛弃了一贯擅用的写作手法，尝试一种大众化的、老少皆宜的方式。只是我写着写着，到了后头又渐渐带入了以往的叙事手法。回顾了自己近年来的作品，大都是以悲剧结尾的，于是我好几次尝试写喜剧，却不料回回写喜剧，回回成悲剧，此次也不例外：本打算写成喜剧结尾，让火炉与冰块各有所成并和好如初，但写着写着，到了悲与喜的岔路口，明知道两个路口将会通向什么方向，但潜意识里的一个声音告诉我要换个方向，接着一股无形力将我的笔锋拽离了喜剧之路；我又想，写个类似于《老人与海》中主角经历一场看似一无所获其实收获良多的冒险吧，只是写着写着现实主义的情怀再次令我偏离了初衷，写到最后，依旧是一篇悲剧。此文属于尝试性写作，有很多不足之处，欢迎您提出宝贵的建议，再次感谢您的阅读！

柚子彩虹雨

"靠近一点，哎，好的，不要动，一、二、三——咔嚓！"

他俩相互搀扶着走出照相馆，走在黄泥土路上，走在通向山顶的路上。

道路的左右两侧是茂密的柚子林，八月的晌午，正是柚子最精神的时候，它们静静地悬在枝上，果皮子青青，偶尔露出点点金黄。两侧柚子林的上空，各是一方厚沓沓的云层，两侧云层间的一线蓝天，恰似被人用沾过颜料的刷子给涂抹了一笔，白亮的太阳就浮现在这一笔上。

他们走上了山顶，席地而坐。

她说："下午会有雨吧？"

"会吧，天气预报是这么说的。"

"这可没准，天气预报的准确率和再来一瓶的中奖率差不多。"

"你看山下这些柚子树长得多精神！"

他们想起了多年前那个遥远的下午，夏天还在知了声声的起伏里，梁四和他的两个兄弟舰舯、阿明埋伏在一棵树上。那时的三人身材高大，浑身都透着如巨树一般的气魄。他们紧盯着远处的一个蓝点，蓝点"呼噜呼噜"地向他们跑来，近了，显露出卡车的面貌。卡车的车厢上装着上等的木材，它们色泽均匀，在正午的阳光照射下，像无数捆红色的铜丝。卡车渐渐接近，车头已过了树荫。干！他敏捷地一跃窜上了车，两个兄弟紧跟着跳了上去。车子顶上本就有五个人，算上他们共八个。三个打五个，也不是特别吃亏。司机踩着油门，卡车在崎岖的山路上飞奔，两侧景色层层变幻，车顶上的八人混战一团。

一个，俩！五人中的两人已经被踢了下去，车顶是三对三的交战。梁四飞起一脚，踹向领头那人的心窝，那人被踹倒了。梁四随即扑过去，压在了他身上，左右交织，砰砰的一阵拳擂，那人满脸青紫，嘴角挂了红。梁四拖着他往下一抛，抛下了马路牙子。与此同时，舰舯和阿明也把另外两个人打下了车。

梁四伏下身敲敲车窗，还不死心呐，那几个都被我们干掉了。

司机惊惶地刹住了车。

"滚吧！"

司机仓皇地逃窜，三人哈哈地笑着。

"我那时就该知道，你准不是凡人。"她微笑着看着自己的老伴。

"这雨还没来啊。"他喃喃自语。

山光和煦，农人的鞭子轻轻地落在牛背上。姑娘坐在牛车上，她身边坐着六七个六七岁大的孩子。她打着节奏，和孩子们一起唱着歌。忽然刮起了一阵大风，天上云团聚拢，"哗哗哗"地砸下一阵雨。车辘辘跌进了一个坑洼，农人使尽了力气还是没能让牛车移动丝毫。

"姑娘，这车动不了啦，前面有座古庙，你们可以到那里避避雨。"

她跳下了车："小朋友们，和农民伯伯说再见。"

"农民伯伯再见！"

梁四这时开着刚刚抢来的卡车途经这条山路。

"停一下，师傅！"她赶紧去拦这辆卡车。梁四急急刹住了车，泥浆溅了她一裙子。

"怎么啦？"

"师傅，帮帮忙吧。牛车走不动啦。"

梁四回头看了一眼牛车，那个农民正在努力想法子使牛车爬出泥洼。

"快上来吧！"

驾驶室里坐着梁四和他的哥们儿。这女子和那些孩子都趴在车厢后，后车厢上的遮雨布原本是用来遮挡木料的。湿雨天，木材散发出一股幽幽的清香。

卡车停在了古庙门前。城春草木，这是一座荒废已久的古庙。

她用毛巾擦着头发，向他轻声道了声谢。

梁四问她，你们怎么会在这儿淋雨，你们从哪来的？

女子告诉他，自己是附近学校的老师。

梁四细细地看着她，虽然雨水已经把她的脸打湿了，头发也滴着水，但这显得她更好看了。

墙角的蟾蜍呱呱叫着，墙外的柚子树散发着阵阵涩香。

梁四看着庙外的雨，心里忍不住念叨，下吧下吧，越大越好，千万不要停。这声音从胸腔里涌起，顺着舌根，一直渗透出唇齿。

"你刚刚说什么？"

"哦，没什么。我在说这雨，应该快点停才好。"

"老师！叔叔说谎，他刚刚说下吧下吧，越大越好，千万不要停。"学生们齐齐喊道。

两个人的目光尴尬地纠缠在一起。阳光照射到他的眸子，两对缠绕的目光被解开来。他连忙指着石窗外的晴朗天空说，天晴了。他们顺势看去，这大雨，居然停了。碧空里白云片片，地面与山林是水汪汪的一片，阳光普照，全都金灿灿的，一弯七色彩虹从青山一角一直勾勒到彩云之间。

事发的半个月前，马老板从阿里山进了一批上等桧木，不曾想中途被黑道头子老金劫了去。老金和马老板是多年的死对头，他们从年轻斗到老，有整整三十年的恩怨。

梁四就是那时被马老板找上的。他从小习武，身手过人自不用说。他本在街头漂浪，得知这件事情时便感觉到机会来了，联系了几个往日的弟兄，一起干了这一票。

梁四做的活令马老板非常满意。他拍拍梁四的肩膀，脸上笑容可掬："跟着我干吧！"

他就这样跟着马老板干了。双脚踏足黑白两道奔走八年，八年里，黑白两道都留下了他的大名。他曾五次帮马老板死里逃生，遭遇过十次通缉，十二次围捕，每次都得以安全身退；他参与了三十七次群战，二十八次单打，四十四次谈判，从未有过一次失手；他曾被人连砍八刀，而砍他的人则被他一刀毙命。他赢得了马老板的高度信任，也成了黑白两道上有名的牛鬼蛇神。直到多年后那个八月的晌午，当他和老伴共坐在山坡上回忆往昔时，忽然感到那段岁月是多么的胆战心惊。

为什么，多年前全然没有过这样的想法？他问自己。

老伴劝他别想太多过去的事情。

他却说："人到风残烛年的时候，除了回忆，还能拿什么来打发时光呢？"

她一时语塞，可不一会儿就惊讶地看着眼前的男人，即便是许多年前曾经叱咤风云的人物，到了多年后，开始回忆往事的年纪时，也终是老头一个。丈夫确实是老了。

他是什么时候老的呢？妻子开始回想，是在他砍断柚子树的时候，还是在女儿的婚宴上殴打宾客开始？

不不不，刚刚还劝人家别多想，自己这会儿却也在多想。这时一滴雨飘在脸上，她惊讶地喃喃自语："落雨了。"他也抬起头来，想起方才来时，两侧柚子林上空各是一方厚沓沓的云层，两侧云层间的一线蓝天就在他俩头顶上。而现在，两处云层紧紧靠拢，它们汇聚成深灰色的一团，掩盖了那一丝天蓝。

雨开始下了。吧嗒——淅沥沥——哗啦哗啦——

多年前那个疯狂的雨夜啊，他瑟缩着躲藏在一片巨大的柚子林里。这是他追随马老板的第八个年头，也是令他此后的许多年回忆起来宿寐难安的一个晚上。一个小时前，他双手握刀冲着那些歹人发出仿如史前巨兽般的咆哮，他那近乎疯狂的愤怒令那些穷凶极恶的歹人都感到恐惧。他愤怒地冲上来，好像一只狮子突入狼群。两把匕首娴熟地挥舞着，刺穿心脏，划破喉咙，好似镰刀割刈着稻秸。持刀握棒的，砸泥巴扔石块的，各式各样的武器，惊心动魄地厮杀，大雨里，雨水和血水交混着淋湿了这片树林。

一个小时后，他垂头跪坐在地上，雨漫膝盖，他悲痛地哭喊着。马老板的尸首横在一边,他的十二个爪牙俱被自己杀死。他哭嚎着,愤怒地扑向刚刚死去的马老板。他手里捏着匕首,使劲地扎进马老板胸口,抽出来,再扎!再抽出来,再扎!……马世龙,你这该死的该杀的贼!你这活该被人千刀万剐的贼!我为你与人拼命,为你挡刀子挨枪子儿,为你干掉了你的死对头老金,为你一再被条子追捕!你这贼,竟想杀了我灭口,还杀了我的兄弟我的妻!我要把你碎尸万段,我要叫你挫骨扬灰!……

可怜他的妻子——那个曾被他溅了一身泥水,在古庙里相识相知的姑娘——至死也不知丈夫的真实身份。一直以来她都只单纯地以为丈夫是个勤劳的林场司机——马老板对外就是这样说的。他给了梁四不少佣金,并拿司机掩盖他的身份。他靠着隐藏的身份赚钱,用那公开的身份生活,纵然是在求婚时,他也依旧以林场司机的身份追求爱情。他跟随马老板的第八个年头,也就是结婚的第三年,他的妻子怀了身孕,马老板的势力也到了头。警方找到不少有关马老板犯罪的证据,这下完了,马老板就要遭殃了,马老板要赶在自己灭顶前销毁证据,他要杀人灭口。阿明已经被他害死,舰舯早早地就已枪决,他现在要赶着杀死梁四,这个执行了他无数任务,知道他最多秘密的人必须得死!

他的杀手们悄悄地向梁四家靠近,他们把几只煤气罐子滚进屋里,再用无数堆柴薪包围房子。十二个人投出了十二支火把,火焰熊熊地烧了起来,把房子烧成了灰烬。他们哪里知晓,屋子里就只有一个身怀六甲的大肚婆,梁四压根不在家。

这场火烧得实在可怕,就像愤怒的梁四一样,他要报仇。

郁郁葱葱的山林里,生长着多少旺盛的草木。漆黑不见五指的夜里，梁四备好了点火的器具，他静静埋伏在一棵柚子树上，等到马老板经过时，他便点燃大火，拼个玉石俱焚。然而，令他失算的是，就在他刚要点起火焰的时候一阵风雨骤临——或许这就是天意，上天不想无辜的草木与之陪葬。这无疑是对这片林子的拯救，同时也是对梁四、对马老板的拯救，如果梁四能够顺应天命的话，那么今夜的一切人和事物都将安然无恙，他的后半辈子也会安乐。然而，他谢绝了上天的好意，他纵身从大树上跳下，一刀刺透了一个帮凶的脊梁，接着就是那场血肉横飞的屠杀。好心的风雨拯救了所有被动的树木，面对注定好的命运，它们也无力回天。

梁四骑在马老板的尸首上一刀一刀地戳着他的胸口，在那近乎疯狂的发泄过后，他疲倦地躺在湿地里，四仰八叉。

那夜过后，江湖上有名的杀手梁四自此销声匿迹，一时间风雨满城。有人说他在何处烧杀抢掠，也有人说他在什么地方劫富济贫，可不论是恶贼侠盗，被逮捕后统统都是冒牌货；有人说他就死在那场厮杀中，可那些尸首都被毁得面目全非，根本没法考证。

他隐姓埋名地藏匿了五年，五年后的一个晌午，他出现在了南方一座山脚下的小酒馆里。30岁的老板娘是个年轻的寡妇，她的丈夫去年上山伐木被野猪拱死，而他则扛着那头刚刚捕杀的野猪来到她家门口。她惊讶地看着眼前这个貌不惊人的男子，并留他在店里做了伙计。她和他结了婚。

结婚的那天，他们在院子里种下一株柚子树。

柚子树开花的那年，他们的第一个孩子出生，是个男孩。

柚子树结果的那年，他们的儿子夭折。同年，又生了个女儿。女儿健康地成长着，在她18岁的时候，这棵柚子树已经开了22

年的花，而她的父亲也在这一年患上了臆想症。

电闪雷鸣的夜晚，几个兄弟，几个条子，一群黑帮的白道的，他们一个个红头发蓝眼睛，他们的眼眶汩汩地淌着血，他们的手里握着形形色色的武器：匕首、砖头、锁链、木棍、手枪……他们凌乱地置身在大雨里，他们披头散发，面如死灰，马老板、老金、刀疤眼、铁胳臂……好多眼熟的面孔。

梁四如一尊冰冷的铁，他用沙哑的声音说道："都来了？来得好。杀一个够本，杀两个够赚，杀了这么多我就知道早晚是要还的。都来吧，你们活着我能叫你们死掉，你们死了我还能叫你们再死一趟！"

匕首、砖头、锁链、木棍、枪火，形形色色的武器交织混战，梁四拖着五十六岁的身体，还像当年一样横劈竖砍。朗月当空，院子里的树枝草木皆被斩得七零八落。

他疯了，每到夜晚，牛鬼蛇神群群入梦，他的脾气便越发暴戾，时不时就把锅盆碗盏摔得粉碎；那些冤魂恶鬼朝朝暮暮寻他索债，他就抓扫帚扔簸箕，把身边的人打得遍体鳞伤。这疯狂时有时无，发作起来不择时地。他就曾在女儿的婚宴上发作，餐饭酒水把宾客们泼得狼狈而逃。女婿一家是厚道人，他们原谅了亲家，带他去看医生。医生说他是得了臆想症，要想治疗还得进一步了解他的过往经历。他不说。医生无奈地开了药。

妻子和他相互依偎着坐在山坡上。风雨渐渐止息了，云也散开来，天空是一片浅浅的蓝。她收起了那把黄纸伞。七彩长虹从群山之间穿透云层，直贯红日。

"看见了吗，这就是那条通往天上的桥。"

"看来我也是要归天了。"

"别这样说。"

"对，我是不该归天。我是个杀人无数的罪人，我是要下地狱的。"

"你怎么总是这样想？"老伴开始生气了，她说，"你得相信我，我保证会安安稳稳地把你送进天堂。"说罢，她拿出了刀子。

"我信得过你，可天上的守卫信不过我，他们会把我抛下去的。"

"那我就去地狱等着你。我也是杀人犯，我杀了两个丈夫。"

"不，你应该上天堂的！"他激动地说。

"那你也跟着上来。"

"行，我也上去。守卫们要是拦着，我就把他们也给扔下去！"

"那么上路吧。"

"嗯。"他点点头，躺了下来。草地湿漉漉的，他感到背部有一丝丝冰凉。

她缓缓地举起了刀。

"慢着，给我盖块布吧，不然你下不去手。"

她撕下一块白布遮住他的脸，再度拾起了刀。

"可想清楚了，到时候你也得挨枪子儿。"他说。

"就是不挨枪子儿，我也没多久可活的了。"她平静地说。

刀子高高地扬起，轻轻地掉落在地上。

"我下不去手！"她哭泣了。

他坐起身，拍拍她的背。

女儿出嫁后，家里又回到了三十年前，只有两个人时的模样。

　　为了照料这个疯老头，妻子不得不终日戴着一顶安全帽免得受伤；为了避免丈夫伤人，妻子总是用毛巾把他的手脚捆起来。捆人，那也是有门道的，捆紧了会勒手，捆松了又容易挣脱，妻子总把力度控制得刚好。当他饥渴时，只需张嘴喊上一嗓子，妻子就会立刻赶来喂他餐饭。这女人实在辛苦，家里家外都只她一人操持着。天气好时，她带他出去晒晒太阳，散散步。人家说中医好，她就带他去找中医；人家说西医好，她又带他去看西医。中医西医都不见好，她就四处去打听土法偏方。终有一日，她病倒了，去医院一检查，是血癌晚期。山区的医疗条件极差，大城市又去不起。大夫告诉她，她只剩不到半年的寿命。

　　那天夜里，老两口坐在枯黄的灯光下唠嗑，他们相互吐露了衷肠。老头子告诉她，自己当年是如何杀人越货，老婆子也告诉他，自己曾经亲手杀死前夫。

　　多年前有个女子被歹徒绑架，卖给了远山上的一个酒鬼。酒鬼酗酒赌博滋事，四十好几还是条光棍。女子不堪忍受，终有一日趁他大醉时捅了一刀，并把尸首弃之荒野。对外，她就说丈夫是上山伐木时被野猪拱死的。

　　人到风残烛年时，除了回忆，还能拿什么来打发时光呢？我们的回忆里偏偏没有美好的一段。

　　他们终于有了这样的想法：与其苦苦等死，倒不如早登极乐。

　　这一天，他们起得老早，洗漱后打扮得干净整洁。他们来到了照相馆。结婚多年，他们还是第一次拍照。照片过几天就会洗出来，寄到女婿家里，到时候他们奔丧会用得到。拍照的是个阳光开朗的小伙子，他对这老两口说，祝你们幸福！他们相互望了一眼，尴尬地笑了笑。

穿过郁郁葱葱的柚子林，他们走上了山顶。他们席地而坐，等候着一场雨。风雨之后就是彩虹，他们听说彩虹是架往仙境的桥，他们知道山顶离天空最近，这里的彩虹最美。

"还是你来吧，"她闭上双眼躺在山坡上，"给我也盖上布，我害怕。"

"我没能保护第一个妻子，现在还要送第二个妻子升天。"他为她盖上布。他拾起了那把刀子。

那刀子就要刺下来了。白刀子进，红刀子出，见血封喉，一命呜呼。灵魂乘上彩虹，飞上天堂，登上极乐，永世安宁。

【结尾1】

"把这块布掀开。"

他连忙把布从她脸上掀开。

"吁——"她长长地舒了口气，"这儿的夕阳真美，我还想再看一眼。"

【结尾2】

刀子落下来，夕阳被点破了，伤口无休止地喷涌出晚霞，那颜色，红透了整片山林。

囚 鸟

  凤都是个四面环水的偏远村落。虽说是个穷地方,但能人也不少!村里人好玩鸟,个个都是驯鸟的行家。一只夜枭,驯上俩月就能捕抓田鼠、水蛇,比那大鹏还猛;驯一只八哥,不出仨月,保管唱出一连串的快板儿,赛过茶楼里唱曲的毛旦。

  驯鸟的人家图个啥?有两种,一是为乐,终日与鸟为伴,自得其乐;二是为财,以这类人居多。他们平日与人斗鸟,赢家名利双收,输的人血本无归,有时还得搭上一只鸟——猛禽缠斗,非死即伤。

  杨子是好鸟的。他平素喜欢养些鸽子、九官鸟、画眉之类。他有时也去和人斗鸟,多半是斗毛色,斗叫喉,你死我活的厮杀是不去的。倒不是不愿意,只是他所养的都是些乖货,没那种好杀的鸟。斗那种鸟,看客多,赌客多,赌资也多,因此猛禽售价极高,只有那些爱鸟成痴,舍得一两个月口粮的人才会去买,杨子是买不起的,只得望洋兴叹。

  可有这么一回,倒让他碰上了好运气,一只鹞子落在他家院子里。鹞子极小,还是个雏,眉心有一撮细毛,红色的,看着似一簇火。它翅膀带血,像是被人打下的。杨子带它去看老兽医,大夫看着它眉心这簇红毛,大叫道,这是只天火鹞,少见的好鸟,养好了比鹰还厉害！大夫给它敷上草药，包扎，等过些时日，天火鹞的伤好了，杨子把它带到林子里放飞，鹞子长鸣一声，在高空打了个盘旋，落回杨子的肩膀。杨子喜出望外地捧着鹞子："好伙计！不愿走吧？跟我就对了！"

　　驯了一阵子，天火鹞长得蛮壮了，杨子带它去和人斗。好鹞子，扑上来就啄瞎了对手猫头鹰的眼睛，再一下撕破了它的羽翼，给杨子赢了十块钱的彩金。杨子知足常乐，也不天天寻人斗鸟，多数时日都只与它嬉戏，偶尔家中缺粮断米，就带着鹞子挑战，准能赢得钱来。

　　转眼就到秋天，凤都以往每年立秋就要举办一次祭祀，称为"凤都祭"，相传鸟仙菩萨就是这一日降生的。祭祀除了常规的仪式外还有个很抢眼的活动，即斗鸟。赢的人非但拿得走诸多彩礼，还能拿到去大城市的船票，参加全国斗鸟大会。这个极好，乡下人极想进入城市，一座城在他们看来有着极大的吸引力，他们认准那里财源不断、金玉满堂，这是有依据的：几年前有个穷鬼夺了头彩，之后又拿奖金做本钱，去了天津做营生，没几年就衣锦还乡，还在县城盖了座房子。这事儿在村里传开，他们年年幻想着心目中一座座城市的面貌，细数着自己能报出的名字：上海、杭州、天津……只是凤都这些年经济萧条，这赛事也就搁了好些年。今年居然破天荒地重办了，这无疑是个好消息。家家过着吃不饱又饿不死的日子，任谁也不会错过这样的机会。

　　天火鹞长得很高壮了，杨子的小笼子关不住，于是他去找大刘。

　　大刘是卖鸟笼的，也是村里数一数二的驯鸟高手，他驯养的一只秃鹫曾多次为他夺冠。而今，他和许多人一样，过着有一顿没一顿的日子。他两眼直勾勾地盯着杨子手里的鹞，真是只好鸟！他当即就提出请求，愿意送他个大笼子，但希望天火鹞能和他的秃鹫斗一场。杨子同意了。

秃鹫是个老将军。它浑身黑毛，曲着光秃秃的脖子弓着背，两眼恶狠狠地瞪着天火鹞。它猛地从空中扑下，两只钢爪直取鹞子双翼，鹞子急忙向一旁闪躲，却不料被扯断了几根羽毛。它愤怒地发出长鸣，窜到天上，用喙直刺秃鹫的羽根，秃鹫愤怒地用另一只翅膀拍打鹞子的脑袋，两只猛鸟你来我往地交斗了二三十回合，老秃鹫终究是老了，天火鹞瞅准它喘息的刹那用尖喙猛往它软肋扎去，它痛苦地咆哮了一声，鹞子迅速用利爪给了它一击，秃鹫发出长鸣，径直地摔在地上。

杨子得意地看着大刘，大刘拍手道："好，蛮厉害！蛮厉害！走，我带你看笼子。"

大刘带他走进内室，里面摆着无数个鸟笼，最大的一个足有一人高。大刘指着这个笼子道："你看这咋样？"杨子夸道："极好！"接着杨子又问了句："结实不？我家这鸟劲儿大。"大刘哈哈大笑："你进去试试！"杨子进了笼子，"咔嚓"一声，大刘将笼门锁上。杨子使劲地拽着栏杆，笑道："真结实。"大刘面色凝重不说话，好半天，他扑通一声跪在地上："兄弟对不住了！"大刘砰砰地给他叩了几个头。

锣鼓喧天，百炮齐鸣，人们朝着鸟仙菩萨的神像拜了三拜，老村主任宣布斗鸟开始。压抑许久的人们打开鸟笼，百十只猛鸟冲上云霄，在空中涌起一片黑暗，它们像无数把黑色的剪刀，把阳光剪得支离破碎。紧张的人们、兴奋的人们站在破碎的光斑下凝视着头顶的战场。爪钩喙刺,残血和羽毛飘飘直下。哇——山鸡啄破了寒鸦的肚肠;呱——海东青折断了猎隼的翅膀;呀——白头海雕撕下了猴面鹰脸上一片肉……打了一个晌午,最终是天火鹞子蹬下了白头海雕夺冠。

哦,大刘赢了。大伙有的碍于情面说句恭喜,有的干脆扭头就走,更有甚者白了他一眼再走。大刘不在乎这些,等拿了船票就到一座城市去,过几年衣锦还乡时,还不是人人说好?!

正想着,村主任笑眯眯地与他道喜。当晚,村主任留他住宿,说是明天清晨就送他去码头。

大刘喝得酩酊大醉。"杨子啊,我对不住你啊,苦日子我实在过不下了。等我去城里发了财,定会补偿你的!"

他一个踉跄撞在柱子上,砰! 倒了。

晨雾未散,码头上呜呜地传来汽笛。村主任拎着鸟笼登上了船。

"大刘啊,我对不住你啊,苦日子我实在过不下了。等我去城里发了财,定会补偿你的!"

船渐渐地远凤都而去,村主任的话也像这晨雾一样散了。

故事本应就此结束,然而……

船到海中央起了风浪,一颠簸,笼门打开了。

村主任正在午睡,他梦见全国斗鸟大会那幅锣鼓喧天的热闹景象,自己高擎着鹞子,站在领奖台上,无数观众媒体围绕着他,台下的掌声一阵又一阵。

雪中红

镇上没有邮局,陈四是唯一的信客。

信筒刚刚做好的时候还是棕灰色,像老旧的家具的颜色,直到某天下起大雪,陈四才意识到要给它换个鲜艳的颜色。

那天的雪下得极大,像个巨大的白色漩涡,把小镇卷入了冬天。老态龙钟的婆婆佝偻着身子,手里拎着信封走在红街上,左顾右盼没寻见信筒。她当真是疲倦,一屁股坐在了信筒盖上——她自然不知道屁股下的大木箱子就是信筒。风雪簌簌吹,她打着哆嗦,雪落满肩头,看着像个白色塑像。

陈四这时候回来,被眼前这老太太吓了一跳。老太太问他信筒在哪儿,他愣了半晌,连忙说:"就在你身下。"

老太太惭愧地笑笑:"雪这么大,老婆子看不清。"

陈四点点头,觉得有理。

问东街的木匠讨了点红漆,又去买了把刷子,当晚就开工。从顶到身子,五个面均匀地涂抹,少顷,一件完美的艺术品就在雪夜里诞生了。信筒的正面,陈四用沾了白漆的刷子潇洒地写了个"邮"。

一个礼拜后,这场大雪算是彻底过去了,冬镇的树、水、街、楼都露出了原本的颜色。陈四的私人邮站也一并而显出面目。这鲜艳的红色当真厉害,吸引了好多人的目光。人们都对它感到好奇,纷纷围拢过来,像观赏艺术品一样观赏这信筒。渐渐地,陈四的生意也像这信筒一样迅速红了起来。

太阳从东到西一个轮回,陈四的口袋里就丁零当啷地多了很多钱。这一行收入不定,赚多赚少都有变数。赚多的时候他会买几两小酒,三两盘菜;赚的少,只得勒紧裤腰带啃冰馒头。

辗转三年,小镇的经济猛涨,许多街坊都盖起了新房。镇长是个大方的人,他打算斥一笔资金修路。该修哪条呢?有人提议,红街。镇长恍然大悟,是呀,红街是条老街了,离镇中心也近,的确应该修修,况且,唯一的"邮站"也在那里。

水泥、钢筋、凿子,大拨的人戴着安全帽和手套,在这儿乒乒乓乓地工作着。约莫一个月,这项工程算是完竣了。灰色的水泥埋在底下,上层是橙色的砖头。夕阳西下,余晖打在街面上(街面上还有昨日雨后的积水),金光四射宛若水里的红霞。小镇上的人们打趣地说:"这下红街真成"红"街啦。"

陈四用积蓄买了辆脚踏车。二手的脚踏车,破旧的脚踏车,蹬一下就发出嘎吱嘎吱的声响。陈四手巧,经他改装后脚踏车像一匹健壮的小驴,在新修的石砖路上跑得飞快。

脚踏车穿过巷子,惊飞了一群白色的鸽子,垃圾桶上翻找食物的野猫也惊得掉了进去。小孩子们正在路边玩他们的游戏,看见了车子时他们不约而同地放下了手上的玩意。他们都很喜欢脚踏车,丁零零的声响让他们感到很有活力。于是陈四刹住车,把一个瘦瘦的女孩抱上后座。铃铛丁零零地响着,链条和齿轮发出嘎吱嘎吱的声音,女孩的两臂圈着陈四的腰,风从看不见的地方吹来，她的长头发和红裙子一并儿飘起来。女孩不再紧张，她把两臂展开，像一只飞在云上的白鹤。她兴奋地喊着："快点"，陈四加快了速度。女孩兴奋极了，又起劲地喊着："再快点儿！"陈四又加快了速度。女孩得意极了，不断地催促着："快点儿，再快点儿——"

陈四说："不能再快了。"

女孩问："为什么？"

陈四说："他们追不上了。"

女孩点点头，她很懂事地跳下车。

别的孩子们围拢着，都要上去坐坐，陈四看了看，他让一个胖男孩坐了上去。胖男孩很重，陈四刚骑完一圈也累，刚一起步还真有点吃力。孩子们一齐围了上去，托住脚踏车后座，一齐将它向前推。整整一圈儿，陈四几乎没费多少力气。整整一个下午，他和他们逛遍了冬镇的大街小巷。

傍晚的时候，陈四问孩子们还想上哪儿。孩子们说，想去中心广场看看。

冬镇的中心广场一到傍晚就热闹开来，那些跑江湖卖艺的专挑这个时候显露身手。有个老头儿带着一大家子唱莲花落。他们的莲花落无多少花样，终日只这一曲，看的人也就少些；踩高跷倒是一门绝技！三两米高的杆子，一个滚圆滚圆的胖子踩在上面，很是笨拙滑稽。有人说他这高跷是半路学的，他自然是不会承认，旁人也无从考究，只是有一回他在表演几个高难度动作时出了岔，从上头摔下来，出尽了洋相。好在他皮糙肉厚，无多大碍。最为好看的当属吹火。领头的是个大汉，约三十岁，浑身赤条条的。

喝一口烧刀子,满脸通红。他手上拎着条火把,几个徒弟在一旁帮衬,大汉鼓足了气,冲着那微弱的火苗猛地一喷,火苗"噌"地一声变作巨焰。众人的视野一片红亮。徒弟们搬来铁架,铁架中央用粗大的麻绳编织成各种图案,有"二龙戏珠"的,也有"百鸟朝凤"的。大汉把火一喷,那些图案就都着了,那些龙和凤在熊熊烈火中就像活的一样,栩栩如生。观众们不断地叫着好,陈四把手拍得火辣,大家都忘了冷,好像现在正值酷暑。

此后的每夜,陈四都会准时地出现在中心广场,有时卖艺的还没来,他就早早地在那儿等候了。一来二去,表演吹火的汉子也就注意到他,两个人虽萍水相逢,却是一见如故,聊得兴起,就跑去附近的馆子喝上一通。陈四很欣赏这个大汉,大汉的外号叫老兔。老兔得知陈四是个信客后极兴奋,他早想给家乡寄封信了。陈四告诉他,信筒设在红街。

次日晚饭后,陈四照例出门看演出,不料老兔把摊子摆到了红街。老兔对他憨憨一笑,陈四感动极了。只是那一晚,去中心广场看吹火的都失望了,倒是那些平素冷门的把戏赚了个盆钵两满。后来,人们一打听才知道,吹火的都已搬去红街。这是怎么回事呢?于是,揣着小小好奇,爱看热闹的人都跑去了红街。广场上的艺人们都急了、纳闷了,他们也纷纷搬到红街。寂静了多年的红街现在终于是热闹啦。

演出结束后陈四总和老兔他们跑到馆子里喝酒。乒乒乓乓的,是酒杯碰撞的声音。炉子里的火,杯子里的酒,外面的世界正落着雪,都还静悄悄的时候,水兰酒馆里的热闹总是连成一片。

水兰是这家酒馆的老板,一个二十来岁的漂亮女人。说是老板,其实也是伙计,整家店从里到外只她一人,从上菜到洗碗都她一人来做。她是个苦命的女人,父母双亡,独自筹钱开了这家馆子。后来,经人介绍认识了一个男人,他们结了婚,过着小日子。不料,婚后才一年这男人就碰了车,瘫痪了。水兰又过回了苦日子,她每天起早贪黑地忙碌,又要伺候男人吃饭、洗漱、撒屎,伺候了半年,男人还是死了。她还是个能干的女人,会做川菜。这可是门手艺,在这常年白雪的小镇,没有谁是不喜吃辣的。水兰的川菜做得地道,一把辣子,一把花椒,一道道端上来,一道道红亮油光,闻着香,尝着辣,咽下去,嗝上来,整条儿舌头麻麻的。

陈四和老兔常常光顾这家馆子,他们喝酒的时候也会邀请水兰。水兰从不推辞,爽快地和他们喝着。她的酒量很好,丝毫不输给男人。

"四喜财啊,五魁首啊,六六六啊……"每个晚上都有这样的声响。

一阵子后,老兔看出了陈四和水兰相互间的好感。他曾偷偷地怂恿陈四去追,但陈四总是沉默无声,他与水兰处得就像兄弟姊妹一般友好。这种心照不宣的"友好"关系一直维持到某一天夜里,陈四喝得醉醺醺的,爬上了水兰的床。

他们上床的那一天的早上,老兔照旧还是在街上卖艺,只是今天与往日有些不同。

说是不同,其实也一样,照旧是这几样把戏,就是看的人变了。

通常情况下,看客要觉得好,那就拍个手说甚好,觉得不好,那两手就盘在胸口一言不发。不过人群里一个看客就比较奇怪,他那两眼睛，分明是盯着火焰的，可也不像是仅仅看火的样子。不鼓掌，却又面露微笑，口中还不时长吁短叹，也不知是在说好还是不好。

老兔最后以一条龙收尾。看客们连声叫好，那个奇怪的看客也拍拍手。人群散去后，看客并不离去，他朝老兔走来，走到面前，他咧开一个微笑，伸出了右手："你好，我是江知源"。

江康，字知源，系冬镇一代名士，年轻时曾在外闯荡，颇有一番名堂。

他拉老兔进了茶楼，两人边喝边叙。

江知源问起老兔师承何处，老兔说："我那表叔是开秦腔班子的，自幼随他学戏，也就会了这些。"

原来是世承。江知源点点头，又问："怎么不唱了？"

老兔叹道："出了点变故，散伙了。"

江知源说："我看你这技艺也算一绝，在下略微见过些世面，当今能有这等水平的人少之又少。不知你可有意重返梨园？"

雪打窗花，茶水微微冒着热气，江知源的眼镜模糊啦，他用手揩了揩镜片，又戴回上去。

他说："我有个朋友正在着手办一个戏班子，就缺先生这样的大师。"

他还说："先生宜当重返梨园，将此绝技发扬光大。"

也就是那个晚上老兔向陈四他们告知实情，他已经答应了江知源。

那天晚上他们喝得酩酊大醉。他们谈天论地，谈家国大事历史人文，也谈隔壁邻舍的鸡毛蒜皮，什么都谈，独独不谈今后的去向。酒杯碰撞，熏熏地飘着香味，老兔和陈四都喝醉了，老兔起身向陈四告辞，推开门冷风扑面而来，醉熏熏的脑袋骤然清醒了大半。他摇摇晃晃地往回走去。陈四却还是醉醺醺地趴在桌上，醉醺醺地被水兰扶到楼上，也醉醺醺地把水兰压在了床上。所有人都像醉了一样，想做的，不敢做的，渴望去做的，不知道该不该做的，通通都在醉梦里做了个遍。

老兔走后的三个月里，陈四开始了对水兰的追求。

在他走后的一年里，他俩正式恋爱。

第二年他们结了婚。婚礼办得很简约，来馆子吃饭的客人就是他俩的嘉宾，那天很多人都吃到了免费的川菜。

第三年小镇上的经济又发达了——这得归功于许多知识分子都回乡建设——于是，又有一番大的改变：先是盖起了青砖红瓦的大房，私塾们合并成一个大学堂，然后就是正式的邮政设立了，他们效率极高，能在一天之内解决陈四需要花费半个月的工作量，这大大地解决了人们的不便，也大大地给陈四带来了不便。他的生意每况愈下，直到三个月后再也回天无力，他终于答应和水兰一起操持馆子。本就是信客出身，陈四记起账来一点不含糊。

等到过年，街道上白雪纷纷，挂满了红灯笼。水兰的馆子里静悄悄的，客人们都回家过年了。水兰问他："要不要去看电影。"陈四摇摇头。水兰也不作声，以往，他们最喜爱的节目莫过于老兔的杂耍，看过了如此精彩的节目，又怎会对黑白的片子有兴致呢？陈四想起了当年的老兔。老兔啊，你现在怎么样了呢？

老兔回来了，还带着他的戏班子。他到了冬镇的头一件事就是到处敲锣打鼓，宣告自己的演出开始。

　　离开冬镇那几年老兔过得很好。入了戏班后，因为唱腔正宗，功夫扎实，不到半年就有了名气。他红了，出名了，一年后来签他戏的人络绎不绝，他常想起冬镇上的那些老朋友，很想回去看看，可他实在抽不开空，少了他，整个班子都没饭吃：有回老兔患了风寒，没法表演了，戏院老板特地从外头调了个武生顶替，可那些戏迷们不买账啊，他们吵嚷着要退票。不得已老兔只得抱病上场，观众们都安分下来了，个个拍手叫好。

　　老兔回来了，演出开始了。还是在七年前的那个广场，演出在七年后的这个傍晚。一到春节，大家就来街上逛热闹，人山人海，水泄不通。老兔每喷一簇火，看客们就叫一声好，老兔每翻一个跟斗，看客们便拍拍手。陈四在人海里穿梭，后面跟着水兰。水兰抱着孩子，喊着"阿四，阿四"。陈四挤在前头，喊着"老兔，老兔……"。

　　深夜，大街上烟火缭乱，水兰的馆子里静悄悄。陈四与老兔一杯一杯地干着酒，水兰在后屋哄孩子。

　　这两年城里到处都是舞厅、电影院，赶时髦的年轻人都跑去那里了。听戏！有谁还好这口？他不由地苦笑："当年是爱戏的人多，会唱的人少，可如今会唱的有了，听的人却没了。"如同陈四做了多年的信客营生一样，他的秦腔班子也开始江河日下。终有一日，老兔宣布要解散戏班，不过还要再做最后一次演出。于是，他们来到了冬镇。

　　一声声爆竹响起，他俩回头看窗，窗外，绚烂的烟花仿佛舞厅门口艳丽的霓虹，在冬镇的夜空中光彩夺目。老兔与陈四走出屋外。红色的灯笼，红色的烟火，一片寒冷，一片红色。记忆深处，七年前的冬镇就是一片绚丽的红色。他俩展开双臂,仿佛灵魂在焰火中升腾,游淌在记忆深处。浪漫的季节里,天空终日飘着大雪,诗歌与玫瑰、信笺与火焰、朋友与酒杯……一代人的青春与理想在那片大雪中渐行渐远。

王小刀

河流、桑树、水田，有这三样景色的村庄便是三亩岛。村子四面环水，若要到邻村去，须得搭船才能过。

三亩岛小学坐落在村子西南处，也是依"桑"傍水。学校共六个老师，五个年级，每个年级一个班，班级人数均有差异，至多不过三十，至少不足十人。每个年级的学生年龄也有较大起伏，同个年级相差四五岁的不在少数，这是由于有的入学早，有的入学晚，也有成绩好的越级，成绩差的留级。

王小刀十三岁的时候在三亩岛小学读四年级。全校百十号人上至老师下至学生都认得他。他是出名的惹不起。

学生们总有些怕他，怕他的拳头，怕他的报复，但更直接的还是怕他的目光。他的目光很冷，就像两把朔气逼人的刀子，仿佛只一瞟就能让人不寒而栗，随时提醒人当心点。

天下大雨，每条路上都浇满了泥浆。三亩岛沉浸在一片潮湿中，桑树林散发出一股涩腥。钢管战战兢兢地走着，不时把目光瞟向身后。王小刀一路跟过来，现在他的脚步更紧了。钢管察觉到身后脚步声更加急促，于是他也加快了步子。于是王小刀也再加快步子。

拐过几个弯，王小刀折下一条粗树枝。钢管一路只顾提防身后，被一条老树根绊倒。王小刀便立刻冲上去，只顾朝他身上踩。钢管几次想挣扎，试图站起来，王小刀绝不给他机会，他拼了命地踩，不让钢管有丝毫喘息的机会。

钢管终于放弃了挣扎，安分地被王小刀踏在泥潭里。

雨虽没那么大了，但还不小。大风吹打着这片桑林，桑树便忽肥忽瘦地变幻着，叶子与叶子间发出哗啦啦的声响。钢管已没力气挣扎，但嘴里还不断叫着："小刀，小刀……"小刀没理他，只不断地挥舞着手里的树枝，噼啪地打在钢管身上，像是补充这场雨中欠缺的闪电。

钢管父母扯着变了形状的钢管来学校，点了名就找王小刀。班主任一听是找王小刀的，便又头疼起来。对着俩罚站的胖子说："甭站了，找王小刀过来。"两胖子起先倒是蛮乐，再接着便发怵了。最后跟校长老头请神似的把他请来。

王小刀一句话也没说。老师们也只是不耐烦地说些陈词滥调。钢管父母自是激动，口沫横飞在所难免，时不时还会踢他两脚。无数的学生围在外头，这可比听戏班子咿咿呀呀有意思！王小刀不动，表情没有参差起伏，俨然如一尊雕像。

最后，学生们看到王小刀抄起校长桌上厚厚一本《新华字典》朝钢管妈额角砸去，愤怒得就像一头豹子。接着，这头豹子就很平静地走出来。学生们纷纷给他让道。王小刀表情平静得就像没有表情。

"没个用处！又死去跟谁打架。"王大炮切着砧板上的菜。灶子里柴瓣烧得通红，哗啵地响着往外吹着火星。

王小刀没搭理他。

"白眼狼。没良心的你个畜生!"王大炮说着又往灶里添了一把柴,"把那碗鱼汤给你奶奶送去。"

三亩岛不光四面环水,就连村子内也都有数条河流参差交错。王小刀去奶奶家也需划船。王小刀划船技艺极高,一条普通的小木船在他掌舵下便如鲲鹏般神气!风悠悠地吹在水面,王小刀安闲地躺在船上,看着浅蓝色的天空。四周都是水,没有人,偶尔有几只白鹭飞过头顶。这便是他最自在的时候。

奶奶吮了几口汤,又把一尾鱼夹到小刀碗里。

"又碰到什么烦心事了?"奶奶问。

王小刀转着手里的筷子。

"是你爸爸骂你了吗?受啥气了告诉奶奶。"

"奶奶……"王小刀的声音有些打颤,眼睛里不断闪跳着光斑,"前几天班上一个小子挨打了,是路过桑树林时候挨的打,天黑,那人又看不清被谁打的。我刚巧路过,正要上去问个明白,钢管就来了。他便说是我打的,我说不是,他说就是!他还向老师告状。老师骂了我,又告诉我爸,我爸又打我。老师又表扬了钢管……"说着,大滴眼泪终于流下来了。奶奶拍着他的背,他又接着说道:"我气不过,打了钢管一顿。他爸妈踢我,老师们骂我,同学们看我热闹,我爸埋怨我……"奶奶没说话,她拍着孙子的背。

王小刀是个私生子。他出生不久妈就没了。他爸王大炮脾气极坏,常因一些莫名其妙的事儿打他骂他,甚至不顾他面子把他吊在树上打,三亩岛的孩子看了都鼓手叫好。大人们则对这些孩子说:"要是不听话,把你们也这样打!"王大炮得罪过不少人,三亩岛人大多不喜欢他，但他又是三亩岛最有钱的人家。每年他都把三亩岛的蚕丝运到镇上卖，卖来钱后买些镇上的玩意带回三亩岛来卖，剩余的钱就做报酬分给桑农。因此养蚕的人家不敢惹他，不养蚕的只占少数，也不去招惹。不过作为王大炮的儿子，王小刀就受气多了。三亩岛人会用异样的眼光打量他。因此王小刀自小就失去了男孩淘气的资格。淘气就是一种罪恶，人们会将它与私生子的可耻、娼妇的卑贱、匹夫的市侩联系在一起，最会挂在嘴边的莫过于告诫孩子："别像那王小刀……"终于有一次，王小刀受不了了，用板砖拍花了一个大他四岁的孩子的脑袋。从此他就与三亩岛对上了。他恨三亩岛的孩子，恨三亩岛的大人，恨他的爸爸。他的眼神就从那时起变得这么锋锐，他要让任何一个三亩岛人都在他面前战栗。在他看来，三亩岛只有奶奶是对他好的。

王小刀走的时候奶奶给了他一篮桑果。他答应奶奶，不会再和人家动手。

王大炮把蚕丝装进乌篷船，在晨雾弥漫的时候划船开往镇上。王小刀醒来后没看到他。——当然，他也不想看到他。

他在学堂上课，哗啦啦地吹来一阵风，带着湿淋淋的雨飞进教室。王小刀的位置就在窗户边，雨水啪嗒啪嗒打在窗上，在深蓝色的玻璃上划开一条细长的银线。

放学以后，学生们陆续走出校园。都打着伞，花花绿绿的，给透明的雨涂抹上颜色。王小刀打着油纸伞，独自走在雨里。这几天雨一直下个没完。王小刀走到桥上，河水已经泛过桥的几格石阶，他的草鞋和裤管都已经湿了。他向远处看看，许多田地都给浸没在水里。

他回到家，天已经黑了。王大炮还没回来。屋子并不空旷，他觉得少了些什么。

他吃了饭，上床，睡觉，辗转反侧。夜很深了，雨的声音愈发变得响亮。一整天，他都只听到麻麻的雨声，很长时间后他就厌烦了这声音。王大炮一直没回来。

第二天醒来，屋子里都是水。下了床，水虽够不着膝盖，但已经没过他的小腿。他知道今天不用去学校了。三亩岛发大水了。

王大炮被人抬回家里。来的人告诉王小刀，王大炮那天回来已经是晚上了，正碰上大雨，河水泛滥，他连人带船都翻了。今早上张老头划船去看看他的甘蔗地怎样了，就发现他，把他捞上来。他的货和钱多半都沉水里了。

王大炮醒来了，病恹恹地躺在床上。买蚕丝的钱全沉了，应当付给桑农们的报酬都空了。这几天水还没退，三亩岛人都在家里。闲下来就代表有工夫登门入室。这几天上门的债主很多，他们拿不到钱，就把王家的东西搬走一些。王小刀心里很清楚，这些人不光为讨钱来，更是为讨债来！他们在屋子里尖叫，当着躺在床上的王大炮尖叫，怕他听不见，还可以把嗓门再提高些。王小刀看着这些债主一个个走出门，再看着倒在床上的王大炮，他先是被一股残忍的兴奋包容，随即又被更重的负罪感笼罩。他忽然觉得王大炮并没有那么令人厌恶，他开始怜悯起这个父亲。

从镇上带来的东西还剩下一些，王大炮能说话的时候就指着这些东西对王小刀说，把它们卖了吧。

王小刀就在学校门口摆起摊子来。除了王大炮从镇上带来的东西外，还有自家种的水菱，偶尔去奶奶家时还总能带回一些桑果，也都一并儿卖了。起先几天没啥生意，路过的同学多半投以嘲讽的目光。但他必须忍着，他努力装出一副和蔼的面孔。慢慢地，生意也就有了。这些天同学们跟他接触得多了，对他渐渐亲近起来，向他买东西的时候总会拉上一些学校里的事儿和他絮叨。老师们也都渐渐喜欢上这个孩子，放学后总会刻意地向他买些什么，王小刀每天都赚一些，大半用来还债，小部分用来给王大炮买药。三亩岛的大人不自觉中都形成了一种默契，他们都不约而同地把"别像那王小刀……"改成"瞧瞧人家王小刀……"。王小刀每次上门还债，主人家都很客气地招呼他进门。他要走时，主人家塞给他一整个核桃或是花生之类的零嘴，若是碰上下雨，主人家会劝他再坐会儿，如果留不住，就等雨小了，再给他一把伞，要是天黑了，主人家会留他吃饭，然后再让他住上一晚。奶奶也很高兴，每次孙子来都会津津有味地跟她说着这几天哪儿发生的趣事，一说就没完。王大炮的身体渐渐康复，能够下地走了。三亩岛人都很热心地问他身子怎么样了，不时地在他前面说着小刀的好。

这天王小刀照例在校门口摆摊，走来三四个流里流气的孩子。他们模样都比王小刀大一两岁，都是辍了学整天东游西荡的一群孩子。为首的男孩很肥硕，肚子滚圆滚圆的。王小刀认得他，他叫大猫，早先在学校打架，又勒索同学，被开除了。以往三亩岛的孩子们对王小刀是怕与讨厌，而对于大猫则是完完全全的怕。

大猫赖得搭理王小刀，直接从他的摊子上拿起块芝麻饼往嘴里送。别的孩子也都跟着大猫拿摊上的吃的。大猫呸呸嘴，就把手一挥，男孩们会意，挑起他的摊子就走。王小刀上去阻拦，大猫推倒他；他再上去阻拦，大猫又推开他；他还要上去阻拦，大猫不耐烦了，所性把担子一搁，和那几个男孩一起扳倒他，对他一顿拳打脚踢。他们拿他摊子砸他，他却不愿跟任何一个人动手。大猫早先也听说王小刀是打起架来不要命的狠角色，谁想到这样窝囊。大猫啐了口唾沫，把那一篮桑果摔在地上，篮子破了，桑果全变成了汁水，紫红色淌了一地。这是奶奶的桑果。王小刀终于忍不住，他的眼神又变得犀利无比，冲着大猫的肚子就是一脚，肥硕的大猫被踹在地上嗷嗷直叫。那几个男孩像一群疯狗似的要和他拼命，三亩岛小学的老师跟学生都赶来了，这些男孩赶紧逃了。

同学和老师们帮着拾掇散乱的摊子。钢管把几颗没坏的桑果拣出来装进油纸袋里再递给王小刀，王小刀凝视了他很久，把桑果接了过来。

王小刀把烂摊子收拾回家后想去看看奶奶。奶奶生病好久了，这几天又加重了。把船划到对岸，直奔奶奶家。奶奶家站满了人，大多默不吭声的，王大炮跪在床边，奶奶正一动不动地倒在床上。大伙儿看到王小刀，忙喊道："阿炮娘，小刀来了！"

奶奶把头微微倾侧，脸上仍旧带着往日的慈祥。她用了半天发出微弱的声音："……刀……来了……"

奶奶咽气了。他没有哭，呆呆地伫立在那里，麻木得就像一块没有呼吸的木雕。

丧事完后，王小刀照常去摆摊子。但好不容易开朗起来的他又变得沉默寡言，他的目光变得那么呆滞，神情变得那么恍惚。钢管和几个同学走去看王小刀，看到了，可是又不知道该说些什么。他们准备走时，忽然看到几个大男孩提着棍子找上来。钢管认出是大猫，有名的打架王！他又来收"保护费"了。一旁一个矮个子沉默了一会儿，小声告诉钢管，那天打他的人好像就是这胖子。看了看王小刀，钢管好不羞愧！他们硬着头皮朝那几个无赖走去。

大猫觉得新鲜，这些见了他就腿软的怂货居然为了王小刀出头。钢管他们赔着笑脸，像乡民巴结地主似的尽量讨好大猫，乞求他能够高抬贵手。大猫的一个小弟不耐烦地踹倒矮子，钢管扶他起来，又接着劝大猫。可他的话里带了一句"你怎么能打人呢"，无赖对这种话的敏感就像猫对咸鱼的敏感，听了就有自然反应："老子就打你了，怎么着啊！"争吵不休，围观的人也越来越多，大猫才意识到自己是来找王小刀麻烦的。他扯开了嗓子地骂，王小刀无动于衷。大猫又没完没了地骂。用普通话骂人，总会带上一句"他妈的"，三亩岛方言里没有"他妈的"，却有一句"死奶奶的"。大猫骂得兴起，刚把这句话喊出来就听见王小刀"呀——啊！"的一声咆哮，呆滞、迟钝、麻木瞬间变得凶猛而恐怖。他箭步直冲，飞起身来就是一脚，踹倒了大猫。他坐在大猫身上，子弹般小而坚硬的拳头不断砸在大猫脸上。这拳头像疾风似骤雨，王小刀愤怒地嘶喊着，大猫脸上一朵一朵地挂了彩。他拼了命地想挣扎着，他用最大力气来挣脱王小刀，可王小刀就像一座铁打的山峰，怎么也挪不动。大猫的眼睛肿了、鼻梁塌了、牙齿断了，王小刀仍不罢手，他直把身上最后一丝气力用得精光才算罢休。

王小刀跪在地上对着三亩岛的天空发出呐喊——

然后，他大声地哭了。

枪　响

"砰！——"巷子深处传来一声枪响。布鲁克捂着伤口，匆匆往夜色深处跑去。

夜很深了，黑色浑浊的天与地，偶尔能瞥见几处街灯。布鲁克清晰地听到自己的脚步声"咯噔咯噔"地响着，敲击着黑暗深处的每一格石砖。

他警觉地贴着墙，踽踽前行。作为一名职业杀手，他做出了很明智的动作。

已经离闹市很远了，荒郊地带会有少许人家。布鲁克注意到一幢房子里一个窗口散发出微弱的光。他窃窃地笑了。在这种人少的地方可以尽情地施展职业才华。杀死主人——抢走财物——立刻逃跑。对，计划就这么简单！警察不会发现的，纵然发现，届时他已经走远了。

谢婆婆拉开一盏灯。老式的电灯散发出很怀旧的枯黄色灯光。她的头发已经白了大半，另一半目前还是黑的。一张照片，一双老手，两处褶皱在灯光下反复摩擦着。她听到敲门声，放下照片，用镇纸压住，连忙跑下楼。

布鲁克已经等候多时了。他把手指靠近右侧的裤兜，这个裤兜里装着一把枪。谢婆婆拉开门，"啊——"

谢婆婆把布鲁克搀进房间，解开他的外套，子弹只在他胳膊上擦过，没有卡在肉里。谢婆婆翻箱倒柜，没有找到纱布，她就把窗帘撕下一块，给他缠上。

儿子结婚时的茶具一直没动过，侄子过年时送来的咖啡也没喝过。谢婆婆往电茶壶里倒上水，灶子里的火苗便噌噌地蹿起来，它们显得格外兴奋。

谢婆婆缓缓地坐下，问："你从哪儿来呀？"

布鲁克闷不吭声地低着头。

"你……不会讲中文吗？哦，没什么关系。你看起来像个英国人。"

布鲁克愈发紧张，窗户里灌进了风，吊灯像秋千般摇晃着，两人的影子忽而落在墙上，忽而落在地板上，不断变换着形状。谢婆婆起身关好窗户，吊灯渐渐地恢复了平静。不知怎的，布鲁克偷偷吁了口气，试图靠近裤袋的手又垂了下去。谢婆婆坐了回来。

"说起英国呀，我儿子以前也在那儿工作。每个月都有寄钱过来……"谢婆婆絮絮叨叨地讲着，殊不知此刻布鲁克的眼睛正细致地扫视自己。"后来这幢屋子只剩下我跟那老头子住。两年前，我那老头子也死了。就只剩我一个咯……"老人说着叹了口气。

就是这个部位了。只要突然起身朝这个部位开一枪，那这个老太太就一定没有力气反抗，就必死无疑了！布鲁克的手心开始冒出冷汗，在他这几年的杀手生涯里这种情况还是头一次。他的手极笨拙地往兜里摸索，啊——摸着了！他差点叫出声来。

好，就现在！拔出枪来——扣动扳机。老太太必死无疑。

出手吧，赶快。趁着现在夜深人静，四野无人。他的手指不断地打着颤。

"呜——"的一声，水煮开了，谢婆婆忙站起来，准备去拿水。布鲁克正处于极度惊惶的状态，见老人突然站起来，猛地一惊，亦站起来。

谢婆婆被这反应吓了一跳。又听见水壶"呜——"的声音，她忙说："你要走吗？先等会儿，我去冲杯咖啡，就来！"说完她赶紧朝厨房走去。布鲁克又坐下了。当然，他压根没听懂谢婆婆的意思，但从神情上判断，这个老太太肯定没防备！

过了一会儿，谢婆婆端着茶盘走进房间，她看到布鲁克正坐在灯光里注视她与儿子的照片。她叹了口气，走进来，又坐下，给两杯咖啡注上水。老人似乎不怎么会喝洋玩意儿，但她尽量做出很享受的样子。

或许是占了一个好的角度吧，微弱的灯光从背后呈 45° 角映在谢婆婆脸上。谢婆婆的眼神很温柔，像康河里的柔波。布鲁克注视这柔波，好慈祥。半黑半白的头发叫他想到了自己褐色头发的母亲。

布鲁克戴着一顶帽子，帽子的颜色跟杯子里咖啡的颜色很像。

"你的帽子挺有意思。现在外面的年轻人都像你这么打扮吗？"布鲁克又望望谢婆婆，谢婆婆这才意识到他不懂中文，有些尴尬地说，"忘了，你听不懂。"说着她就往他那顶咖啡色帽子伸出手。

布鲁克急忙护住帽子。

　　"洗洗——给你洗洗。"谢婆婆比画着搓衣服的手势。布鲁克小心翼翼地把帽子递给她。

　　谢婆婆喝完最后一口咖啡,也许觉得困了,她放下杯子去关灯。突然眼前一片漆黑,布鲁克立刻不安起来。谢婆婆连忙又把灯开起来,边说:"你怕黑呀? 那就开着好了。早点睡吧。"说着她走进了另一间房间。

　　谢婆婆的儿子原先在英国工作,每个月都汇些钱过来,后来为了救一个不认识的英国老太太而被歹徒害死。所幸的是老太太最后得救了。公司是厚道的,拨了一大笔抚恤金,而且定期送来生活费。不过她的日子就孤单了。她有个侄子在大城市做生意,也曾邀请她搬过去一块儿住,但被她推辞了。

　　第二天谢婆婆醒来。

　　她先是喃喃自语:"英国人喜欢吃什么样的早餐? "说着她往身上披了件棉袄。

　　"面包? 蛋挞? 家里没有这些。对了,冰箱里还有些腊肉跟椰菜。"她下床穿好了棉鞋。

　　"也许他还喜欢吃奶酪,小杨那家超市有的卖。"她折好棉被,走出卧室。

　　"他不在? "

　　"他暂时出去了吧。我得先去买点菜。"

　　"要是他突然回来怎么办? "

　　谢婆婆把牛奶跟馒头热了一下,又炒了几个小菜,然后很工整地写下一张字条,就出门了。

　　她大包拎菜,小包拎肉;紫菜跟鸽子蛋放一包,馒头和各式糕点放一包,各种酱料又是一包。小杨结账后问道:"阿婆,有客人啊?""嗯!是啊!"谢婆婆很得意地笑了。小杨也笑了,笑得非常开心。

回家后,她发现房间里空空如也,桌子、椅子都很整齐地摆放着,餐桌上的食物纹丝未动,字条平静地躺着。

谢婆婆把字条捏在手上,工工整整的汉字忍不住叫她叹息。

"唉……他走了。"许久,她又叹了口气,拖着笨拙的步子走回昨晚的房间。好冷清,她仿佛头一次觉得房子太大。

"语言不通吗……这又有什么办法呢?"

忽然,一顶咖啡色的帽子让她眼前一亮……

布鲁克又回到了漆黑的巷子。破乱的巷子里堆积着如山的铁桶,废弃的铁桶里流出发黄发绿的液体,还有各式的塑料、油纸,腐烂的、没腐烂的,都半松半紧地黏在路面上。

布鲁克小心地擦着枪。他望着巷子里如山的铁桶、长年累月积攒的垃圾,很得意也很满意地点点头。然后他就要想着怎么回家给母亲一个拥抱了。几年前他在英国的母亲被歹徒威胁,是个路过的中国男人救了她,后来这个男人被打死了,歹徒从他身上捞到了很多现金。布鲁克从中获得了灵感:走黑道就像炒股票,风险够大、利润不薄!于是他选择当一名杀手。杀手在黑道上的地位相当于股王在股民里的地位,他手上有枪,枪里的每一颗子弹都是一支不错的绩优股。只要股市不跌——黑社会的资源是取之不尽的——那他就永远都能一本万利了。

帽子呢?糟了,落在那个老太太家了。这可不得了,他必须赶紧回去。

与此同时老太太也在找帽子的主人。失物招领的启示印得很精致,彩色印刷,中英双字。警察也在"帮忙",不过他们贴的是寻人启事而不是失物招领启事。相形见绌,他们的印刷就显得很毛糙了,既不是彩色也没有英文,虽有人像,但其印刷之模糊足以使视力 5.2 的人看不出照片上的是个人。不过只要有"英国人"三个字就够了——英国人在这里是稀罕货,如同羊圈里钻进了一头驴,不认得驴的人也知道这不是只羊。

布鲁克是第二个来到谢婆婆家的。第一个到的是刑警队的阿黄。他已经在刑警队待很久了,一直说要做出点成绩却又总不见什么成绩。旧队长早已经退伍,新队长上任也够久了,阿黄虽功勋卓著,新队长却一直没怎么把他放眼里。他这次消息很灵通,刚探到消息就跑来了。

阿黄戏谑地笑道:"你以为把尸体埋在垃圾堆里很高明吗?没想到吧,这里还有……"

"砰! ——"一声枪响,谢婆婆中弹。

布鲁克惊愕地看着手里的抢,枪口正冒着烟,他没想到自己会失手,更没想到这个老婆婆会扑过去挡子弹。

阿黄也愣了,他赶紧朝布鲁克开枪。第一枪擦破了他的衣服,但没打伤他,开第二枪时布鲁克已经回过神来,纵身躲过。布鲁克从侧面又射了一枪,阿黄应声倒地。

布鲁克拿过帽子往头上一扣,摔门而去。

回英国的机票已经准备好了。布鲁克登上了飞机。飞机很快,不日便可抵达。

布鲁克感到很烦闷,那个警察死得其所——谁叫他不自量力呢？可怜了这个老太太。布鲁克狠狠地掐了自己的手一下。

他向空姐要了一张英国报纸。无意的一瞟竟让他触目惊心！新闻的标题为"一声枪响，命运不再是开枪者与被开枪者之间的命运"。正文大致内容为某一英国老妇被杀，经调查是由于其子受雇前去杀人，受害者家属为报复而杀死仇人之母。现凶手及雇主都被判刑，唯有老妇的儿子下落不明，警方正在通缉。附上的照片分明就是他的母亲，备注是"死者——布鲁克夫人"。

他下了飞机。人群密而渐疏地散去。布鲁克缓缓地朝自己举起了枪。

"砰！——"一声枪响震碎了半个世纪的喧嚣，时间与空间在悠长的鸣音里沉寂。枪口缓缓地冒着烟……

一个月后谢婆婆出院了。她遵照医生的嘱咐去买些补品。

"康复了？"小杨问道。

"是啊。"谢婆婆回答。

"唉，可惜了，黄警察就这么死了，"小杨叹了口气，接着说，"你也真是老糊涂！引狼入室，把那杀人犯拐进来。"

"我……是看那年轻人还挺面善……"谢婆婆有些尴尬地说。

"面善！"小样几乎尖叫起来，她说，"那个英国来的哑巴是个杀人犯诶！幸好你命大……有个好消息，他死啦！"

"死了……"

"对，是死了，"小杨津津有味地说，"是自杀的。他万万没想到，自己跑去杀人的时候仇家也在杀他家的人。还真是恶有恶报！他老娘死了，政府通缉他，他就畏罪自杀了。孬种！"

又过了一个月。人们再见到谢婆婆时，她剩下的几搓黑发也全都白了。

　　至于阿黄，政府不会亏待他，人民也不会忘了他。队长亲自为他授予勋章，并为其写下墓志铭：刑警队最光荣、最值得尊敬的战士——阿黄。

散文

象山少女

导游捏着耳麦,声音缓缓地在扩音器里扩散,一波接着一波:

> 这种海洋生物叫中华鲎,栖息在 20~60 米水深的浅
> 海区。它们每年春夏季交配,雌雄一旦结为夫妻,就形
> 影不离,肥大的雌鲎常背着瘦小的丈夫行走,所以它们
> 享有"海底鸳鸯"的称号。

我稍稍走近,俩眼直勾勾地盯着墙壁上,那只雌鲎背着雄鲎
的画面。在雌鲎宽阔的脊背上,我看到了多年前那个阳光明媚的
下午,以及那个活泼的,高大的象山少女。

象是一种高大的动物,山则是一种高大的地貌。用"象山"
二字修饰年轻可爱的女孩子,未免有失妥帖,只是,我认识的第一
个象山姑娘恰恰就是个一米七八的女汉子。

2014 年的十月,我与羊羊在社团新生见面会时初次相逢,一
见面,大伙儿就惊叹她如胡杨树一般高大挺拔的身材;一问名字,
她说,我叫胡杨杨。不过,我都习惯于叫她"羊羊",久而久之,
也带动了人家这么叫她。羊羊学的是旅游专业,全班清一色的女
生;我学的是机电专业,全班是清一色的男生,两个班级分在了两

个学院，平日里井水不犯河水。奈何青春期的年纪，每个大一的学生都不安分，总想找些热闹。于是有人向班长提议联谊，胖子班长说："好啊，那就跟隔壁班联谊吧！"大伙儿统统不乐意，嚷嚷道："隔壁班那群光棍，一出寝室就见得着，连他们嘴角长几根毛我们都记熟了，还联个什么谊？我们要女生！要女生！"眼看着底下群情激奋，小胖子急得红了脸，俩眼珠子就跟摇骰子似的四下里骨碌，可机电学院一向"狼多肉少"，哪来什么女生？有人献策了，自家找不着，就不能去别的学院远交近攻了？班长一想，这提议有理！听说当年秦孝公招聘商鞅，就是这么玩的。班长当即"御驾亲征"，又带"侍卫"两名，潜入教学楼，直抵那灯火通明处。

我们待在教室里静候佳音，忽然手机一震，是羊羊发来的信息，她言道："你们班要联谊？"

"是呀是呀！"我说，"你咋知道的？"

她说："刚刚三个逗比来宣传，是你们班的。"

我赶紧截了个图，往群里一发，众人哈哈大笑之余，也宣告了这桩美事开幕。我们当晚组了个群，两班男女鱼贯而入。群里头就我跟羊羊是认识的，因而互动也频。有好事者当即开起了我们的玩笑——"在一起！""生一窝！""在一起！""生一窝！"我忙不迭地在群里谴责同学们的八卦，但心里头一个声音兴奋地喊："这哄起得好！继续！继续！"

联谊其实就是烧烤，圆滑的班长只告诉这些女生地点选在学校后山靠近教堂的一片空地上，却没透露那地方其实跟坟地挨得也挺近。承蒙这胖子关照，把我和羊羊分配到一组。我们在山腰上摆好炉灶,送酒水的三轮车也到了山麓,班长招呼我们下山去搬。这种时候通常都是男生出力,未料象山小姐羊羊噌地一下站起来,跟着我们一众男子下了山,引得一片喝彩。羊羊喜欢自拍,曾经在 QQ 群里发过一张男生发型的照片,一身牛仔装,英气逼人。再到真人见面的时候她凭借其一米七八的身高引得众人拍案叫绝,连声高喊"胡哥好帅"!这些喝彩足以使羊羊听得洋洋得意。可即便是女汉子,到底也是个姑娘家,我在姑娘家面前焉能示弱?面对三轮车上的最后四箱饮料,即便听到她说"放着我来",我也义不容辞地把四大箱子一举搬起。我俩一路说说笑笑地往山腰上走,羊羊几次说要帮我分担,我都没让她碰一箱。直到我们走到山腰,就要见到大部队的前一刹那,我说,羊啊,你来!她兴奋地从我手中接过了货。就在这一瞬间,两班同学不约而同地见到了我俩,我的手上空无一物,而她却扛着四大箱,同学们不禁对这女孩肃然起敬,而我也遭到了室友的白眼:还是不是个男人!我笑笑不说话,羊羊对我投来感激的目光,就像午后的日光一样,暖暖的。

羊羊不吃羊肉,却能喝善饮。席间不乏热情的伙伴转圈敬酒,转悠到我们这儿,要干杯时,我犯了难。我这人滴酒不沾,闻到点酒精味儿就能醉倒,让我干杯,这不开玩笑嘛?羊羊却"砰"地一声撕下易拉罐的拉环,雪白的酒花飞溅一地。她把手一挥:"哥们儿,我和你干!"我这同学竖起大拇指,转头看向我:"瞧见没,女中豪杰!阿浪你学着点。"

"行,行。"我咬着手上的羊肉串,应付地点点头。

"还来吗?"羊羊得瑟地问。我这同学一愣,连忙笑道:"行啊，再来！"

　　这第二口羊羊喝得依旧不疾不徐，倒是我这同学有点急了。羊羊喝完这口面不改色，我那同学却喘了口气，红了脸。

　　"还来不来？"羊羊又一次充满气势地问道。同学傻了眼："来……来……"说着，艰难地举起了剩余的小半罐。羊羊却把手头的空罐子一抛，又开了一罐对饮。待羊羊一口饮尽，这厮还在艰难地咽下最后一滴酒。女生面前丢了份，他也只好转过头来从我身上寻求胜利。羊羊小声劝道："你要喝不了可以不喝。"可羊羊如此豪饮，我也不好认怂，想这小子已经被灌得迷糊了，我再稍饮几盅又有何惧？也开启了一罐子，与他对饮。一个下午，前前后后陆陆续续干杯对饮的不少，羊羊凭着过人的酒量与豪气赚足了风头。

　　等到酒喝光了，肉吃净了，我们也该打道回府了。日头暖暖地高悬天上，我感到有些热，有些晕。我跟跟跄跄地走在下山的坡道上，羊羊就像担着水桶过桥一样，忽而牵着我左边，忽而扶着我右边，仿佛我这桶水随时都会滚下去。两侧同学经过我们身旁都会不约而同地发出笑声，女生们笑嘻嘻地嘱咐她照顾好我，男生们的玩笑更是肆无忌惮，羊羊总是笑骂着打跑这些起哄的，一回头又温和地扶着晕眩的我。走到山脚的时候，她竟提出要背着我走，那一瞬间我只觉得心里一愣，一惊，一喜，一甜，我们四目相接，一分一秒都很漫长。不知是夕阳的温度还是酒劲发作，那股晕晕的，暖暖的感觉愈发变得强烈。

　　一起游玩的伙伴招呼着我，我的思绪又回到了此刻，从雌雄鲨的照片前离去时，我还后悔，怎么当时没答应呢？

从耕海牧渔馆走出来,外头是石浦老街古色古香的小巷。导游在不远处候着我们,指尖在伞柄上悠闲地转着,伞面的线条在旋转中形成波纹,像河水里荡的一层层涟漪,雨水一丝一丝地从天上飘落,落在这层涟漪上,再顺着伞尖儿滴落下来,落到石街上。石街是一道天然的河床,雨水在上面流淌。导游穿着一件白色的衬衣,素得仿佛一页白纸,下方的黑色阔腿裤恰似倾泻而下的一袭浓墨,一双黑色的尖头鞋一前一后地"流淌",活脱脱是一副水墨画在雨水河上轻轻淌过。她一边儿踱步,一边儿娴熟地向我们讲解此地的天文地理,历史人文。导游的年纪很轻,但解说的时候十分老练,如果只听声音不看脸,丝毫不会察觉这是个稚气未脱的小姑娘。

雨丝不大,天空朦朦胧胧的,整个石浦古城烟云雾绕。我背着包,轻快地跑到导游伞下,她冲我微微一笑,把雨伞举得高一些。我们的目光无意中聚在一起,又赶紧地分开。两人都带着微微的笑容,却不知此刻应该开口说些什么。我想起方才来时伙伴递给过我一盒宁波特产,我连忙从包里取出这个小盒,里头是一排牛皮糖。我把盒子递上前去,请导游吃一块。虽然她讲起导游词的时候滔滔不绝,但面对这突然的友好竟显得不知所措,只是笑着说了声谢谢。我重新打量着她,伞下的她懵懂而娇羞,丝毫不同于伞外的她。尽管她是一名老练的导游,然而在这把伞下,她的导游身份被隔绝在外,伞下的她仅仅是我的一个新朋友。作为导游,她可以有许多现成的台词进行排练,但作为朋友,她并没有准备过闲聊的台词。我便开口问道:"你是刚毕业的学生吗?"

她笑着摇摇头:"我毕业两年了。"

我惊讶地叫道："我也是两年前毕业的,那咱俩同届呀。"

她微微笑着,思索着这个时候应该回复什么。我便更进一步问道："你大学就是学的导游专业吗?"

"嗯。"她点点头,又补了一句:"我在台州读的大学。"

台州?!同行的伙伴们听到这话纷纷回头,我也惊喜地说道："那是真巧了,我们就是台州来的。"

这次出游的伙伴多数都是长者,但其中有的是少年心性,几个人起起哄,说我俩同届毕业,年岁又相仿,怎么不加个微信?我俩四目相接,空气又变得安静了。

我不知道导游此刻在想着什么,但我清楚自己那一刻在想什么。我在那一刻想的是"象"看似高大,却是充满智慧与灵性的动物;而"山"看似巍峨其实是一种美丽温婉的风景。两个象山姑娘是何其相似,在那或豪爽泼辣,或精明干练的外衣下包裹着的是一颗娇柔的、羞怯的少女的心。

羊羊第一次开口说要背我,当着许多同学的面,我终是不好意思让女生背着,虽然我知道凭她高我十公分的个头背我并不是难事。婉拒过后我的心里一度懊悔,也许这种机会以后再也遇不到了。羊羊一路搀扶着我,走到校门口时,她又对我说道:"让我背着你吧。"我心里头一个"好"字涌起,这个字冲出胸膛,顺着舌根达到唇齿,可最后吐出来的却是一句"不了"。我后悔极了,下定决心,等待她第三次邀请的时候一定要答应。然而我等了十多分钟她仍没有发出邀请,我又花了更长的时间继续等待,直到三年后我才意识到这个机会再也等不到了。

提到加微信的话题时,导游小姐没有开口,但她一直保持微笑，一阵湿润的清风迎面吹来，携带着吹过她发梢的淡淡的香气。她高高地撑着伞，与我行走在悠长又寂寥的雨巷。她的眼神忽闪忽闪，目光几次打在我身上。直到 24 小时后我才意识到当时成功的几率有多高，然而在 24 小时前的那一刻，我又一次陷入了和当年一样的境况。我不免问自己，我的恐惧究竟来源于何处？或许它不是来自对外界的惧怕，而是源于自己内心深处一道解不开冲不破的束缚。

我们终于走到了雨巷的尽头，我始终没敢向她开口。头上的雨伞终于离我而去，它的影子，它的颜色，都在蒙蒙细雨里渐渐模糊，直到消失。我独自彷徨在蒙着细雨的石浦街头，象山少女的倩影融化在雨里，在这湿润的空气中哀婉高歌。

雪山居士

　　这天清晨,黑袄老妪推开门,惊讶地看见寺门外的冬柿树上已经挂起一盏盏"小灯笼"。老妪轻轻笑着,嘴巴呼出一口白气,呼出了整个冬天。

　　虽已入冬,山顶上的草木却是一片墨绿,似一滴墨水从砚台流向宣纸。黑袄老妪穿着黑袄,挑着竹筐,斜着身子晃悠悠地走向山下那片金晖。

　　行至山腰,空旷处有凉亭一座。黑袄老妪并不累,但她仍是放下了挑子,走进亭子里坐一坐。亭子以东,正对着晋乔村的农田。农田上的稻穗尽被收割,几个农夫围作一团,在满是稻秸的田地里点起火焰。红色的火,花一样的火,黑袄老妪望着田埂上的红色花朵,想起那一年父亲带着她去见识打稻机的情景。她清晰地记得这个庞然大物有一张巨大的轱辘嘴,虎踞在田埂上,令她敬畏地不敢上前。那时父亲身材健硕,浑身都透露着男子的伟岸。父亲高高地骑在庞然大物的背上,这怪物轰隆隆地咆哮着,在田野上飞奔,巨大的轱辘嘴咀嚼着稻穗,田埂上飞舞起金灿灿的一片。待到田野上的红色花朵凋谢,父亲的笑容也渐渐隐没在金色的田野里。黑袄老妪擦了擦眼角的泪花,挑起了担子往山下走。

　　小镇近年来悄无声息地盖起了许多洋楼，好在乡村的小路并无太大变化，各户人家的四围依旧是一片花花绿绿的菜田。那高高挺立的，是紫皮甘蔗；绿油油的，是包心菜的叶子。黑袄老妪行走在比水泥地更亲近的田埂上，两侧的草丛间不时传来金蛉子的鸣叫。她也曾是村里的一枝花，长到一定的年纪便有蜂蝶慕名而来。在一个盛夏的午后，她与村里的姑娘们一起编织草帽，一个年轻的小伙儿走了进来，递给她一串小竹笼。竹笼是亲手编的，每个都只有拳头大，里面分别住着蝈蝈、蟋蟀、知了和金蛉子……金蛉子发出悦耳的鸣叫，在与丈夫挑水浇园的那些日子里，每天都能听见这小虫子的叫声。待到女儿满地走时，她也编织起了一串串小竹笼，把女儿捉的蝈蝈一只一只地放进去。

　　要是花围裙老妪也在就好咯……黑袄老妪捧起一棵花菜，自言自语着，将它放进了竹筐里。

　　花围裙老妪把刚打来的水倒进缸里。水是智者泉的水，据说是智者禅师开过光的。花围裙老妪经常看见有人从山下跑上来，就为带一瓢泉水下山去给自家上学的孩子饮用。那些喝过智者泉的孩子会不会因此变得聪明，花围裙老妪不知道；但她知道每一瓢水里都带着人们的美好祈愿，因此花围裙老妪对每个上山舀水的客人都会在心里诚挚地予以祝愿。

　　灶子里的火烧了起来，水也煮开了，花围裙老妪往里头撒几叶白菜，放点儿盐，煮一煮，又捞到了碗里。老妪转身去盛饭，掀开高压锅的时候她才想起米饭多放了一个人的量。

　　阿黄在房门外汪汪地叫着。黑袄老妪不在，寺里的和尚们也都出去了，花围裙老妪静静地坐在小木桌前，夹两片白菜，再扒一口米饭。房间虽小，却充满了空旷的感觉。汪汪，汪汪……阿黄又在叫了。她想起早上和黑袄老妪拌嘴的时候，阿黄也是在门外汪汪地叫着。黑袄老妪的女儿今天带着外孙回家来了，她现在在一线城市里当教师，还买了房子。花围裙老妪猜想，这趟来八成是要接黑袄老妪去城里住的。罢罢罢，走了也好，一个人落得清净。花围裙老妪一句客套话也不说。黑袄老妪洋洋得意地说："我要去城里享福咯！"去就去呗，谁还舍不得了？花围裙老妪嘴巴虽硬，心里却在回忆两个人一起住进雪山寺的情景，是八年前搬进来的，还是十年前？这些都不清楚了，但她却还记得上山那天，肥胖的黑袄老妪走几步就喘吁吁的模样现在想来还引人发噱。不过到了寺里住下后，黑袄老妪扫地挑水，样样都干得比她勤快。有时天晴了，两人还会一起下山，去采摘地里的蔬菜带回来。阿黄又在叫了，汪汪，汪汪……花围裙老妪这才放下碗碟，踱步走出房门。

雪山寺的正门口塑着四大天王的神像，阿黄坐在门里，正对着四尊神像的位置叫着。

"去！"

花围裙老妪扬扬手里的扫帚，阿黄赶紧跑了。花围裙老妪走向门口，大门外的冬柿树下稀稀疏疏地汇聚着一群游客，花围裙老妪数了数，总共有十二个。他们男女老少年岁各异，有的举着相机朝庙门拍照，也有的站在冬柿树下摆出拍照的模样，其间有个小伙儿津津乐道地向同来的朋友们介绍此地的风土人情。小伙儿戴着眼镜，梳着长发，模样很是文气。

"到里面来看看！"花围裙老妪激动地朝这群游客挥挥手。

"好，好……"游客们兴致勃勃地走了进来。

花围裙老妪心里欢喜不已，她热情地向客人讲述着这座寺庙建于何年、当地居民的生活状况、自己因何一直眷恋此地……讲着讲着，一股雪藏许久的亢奋渐渐苏醒、澎湃，客人们乐此不疲地聆听她的讲述，花围裙老妪顿时感到充满活力。

要是黑袄老妪这会儿也在该多好啊……花围裙老妪心里想。

日将落，月将升，晋奋村下绿叶黄花，半山亭前余晖绵长。一格格步过石子阶，在雪山寺前的红冬柿树下黑袄老妪放下了竹筐，倚着门吁吁地呼了口气。雪山寺上的黄犬老远地传来叫唤声，黑袄老妪趴在门口望见了里头的热闹景象。来客人了呀！黑袄老妪连忙拎着竹筐走进门来。

"都没吃饭吧，一块儿吃吧？"

客人们都笑着挥了挥手："不吃了，我们要走了。"

黑袄老妪嗔怪花围裙老妪："你咋呢不多煮点饭？"

花围裙老妪还嘴道："你又跑哪溜达去了！"

客人们都被逗乐了，他们招招手，向她俩告别。

花围裙老妪忙追上去说："下回再来，我们这儿素饭、素面都有——"

黑袄老妪忙补充道："想吃'年度糕'的话也有——"

"好的，我们准来！"客人们笑着，转身往山下走去。

"吃完了，我带你们到百丈崖去！"花围裙老妪对着他们的背影喊道。

"还有白龙潭！都带你们去。"黑袄老妪兴奋地跟上前。

"好，好，都别送了，别送了。"

　　黑袄老妪和花围裙老妪仍是余兴未央地跟着客人一路聊，直到送这些游客到了半山亭，有客人感慨她俩的热情，举着相机道："给你俩照张相！"

　　"哎哟，照片就甭拍了，都难看死啦！"黑袄老妪首先羞了。

　　"是啊是啊，我俩老太太有啥好拍的……"花围裙老妪也跟着说。

　　"来，笑一个——好！"

　　镜头一闪，发出咔嚓的声响，黑袄老妪把手举成剪刀样，花围裙老妪露出八颗牙。

　　"见着女儿了吗？"回去的路上，花围裙老妪忍不住问。

　　黑袄老妪笑着，走进了雪山寺的大门。

曙光里的海港：石塘

石塘，原为温岭一小镇，后与箬山、钓浜二镇合并而成一处名胜。曾记否，那些参差交错的石墙瓦房，石头的房子，石头的墙，石头的巷子。孩提时代的你居住在这样的房子里，巷子长长，四周都是墙，你轻轻地呼喊一声，巷子也对你轻轻呼喊。谁家的楼房要是高些，你就可以爬上去看到更远的景色。你曾爬上陈和隆的宅院，趴在窗口观望着，看那些石砌的楼房、斑斓的山海匍匐在你身下，它们的身形显得极小，连在一块儿，仿佛一根手指就能触摸全部。

陈和隆何许人也？乃箬山陈氏之俊杰，同治初年所生，卒于抗战之前。早年以摇小船为生，后来开始从事鱼货生意，常于台湾、惠安、箬山之间往来。其人足智多谋，豪放不羁，且吃苦耐劳，生意蒸蒸日上，至清末民初间，陈和隆已拥有大钓鱼三艘、小钓鱼六七只，后来又造铁壳轮"泰顺""华升"，还买田、置地、开当铺，在温州参股银行，渐渐成为石塘、箬山一带首屈一指的巨富。家业兴盛后，陈和隆开始雇佣帮工、豢养家丁、购买枪支弹药、筑造土炮台、迎击海盗、周济乡里，成为当地名重一时的风云人物。

陈和隆的故事你打小就听长辈们说过，你曾发誓要长成他那样的男子汉。海边的男子汉是什么样的呢？有两点是必须的，一要善水性，二要善喝酒。少年时，你曾跟父母去别人家做客，主人拿出自家酿的米酒来招待。石塘米酒又称石塘堆花酒，因将其倾在杯时，杯面上会呈现出一朵朵大小均匀的酒花而得名，酒味越往下越香。曾有一个石塘人下广州访亲友，亲友早有嘱咐带桶酒来，谁知这桶酒还未到广州，半路上就被尝得一滴不剩。主人好客，把所藏佳酿尽数拿出与你父亲对饮。十岁的你是小小的男子汉，主人也与你对饮，你连干三碗，醉得晕晕乎乎。

酒足饭饱，叙了叙家长，你们便到海边游泳。正午的阳光落在海面上，海水清清，十分温暖。波浪一阵阵地拍打着礁石，水花溅在沙滩上。沙滩上有许多收集贝壳的人们，他们专拣奇异斑斓的贝壳，用工具雕饰成精美的工艺品。你家挂在房檐下的风铃，足足用了三百六十五个贝壳。你们还在游泳，但潮水已经上涨了。涨潮的速度很快，人们赶紧游到岸上。你的父母看不见你，你已被浪冲到了海中央。海浪汹涌地朝你奔来，母亲急得大哭，父亲恨不得立刻游过去拉你。有个男子劝住你的父母，他纵身跃入海洋，像条鱼儿似的游到你身边，把你带上了岸。你的父母激动地向他道谢，你还依稀地记得，这位好心的叔叔姓郭。多年后，你在电视上再次看见他，此时的他已成为全国人民皆知的见义勇为模范，人们管他叫"平安水鬼"。

石塘石屋林立，岛屿成群，天工之巧和人工之妙的完美衔接，使其被称之为东方的巴黎圣母院。2000年年初，世界从20世纪跨入一个新的纪元，新千年的第一缕曙光就照耀在这片风光无限的领域里。从此，一对高大的神碑竖立起来，新千年的大门在此地打开。2005年，有位高风亮节的领导来到这里，对着千年曙光碑祈愿。多年以后，他成了我国新一届国家领导人，老百姓亲切地叫他"习大大"。

一年里最为好玩的莫过于冬天。正月里，几个青年汉子扛着八仙桌走街串巷。八仙桌是翻过来的，四个脚扎上顶棚，便是台阁。台阁上的演员们都是些相貌俊美的孩童，他们穿红戴绿，演绎着生旦净末丑。你的姐姐几年前也曾和你一道儿上去表演过，后来她满了十六岁，照例也就换了人。大街上张灯结彩，人们夹道相迎，村与村相互接应，队伍从这个村子走到下一个村子，走遍全部村子需得十天半个月工夫，因故，有时甚至到了二月队伍还在行走。

与扛台阁齐名的是大奏鼓。约莫十个男丁，他们穿红袄系绿带，光着大脚板满脸油彩，打扮成妇女的模样。他们每人手持一样乐器，有木鱼、扁鼓、唢呐、铜钟等，一路上又是演奏又是跳，看似滑稽，却也十分有趣。台阁是正月里扛的，那大奏鼓是什么时候打的？是出海的时候。那年，大你十岁的邻家哥哥要随长辈出海远行，这一去短则一年半载，长则三年五载。他们漂洋过海去闯荡，家人是不大好阻拦的，可家人又是牵挂的，于是大家伙儿就请人演奏大奏鼓来为远航的人送行。人们虔诚地向妈祖祈祷，在这豪放的大奏鼓里，融入了多少祝福与牵挂！

多年后，你长成了英姿飒爽的青年，独自在异乡求学。这年元旦，母亲给你寄来了包裹。包裹里是几件衣服，还有几块糖龟。糯米粉与早米粉揉杂，拌上红糖蒸熟，再用模具做成龟壳的形状，这就是糖龟。外人只知道嵌糕是温岭美食，殊不知在温岭的石塘镇，糖龟才是绝顶美味，这是专属于石塘人的美食，即便同是温岭人，也很少有人吃过。你咀嚼着糖龟，香甜的滋味从舌根直达心口。

　　远方的朋友，当你来到温岭，记得去石塘看看，看看那新千年第一缕曙光照耀的地方，听一声海港晚风的绝唱。

纳凉河忆事

我们的村子围河而建，小时候纳凉就在河堤上。几个隔壁邻舍的亲友，老的幼的两三代祖孙，掔着几条板凳，或是几把藤椅，或是长长的懒人椅，吃过晚饭就来岸边坐着。

还记得那时夏日的黄昏，微风吹着黑瓦房头的炊烟，炊烟袅袅升起，飞上高空去碰撞那些金灿灿的云霞。彼时的云霞被斜阳烤得通红，彼时的气温也不似正午那样热了。我们冲出房门跑到了河岸上。

还记得吗？流过我们家门口的小河水里嬉闹着十几二十个少年。你的堂哥们脱完了上衣再脱下短裤，浑身光溜溜的只系一条裤衩，他们就像鱼鹰似的扎进水里，又像鱼儿似的浮上水面。每当此时，阿力和阿冰玩得最欢。他们俩，一个大你八岁，一个大你五岁，你管他们都叫哥哥，就像你的父亲也管他俩的父亲叫哥哥；你们管同一个老人叫爷爷，正如你们的父亲都管这个老人叫阿爸。阿力和阿冰在干啥呢？他们在玩跷跷板。三丈儿长，碗口儿粗的一根大毛竹被他俩轻轻地抛下了河，一个坐这端，一个坐那端。阿力的屁股稍稍抬起，阿冰这边儿就微微下沉，这时阿力冲下边猛地一坐，溅起了高过头顶的水花，阿冰这端立马被跷上天。阿冰再猛地降下，也溅起了高高的水花，也把阿力跷上了天。

淡白色的月亮早早地浮现在东方,它等候着夕阳谢幕。夕阳谢幕了,与晚霞一块儿隐居幕后,接着就是星星们的剧场。大大小小的星星,闪着金色的、银色的、忽明忽暗的光。

草丛里响着窸窸窣窣的虫鸣,这声音此起彼伏,像波浪似的一阵儿接着一阵。你问父亲是什么在叫,父亲说,是蝈蝈在叫;你问父亲它们为啥叫,父亲说,它们在喊"来捉我呀!来捉我呀"。可你不喜欢捉蝈蝈,你喜欢萤火虫。那时的草丛里还是有萤火虫的,也不多,只是走在道上无意间总能瞥见那么几只。与夜空的星星相对,它们属于草丛里的星星。我们那时总爱拿着喝光了金银花露的玻璃瓶,在房前屋后的草丛间翻找,一旦发现,便立马把它装进瓶子。一个夜晚,我们每人都能捉住十来只萤火虫。晚上睡觉时,你捧着瓶子,被窝里亮汪汪的,像是装着一箩筐星星。

有时你们也会安下心来,和长辈们一块儿在空地上或坐着或躺着,交流着各式各样的故事。这时候就没有辈分年纪的隔阂了,大家各说各的,没大没小。那时听的故事,现在可还记得多少?奶奶说,她小时候娘家是在山下,有个和自己年纪相仿的男孩子在屋外玩耍,她的母亲则在室内洗浴。忽然外面传来孩子的尖叫,母亲急忙出去,只见地上血迹斑斑。母亲喊上几个邻居,大家顺着血迹摸索到山上,发现了孩子被吃剩的尸骸。后来,全村人抄起家伙上山,把山上的狼都给打死了。这故事听得我们战战兢兢,此后很多个夜晚你都不敢一个人独行。

那时节,一到夏天就断电。灯一熄,全村人都异口同声地喊道:"呼——没电了!"等那些灯噌地一亮,大家争相呼应:

"喔——电来了！"

没有电，没有灯，没有空调，没有风，四四方方的河岸两侧，有的尽是一沓暮暮沉沉的昏暗。我们有时吵架，或是为一把蒲扇，或是为一截蚊香。有的长辈会斥责我们胡闹，但我们从不为此失望，因为斥责过后大人总会把自己的蒲扇和蚊香让给我们。

阿力那年上了初三，总是早出晚归。记忆里已经很久没和他一块乘凉了，中考在即，更是如此。你还记得那些个夜晚，大伙儿一块坐在河堤上的情景：八点半的时候，我们听见脚踏车嘎吱嘎吱的声响，车铃儿叮叮当当的脆响。阿力穿过巷子，拐几个弯，在家门口停住了车，把它抬进屋里。二楼的电灯亮了（有时是一支蜡烛），我们知道他又在复习功课。这几年，我们没少听见隔壁家伯父伯母对他的呵斥，作为大哥，他没能树立起一个好榜样。然而，在中考来临的几个星期里，大伯父一家忽然呈现出久违的和睦。晚上，大伯父在楼下烹煮蛋羹——红糖加鸡蛋，香喷喷的——蛋羹煮好后端去楼上给阿力。阿力忙着做一沓厚实的卷子，大伯母就坐在边上。大伯母不识字，没法在课业上予以指导，但她手里握着扇子，给他扇凉、驱赶蚊子。大伯父端着煮好的蛋羹走上楼，大伯母一匙一匙地喂着，阿力一边吃，一边写着字。我们那时都还笑话他，这么大了吃饭还要妈喂。

后来啊，也不知道他是落榜了还是压根没去考，总之，一个月后，年长你二十岁的大表哥骑着崭新的摩托来到村子。就在那条每晚都要经过的巷子里，你看见阿力坐上表哥的摩托走了。此后过了很多年你们才再见面。

阿冰打小喜欢脚踏车，因此十分羡慕已有了一辆的阿力。二伯母是开小卖铺的,平时常有人上门打牌。他们的自行车就停在门口,阿冰瞅着喜欢,就推出去玩。客人打完牌出来见不到车了,这都是常有的事,因此从不为此着急。有一回,一个客人打完牌出来,没见着车,以为又是阿冰推出去玩了,便毫不在意,又回到了牌桌上。等阿冰回来,不见那车,方才知是真被贼盗了。此后再来打牌的客人们都把车给锁上,二伯母也不许他再碰脚踏车。不过,即便二伯母不许,阿冰也还是有的玩的。到了周末,他就坐上阿力的自行车,往房前屋后弄堂里逛。阿力教他骑车,他天赋异禀,加之对自行车的狂热喜爱,没花多少工夫就学会了,蹬得比阿力还快。阿力初中毕业后跟着大表哥去了外地,自行车放在大伯家也是碍地,就送给了阿冰。阿冰高兴极了,一天到晚载着你东奔西跑。那时他才五年级,没上初中就有一辆自行车,这在村子里还是头一遭。你那时对自行车可没那么大兴趣,坐在后头毫不似阿冰那般兴奋。你只是出于对这哥哥的崇拜方才一道儿来玩。

　　阿冰他也确实值得你崇拜。他相貌俊美,成绩优异,什么都懂,什么都会,对于潮流他也是向往的,并且总在潮流刚一兴起的时候就独占鳌头。他身上透着一股不同于同龄孩子的成熟稳重,这是一种颇具领导风范的能力,绝非老气横秋,使得他在任何一个朋友圈里都是极有分量的孩子王。那时,我们的学校也是六个年级,不过,最高的不是六年级,是五年级,最低的也不是一年级,而是幼儿班。我们每个年级一个班,全校也不过一百号人。你入学时是在幼儿班,阿冰那会儿已经是四年级的大哥哥。在这个小小的学校里,他是有名的三好学生,不论是演出还是比赛,他总是最出风头的一个。每个学期末的散学仪式上，他总能领到一大堆奖励，其中准会有一只铅笔盒（铅笔盒在当时是最为高级的奖励，你曾渴望很久却未得到）。记得有一次他借走你的绘有宠物小精灵图案的铅笔盒拿去画画，后来在学校举办的画展上当着全校百来号人的面展出，你当时兴奋地说"这是我哥哥画的！他是照着我的铅笔盒画的！"那幅画拿了全校第二名，多年后他把它送给了你。

借着哥哥的名气，你也沾上了光。你去小卖铺买零食，常会碰见不相识的学长学姐，他们会热情地和你打招呼，问你是不是赵冰冰的弟弟，有时还会主动分一些零食给你。很多人都以为你们是亲生的，他们都不晓得，其实你们只是堂兄弟。但你从不纠正，而是很乐意地看着人家就这么误会下去。不过，阿冰的光环也给你带来不少压力。你时常听见人家问"赵冰冰的弟弟，你读书肯定也很好吧"或者老师常说的"你哥哥这么有出息，你要是能像他一样就好咯"。虽然都不是夸你的好话，但只要听见人家把你和阿冰称作兄弟，你就特别开心。在那个所有小孩都喜欢孙悟空、崇拜奥特曼的年代，阿冰是你的第三个偶像。

然而，你和你的两位堂兄实在大相径庭。你身形羸弱，胆小易哭，不似一身是胆、干活勤快的阿力；你迟钝木讷，不像事事都领先人家的阿冰。你曾被公认是最没出息的弟弟，直到多年后才发现自己写作上的才华。不同于总爱探索新鲜事物的阿冰，你对时尚总是不感冒。你不爱器械，不爱自行车，即便两年后爸妈买了一辆自行车给你你也不去碰。这使大人们感到纳闷，为什么同样是小孩，面对相同的事物会有这么迥乎不同的反应？你学车那会儿也是阿冰手把手教的，从减少一个辅助轮开始，你足足学了半个月，比阿冰多费了十天。

2003 年前后正值多事之秋。一个大国和小国因为矛盾而开战，大国赢了，小国输了；一场瘟疫席卷中国，并扩散至东南亚乃至全球，接着，白醋的物价飞涨，时局动荡不安；老领导退位了，新的主席上台；一艘火箭冲出地球，第一个中国人飞上太空……国内外发生着大大小小的事件，时局变化不断。我们的村子也在悄无声息地发生着变化。

这一年，村子里唯一的小学给拆了。不光咱村，附近几个村子的学校也都给拆了，并入了镇中心小学。在那里你体会到了天翻地覆的变化，许多新鲜事物令你大开眼界。你变得勤奋好学，经过刻苦努力，你的考试成绩总在 95 分以上，期末的时候，你终于拿到了渴望已久的铅笔盒。你的作文常被当作范文朗读，也就是那时起你爱上了写作，这对你今后的人生都有很大的影响。

这一年，你家的新房子盖好了，比伯伯们都早。不过碍于政策，你家的老房子被夷为平地。大人们为新房子的建立而高兴，因为他们终于实现了理想；你懂得他们的喜悦，但你无法体会到这份喜悦，你为老房子的毁灭而哀叹。尽管那时你也不过十岁，但你自出生起便在这间房子里长大，老房子在你生命里所占的比例远胜于它在大人们心中的比例，因此他们无法理解你的悲痛，也不曾留意你的悲痛。他们也有各自的烦恼。譬如父亲与大伯为了老人的赡养问题而争吵，以至两家此后很少来往。再到后来，几户伯伯家都盖起了新房，挖掘机开过来了，村子里一排排老房子轰然倒地。

　　再也没有纳凉了！写不完的作业、挨不完的训斥、大人间没完没了的争斗……你夜夜埋头于书山学海之中。你的毛毛误食农药死在田里，阿冰家养的乐乐丧生在车轮下。哥哥们或工作，或上中学，你们分隔异地，再难相见。

　　那天，你心血来潮地回去老屋所在的地方。墙壁塌了，砖瓦碎了，老烟囱突兀地竖在废墟里，似一根沧桑的手指，怒向苍穹。刹那间好像北风吹刮你的心田，吹得它一片荒凉。可你没有哭号，没有歇斯底里，你反常地涌现出一股平静，仿佛这一切早就已经看透了、想明白了似的。你感到身上忽然有了一份从未有过的成熟，即便多年后回想起来，你也依旧为当初这一丝成熟而自豪。这一年，你的童年画开了一道长长的分割线。

　　多年后，你跨过了小学，奔过了初中，越过了高中，冠上了大学生的头衔。童年时曾被街坊四邻视若尊贵的身份此刻显得如此平淡无奇。今年夏天一个平常的夜晚，室友们叙起了儿时的种种游戏，大家聊得兴奋，你也乐在其中。熄灯了，大家静默不言，都躺回了被窝。你倚靠着墙久久不眠，心中若有所思。你感慨时光为何过得如此飞快，仿佛一切就发生在昨日，那些游戏与琐事都还历历在目，然而光阴已过去了许多年！仿佛时光还停留在那一瞬，那些事儿都还没完。你想起了村子，想起那条纳凉河，你看见黄昏时的袅袅炊烟，爷爷他还健在，阿力和阿冰在小河里玩着跷跷板，你握着瓶子走进草丛，去寻找那一只只发光的飞虫，奶奶摇着蒲扇，和你们讲述种种传闻逸事……仿佛就那么一瞬，时光跨过了记忆里长长的一段空白，阿力成了水泵公司的老板，阿冰走进了国家单位，你也成了一名英姿飒爽的大学生。就在这么一瞬间,好多人与故事都在脑海里喧闹。你倚靠着墙久久不眠。半晌,你打开手电筒,借着点点光亮写下了这篇回忆。

灵感与汗水

寒假的时候，我在一家面向中学生的杂志社里做了兼职。有一回我通过 QQ 发了则约稿信息到作者群里，这里的作者大多是在校的中学生，他们都对约稿期待久矣，纷纷表示出极高的热情，这令我很兴奋。然而，过了一个多礼拜，给我交稿的作者寥寥无几。虽然离截稿日尚早，但我还是很好奇地问起他们这会儿的进度如何，令我诧异的是 90% 左右的作者都没动笔，只有少数人投了稿子。有趣的是，当我问起他们急不急的时候，他们都淡定地笑笑说"急什么？慢工出细活嘛""1% 的灵感可比 99% 的汗水重要，没有灵感，要汗水有什么用"。一席话很好地解释了他们拖稿的缘由，似乎等哪天灵感到了，提起笔来便能一蹴而就。这不禁令我想起了大学时期的一个事儿，当晚我就在群里把那事儿娓娓道来：

有段时间我因为创作陷入瓶颈而感到烦躁，一天晚上，照例在寝室里对着电脑苦思的时候，室友说想去操场跑跑步，问我去吗。尽管我一向不喜欢运动，当时却抱着"先散散心，待会再写"的鸵鸟心理跟着去了。我和室友来到操场，长期不运动使我起步前潜意识里产生一股微妙的退缩感。室友说："你刚起步可以慢慢跑。"于是我跟着他，两人用小步子慢慢地跑了起来，跑着跑着我忽然发现室友的速度已经比起步时要快了许多，令我惊讶的是，我发现自己的速度也在无意识中跟着变快了。我清楚地记得那一瞬间的感觉，仿佛双腿不是靠我的意志去控制，而是一股无形的力在推动着它向前奔跑，跑着跑着，速度便不自觉地加快，仿佛喊停都停不下来。再往前跑，我们大汗淋漓，我感到有些疲惫，喘着气说："咱俩走两步再跑吧？"室友说："走不得，一走就没劲了。"我当时没太理解他的意思，认为走两步歇一歇养足体力了一会儿才能更有劲地继续跑，于是我突然刹住了脚步，原地喘了两口气后便向前走着。不曾想，刚一起步走便感觉头晕目眩，紧接着俩腿就像灌了铅似的沉，这时候再想跑，意识与身体都在说"No"。室友又跑了一圈回来了，问我还跑吗，我说不跑了。于是我们回去了。回寝室的路上，我脑袋外面淌着汗，脑袋里面冒出了灵感：写作和运动其实是一个道理，起步前被惰性束缚着，可一旦起步了这些心理障碍便会不自觉地消失；即便开头跑得慢，只要不温不火地坚持着，一段时间后便会发现自己的水平已经在无意识中提升了许多。值得注意的是这脚步不可停下，一旦停了下来，那股无形的推动力便会离自己远去，取而代之的是"歇歇吧""下次再说"的诱惑，这时候再想起步只会感到加倍的疲倦，所有进度只能从头再来。

小学的时候我们学了"天才是 1% 的灵感加 99% 的汗水"这句名言，明白了"成功需要努力"的道理；到了初中才知道，合着这话还有"1% 的灵感远比那 99% 的汗水更重要"这后半句，我们顿时就有了一种被小学老师耍了一通的感觉。不过大伙倒也因此领悟到了更深的境界：做学问要瞅对方向，南辕北辙只会适得其反。这话本是没错，可惜的是它后来沦落成了无数偷懒者绝佳的挡箭牌——如同渔夫和商人的故事那样，尽管作者本意是教育人们随遇而安，却不料唤醒了人们想偷懒的潜意识，以此自我麻醉。尽管我素来不喜欢"凡事只要努力任何人都能成功"这类不顾现实、将汗水粉饰成万金油的鸡汤句，但此刻也不得不说只靠灵感而无汗水只怕是很难完成一部好作品的。

以前我写作的时候也像许多人一样，拖拖拉拉在等灵感，认为没有灵感，写不出好作品；非要硬着头皮赶鸭子上架去写的话，写出的作品往往不尽如人意；之所以拖稿，那都是为了要等灵感来了，状态好了，再写出一篇高质量的。而事实是随着时间的渐渐推移，我发现自己纯粹是拿等灵感来给自己的拖延症找借口。2015 年的时候，我的写作产量骤减，全年只写了两篇文章，一篇是小说，另一篇是散文。小说从 2014 年暑假就开始构思，直到次年三月才完成。这小说不是什么长篇小说，也不是中篇，就是一篇 5000 字的短篇小说，耗时大半年完工却没能发表；而 4000 字的散文，起初因为"等灵感"，我拖了一个星期只写了 200 字，后来在一位编辑大姐歇斯底里的催促下，仅一个下午便完成了余下的 3800 字，没过多久这篇文章就刊登在了杂志上。可见，有时候长期沉淀不见得有效，即兴发挥反倒能有出人意料的效果。

后来我就不等灵感了，不管有没有灵感，不管写得好和差，总之提起笔来就写。我告诉自己，一提起笔就要做好"会写烂"的准备，哪怕明知道会烂，也要硬着头皮坚持下去。次品好过无产，宁肯付出努力考个 50 分的不及格，也比 0 分的白卷要有面子得多。我在长期坚持中发现，所谓"1% 的灵感和 99% 的汗水"，其实灵感不一定是出现在开头，它可以是不均匀地分布在99％的汗水中，灵感分布得多的地方写得顺畅，分布少的地方就得多付出一些汗水了。被汗水滋润过的灵感，往往比干巴巴的灵感更具价值。

那天晚上，我在群里写下了这样一段文字：灵感就是一个淘气的小孩，你焦急地在原地等他来，他就会躲到一旁偷着笑；当你放弃等待，提笔耕耘的时候，他反倒会悄悄地走到你的身旁。这时你要立马抓住他，带着这股喜悦加快创作，直到给手头的作品画上句号。

之后的几天里，我的邮箱陆续收到了十几份稿件，都是来自那晚群里一起聊过天的作者们，他们没让这宝贵的灵感错过了保质期。

矫枉过正的反诺奖现象

　　每年 10 月，朋友圈被刷最多的除了国庆去哪儿玩便是新一届的诺贝尔奖，而每年的诺贝尔奖最受关注的不外乎文学奖。为啥，因为那些政治和平物理化没人懂啊！而文学奖都是颁给写书的，书这东西认识字的都会看，看过的就都能掺和一两句。因此众多奖项之中唯有文学奖最接地气，最能被推到风口浪尖上。而文学奖中最被推到风口浪尖的莫过于村上春树。村上春树落选成了梗，于是年年临近颁奖季，众媒体便早早准备好调侃用的文章，只等着获奖名单一出来、村上落选的消息一公布，就立马鼠标一按，把事先准备好的文章点击发送。有人又要说了，那万一村上春树拿了奖，这文章岂不是白写了？答：没白写，这类文章大同小异，无非是把村上春树的个人简介复制粘贴，没拿奖就加个"村上又落选了"的标题，万一拿了奖，那就把"又落选了"改成"终于获奖了，恭喜他"，其余照旧。因而每年的文学奖得主一出来，朋友圈里不外乎这么两类：笑的和哭的。

　　笑的人说："哈哈哈哈哈哈，村上叔叔又陪跑啦。"

　　哭的人说："没天理啊，今年居然让这水货拿了奖，真是一年不如一年啊！"现在请你翻开朋友圈瞄一眼，要没这两句话，你把我的书撕了。

　　当初莫言一获奖，我就慌了，心里就怕会有卓尔不群的看客说，"瞧着吧，肯定有一群傻小子跟风去买莫言的书，我就高冷，坚决不买"。最后担心成真了，说这些话的一个多过一个。玩弄"标新立异"的也不少，比方说莫言毒害了文坛啊，带来了多少不正之风啊，他的作品中的 XXX、YYY 都是不良的啊、不适合谁谁谁去读的啊；他拿了奖不因为是作品有多好，而是因为中国发达了，老外给面子，老外对中国文学不了解，一读觉得新鲜就赏了这奖了……

　　我不由得感叹，矫枉过正的风气形成后，人总是会在好端端的一件事上往歪处想，以追求自己思想上的独立，有个性。照理说，写得好才是得奖的主要原因，而口味新鲜、中国发达了之类的都是外在因素，可现如今舆论圈就盛行一种逆反心理：甭管出了啥事都爱否定主要原因，然后在次要问题上大做文章。拿了奖，首先是好事啊，既是莫言的荣耀也是中国人的荣耀啊。让全世界开始关注中国文坛，这不挺好的吗？过去没拿诺奖的时候许多人哀叹，"唉，中国文坛没救了，一个拿奖的都没有"，可为何现在拿了奖，身为同胞的自己不引以为豪，反倒一天到晚冷嘲热讽？说得莫言一无是处，说所有喜欢莫言的都是庸俗的、跟风的。更有甚者跑去网上创建反莫言贴吧、反莫言协会。实际上，要换成贾平凹、余华、张抗抗拿了诺奖，也还会是这批人去创建反贾、反余、反张的网站。原因在于，不是作家招黑，而是诺奖招黑。正所谓"一吹顶十黑"，莫言拿了奖，因此有了这么一帮子人写励志鸡汤、爱国宣言的，更有甚者听说莫言写了篇《透明的红萝卜》，便拉着小孩坐着火车跑高密去摘菜地里的萝卜尝，再一听说莫言还写过《红高粱》，那赶紧在自家也种上两棵高密的高粱，希冀能借此让自己的小孩也沾点文气，以便写作文的时候能拿高分。红到了这程度，别说莫言，就算是杨梅李子啥的也该发黑了，于是热情的吃瓜群众替他黑。

好多人喜欢说，"其实呀，莫言作品并没有世界级水准，纯粹是因为老外看腻了西方文学想换换口味"。我不大喜欢"其实"这词儿，自己的个人看法用上"其实"一词，仿佛诺奖评委会亲自透露内幕似的。我也不喜欢"世界级"一词的提出——究竟什么标准才叫世界级？人家在国内获了奖，说明人家被中国认可；人家在国外获奖，那就说明他被外国人认可；人家在国内外获奖无数，那不就是所谓的"世界级"了吗？至于"换换口味"就属无稽之谈了，毕竟莫言不是第一次去申报诺贝尔奖，在这之前人家诺奖评委会早看过他的书了。有些人说口味新鲜不新鲜的，怎不说莫言的文字翻译成外文还降低了原汁原味呢？此外，尤其要强调的是"奖项不算啥"这种话偶尔听听就够了，别太陷进去。作家说这话，那是为了保持谦虚；读者说这话，那是为了不盲从。这并不是说奖项真的是毫无价值。要真啥价值啥意义都没有，那人家颁奖的岂不成了吃饱了撑的吗？

不过，拿了诺奖对许多作家而言确实是压力山大。不少作家在获奖后都没能写出优秀作品，有的甚至"太监"（封笔不写）了。莫言就曾透露过，原本在写的一部书，本来早该出版了，可自打拿了奖，压力就来了，不保证精益求精都不敢拿出来。因此莫言获奖至今，讲座开了好几个，而作品只在 2017 年的《收获》杂志上零星发表了几篇。

　　要我说，抹黑莫言的分为以下几类。一类是极端黑：诺奖算个屁，莫言就不行！一类是矫枉过正黑，即平日里听多了"奖项不算什么"，于是乎甭管谁拿了奖，他就习惯性地黑一下。一类是不服黑：凭啥我的偶像没有拿奖？凭啥把这奖送给莫言？评委会真没品位！还有一类是杞人忧天黑，担心莫言的粉丝泛滥成灾、担心日后国内到处都是莫言式的写作风格。作家的风格一旦形成了就很难再改，新手倒是会三天两头地换换口味，不过对于新手而言多尝试也没啥不好的嘛。最后一类则是冷静黑，纯粹看文字，奖项啥的他都不黑不吹，在自己真觉得没兴趣，确实发现了几处瑕疵的前提下说不好，这一类人说他是"黑"其实是有点勉强的，人家至少是有脑子的黑。一个作家，你不喜欢他很正常，黑他也是你的自由，不过请不要做个无脑黑，还是多读点纯文学的书吧！之所以强调"纯文学"，那是因为看到不少"黑客"拿金庸和莫言做比较，拿《指环王》和《檀香刑》做比较，拿自己全校一等奖的作文和他的短篇小说做比较，实在让人忍俊不禁。

　　"呵呵，听到他拿奖才去买书看"这句话有问题吗？没问题啊！人家颁奖，不就是为了给他做宣传的吗？颁一个奖的目的，不就是表彰优秀者，让更多的人以他为榜样相互学习的吗？要是一个奖连一丁点儿广告效果都没有，那得多冷门，多没分量啊？我在2012年，因莫言的出名而看了他的文章，而就是看过了莫言的文章才喜欢莫言。当初莫言获奖时我还在高中读书，并没有买莫言的书。我当时想着：虽然他获诺奖了，但是我也不认识他，对他的写作风格也不是很了解，所以也只是听听新闻而已，没有太多关注。一段日子后在做现代文练习的时候，我读到了两篇莫言的作品，一篇是《奇遇》，另一篇是《马语》，觉得甚妙。之前也有做到过《母亲》和《陪考一日》，但当时我也只是觉得和一些著名作家文笔差不多，而读《奇遇》和《马语》时，便觉得真正有意思起来。自此我便抱着敬畏的态度去观赏他的作品，说我跟风也好，说我马后炮也好，我都没后悔去入了莫言的圈。之后我便深深陷进了莫氏文学，囫囵吞枣地观赏了几部代表作，虽然没能如资深人士品红酒一样看莫言的书，但莫言的书就像一道不俗的甜品，即使一口吞了下去还会回味无穷。跟风有好有坏，如若因为如此，收获了一番良辰美景，何乐而不为呢？

下班遇见流浪猫

　　下午五点半，打完卡，从公司的楼上走下来，拐个弯去停车场的途中，一只小黄猫趴在石阶上，对我喵喵地叫着。这小猫我认得，没主，是个流浪的崽子，饿的时候连狗尾巴草都会啃两口。

　　野猫怕生，我虽有意收留，又怕惊扰到它。这时脑子里突然想起一人——孟祥宁。孟姐系我国著名的 90 后作家、"自拍家"、"卖萌家"，同时也是个高级养猫家。她曾这么对我说："小野猫很好抓的，逗猫棒 + 小鱼干 = 诱猫神器。"可我手中也没有逗猫棒，便用车钥匙摇啊摇，摇晃几下就发出叮叮当当的声响。小猫很快便被这声音吸引了。我又把从小卖铺里买的 6 块钱一袋的香烤小黄鱼取出一条，投到了小猫面前。小猫嗅了嗅，竖起了尾巴，小口小口地咀嚼着。它吃两口，又抬起头看看我，又低下头接着吃。小猫很小，一条食指长的黄鱼干竟吃了四五分钟。待它吃完第一条，便不显生了。我又投出第二条。这回我学精了，第二条鱼干我给揉碎了，只投出小半块。投的距离比刚刚近了许多。小猫便往前走了两步，很快便把这小块鱼干给尝完了。尝完这一口，我再投剩下的半块，这回鱼干就落在我脚边。它竟毫无警惕地走过来，就蹲在我的皮鞋上吃了起来。我又从袋子里取出第三条小黄鱼，这回不扔了，就捏在手上，由它扑过来咬。小猫直起身子，两脚站了起来，俩爪子搭在我手腕上，吃着我指尖的小鱼干。好，交情就算是建立了。我轻轻地把它抱起来，往停车场走去。小猫并不怎么反抗，但它许是不大习惯被抱，老是辗转反侧。锋利的小尖爪四下扑腾，我只得小心地避开它们。小猫被塞进车里，很安静，呆呆地坐着，动也不动。半个小时后，我从县城开车回到镇上，但不直接返回家中，而是去了镇上一家小型宠物店。

　　和这家宠物店算是老相识了。去年我从淘宝上买了只小狐狸，送去镇上一家较大的宠物店，他们问："你这是猫是狗？"我说："狐狸。"他们纷纷吓住了，表示不敢洗。无奈下我只得去了一家小型的宠物店，对那店员说："帮我给这狗洗洗澡吧。"洗干净后，那小伙儿说道："你这是个银狐吧？"天哪，都被看出来了？我只得承认这就是一狐狸（事后我才知道，原来他当时说的"银狐"指的是"日本银狐犬"）。那次洗狐狸他不收我钱，后来又有一次，狐狸爪子受伤出了血，宠物店老板也是好心地包扎上药，分文不取，这令我很感激。心灵鸡汤上说，人得干一行爱一行，而现实中多的是干一行怨一行。唯独宠物店，这是绝对敬业的行当。每天清理毛发、打扫粪便、喂食、打扮，若无十足的爱心，恐怕没几个人能做得下去。因此，做宠物服务工作的人，其爱心、童心绝对是有目共睹的。

　　此后我便频频光顾这家规模不大但充满爱心的宠物店了。每次带狐狸过去，店里的那群狗狗们原本正打得不亦乐乎，一见到狐狸，统统傻了眼，不打也不叫了，纷纷盯着狐狸看。只是这一回，我带着小猫去，情况截然相反：原本安安静静的狗狗们，一见着猫，统统汪汪不止，吓得小猫东躲西藏，我费了不少力气才把它从沙发底下拽出来。

　　猫爪子锋利，还带钩，店员无奈只得戴上塑胶手套。冷水洗猫，猫一激灵，我便说："用热的吧。"店员便用了热水。洗着洗着，他又言道："热水不合适，猫是冷血动物。"虽然这词用得莫名其妙，但建议还是好建议，最后便用了温水给它洗澡。

　　猫咪洗澡的过程中，我又与宠物店年轻漂亮的老板娘聊天。问她怎么今天这些狗这么闹，她说："可能是见你带着猫来，陌生吧。"我便跟她讲起带狐狸时的截然相反的情况。她的眼神中透露出惊喜："哦——原来那狐狸是你养的啊！我听我老公说起过。"和我聊天的时候，老板娘一边抱着孩子，一边喂着贵宾。我问她："你放心把小孩放在有狗的地方？"她笑道："很多人都以为有了孩子不能养狗，其实都是误区。我怀孕的时候邻居朋友也劝我少来宠物店，可我还是常常过来。我们的宠物都是打过针、洗过澡的，不会影响人的健康。"说着，她又指着正在和泰迪打架的贵宾："这狗今年两岁了，去年我生宝宝的时候，它可吃醋了！倒是我孩子经常抓它的毛发，戏弄它。但狗和他争宠，总是故意不理他。"老板娘笑了笑，又接着说："我有一回把孩子和狗都放他外婆家。他外婆家养了好多狗，每当那些陌生的狗要靠近孩子的时候，这狗准会跳出来护着他。别看它平时争风吃醋，到了陌生的地方还是护主的。"

　　洗完澡、剪了指甲、还抹了香水，猫的工作算是完成了。老板娘问我："这猫你带回去怎么养？"我说："去年喂狐狸的狗粮家里还剩下一点，不知道还能不能用。"她说道："开封过的超过半年就不能吃了。"她随即又问伙计："猫粮还有吗？"伙计说："有是还有一包,但是……价格太贵了,得 100 多。不划算。"于是他们便给了我一包 15 块钱的狗粮,其实猫粮狗粮都一样,宠物都爱吃。我临走前,老板娘问:"要袋子吗?"我想了想,说:"要。"店员给我拿了个袋子,他把口子张开后,我把猫塞了进去。他和老板娘都一脸懵:"我们是说,让你把狗粮放进去,你倒把猫放进袋子里?"我说:"狗粮我手拎着就行,可猫会挠人啊。"说着,想起去年在这家店,老板给狐狸的伤口敷药后,也是递给我一个塑料袋,我也同样把狐狸塞进袋子里。

左手拎着猫,右手拎着狗粮,带回家后小猫吃得津津有味,很快便与我亲近起来了。

鹅趣

楼下传来“咕咕”的声音，这是小鹅在叫唤。我赶紧跑下楼去。我将一片菜叶撕成小碎片，小鹅咂吧咂吧就吃完了，然后又看着我，咕咕地叫着。我知道它是想出去玩了，就把它抱到了后院。

说来也是缘分，那天母亲的服装店正闲着，就看见门前的马路上一只毛茸茸的小鹅在蹒跚走路。马路上车来车往的，母亲担心它出事，赶紧把它抱过来。闲着的时候母亲喜欢嗑瓜子，她把瓜子仁放在手心上，小鹅点着脑袋竟咂吧咂吧地吃了好几粒。

晚上收摊了，母亲把小鹅放在电瓶车前要带回家。谁知它淘气得很，老是要从车上跳下来。几番折腾，母亲终于投降了，打了个电话给父亲。不多时，父亲就开着新买的福特汽车毕恭毕敬地把小鹅“请”到了我家。面子够大吧？

小鹅一点也不怕生，就是怕孤单。白天父母都要上班，奶奶正好跟小鹅做伴。爷爷去世很多年了，我的堂哥堂姐多已成家，而我每周只能回家一天，平时很少跟奶奶相处，奶奶在家难免有些冷清。奶奶很喜欢小鹅，小鹅也很喜欢奶奶。奶奶烧饭、洗衣服，它总要跟着去。有一次，奶奶用塑料盆接好水正要洗衣服，哪知一转身就看见它在脚边，幸亏奶奶反应够快，否则非出事不可！只是那盆水泼了一地，害得奶奶还得再去接一次。奶奶常常拿一把白色剪刀给小鹅剪菜。小时候,我最怕奶奶拿白色剪刀,那时候奶奶常抓住一只鸡或者一只鸭,用白色剪刀在它喉咙上剪一刀,鸡鸭们挣扎几下,血流光就死了,以至于我看到白色剪刀就感到残忍。而现在,这双饱经岁月的手跟这把曾经杀鸡无数的剪刀在一下一下地为小鹅把菜叶剪成碎片。小鹅很贪吃,奶奶一边剪,它就一边啄,好几次奶奶都差点剪到它的嘴巴。小鹅也很懂事,奶奶织草帽的时候它从不叫唤。它会把头伸进奶奶的裤管里,身子靠着奶奶的脚睡觉。母亲常说,你奶奶待它就跟宝贝似的。关于这点,我是非常同意的。奶奶也笑笑说:"现在它还是小孩呢!"

邻居们都很喜欢它。隔壁的米老伯是个双足瘫痪的残疾人,他总是坐在门口,看门前人来人往。小鹅便经常跑到米老伯的轮椅下玩。米老伯一看到小鹅就喜逐颜开,常常撒几颗花生米给它。小鹅被惯馋了,往后,只要米老伯不给它花生米,它就会一刻不停地叫唤,直到米老伯再给它一些为止。娟婶、三伯母是我家的常客,每每来到我家,都不忘逗它一逗。

鹅是群居动物,怕孤单。晚饭的时候父亲说要去再买只小鸭子来跟它做伴。父亲告诉我,他年轻的时候也养过鹅。那时候,年轻的父亲跟我的大伯们就在门前圈了个大篱笆,里面住过鸡,住过鸭,也住过鹅。我还记得当时我老家门口有条河,鸭子跟鹅就常跳进水里游泳,而鸡们则在泥地上四处啄啄。

在父亲那个时候养鹅,说白了就是为了养家。鹅养大了,父亲、伯父们、姑姑们都要狠下心把这些朝夕相处的小家伙卖掉,它们最终的命运永远是可悲的。而现在,我可以保证这只鹅是一只幸福的鹅，它永远不会被卖掉，也不会被宰杀。它会在我家一天一天幸福地长大。

母亲在马路上救下它，父亲开车接来它，奶奶剪下菜叶喂它，邻居们用各种方式逗它。鹅快乐了，大家也快乐了。

我是最没贡献的，却也跟大家一块儿享受这份快乐。

那时的红蜻蜓

夕阳藏在云层里，空中的云朵被染成了红色，大地的湖泊也将天空的红色映在了自己的脸上。几户人家都在烧饭，炊烟袅袅，从烟囱中升起，在大红的天空中散去。门前是一块空地，长着些许杂草，杂乱的草丛里不时就有蜻蜓飞出来，这些蜻蜓身上也披着红晕似的夕阳的外衣。

在这乡村的黄昏之际，红色的蜻蜓欢乐地飞舞着。它们的身影忽而盘旋在空中，忽而坐落在草尖上，有时低下头去看看河，水草上面常会看到一只蜻蜓趴在另一只蜻蜓背上。这时候丢一块石头吓吓它们，它们立即仓皇地飞窜，竟来不及分开，两只叠起来活像一架直升机，总会令人忍俊不禁。

夕阳更加偏西，晚霞火一样地燃烧着，本该是碧蓝色的天空此刻也释放出万丈金光。那红蜻蜓也越来越多，漫天飞舞着的，停在人家门前的都是它们可爱的身影。农民们在田里忙活完了，扛着锄头，脸上喜洋洋地泛着红晕，三三两两的蜻蜓围着他们转，那带土的锄子上常会有它们伏着。儿时的我真是淘气，一有空就跑出去抓些虫子玩。蚂蚱和蝴蝶是最好抓的。细长的蚂蚱呆呆地趴在草堆里，我伏在地上，精准快捷地向前一跃，一只手盖住它，另一只手握个玻璃瓶把它装进去。蝴蝶更加好抓，别看它飞来飞去，只要它一停在某一朵花上，两个手指头把它的翅膀一捏就抓着了。这些固然有趣，但我最想要的还是红蜻蜓。

老家就在山脚下。傍晚的时候，竹竿顶上、屋檐边上，到处都是它们的身影，有黑的，有蓝的，都配着副大眼睛在飞舞。红蜻蜓夹杂在它们当中格外地显眼。我见它们总是停在空中不怎么动，以为它们好捉得很。当我使劲跳去，眼看手就要触到一只红蜻蜓了，它却一下子飞得更高了，而且连"嗖"的声音都没有，那轻盈的身影仿佛幻影一般。于是乎，我对它们更是充满了好奇与追求。

不知何时起，我学会了唱《晚霞中的红蜻蜓》这首日本童谣。第一次听到这首童谣时，是音乐老师用录音机放出来的。传入耳中的是一个小姑娘稚嫩的声音。那柔和、婉转的歌声无不使我将童年时的天真与淘气以及那份儿时特有的欢乐从心底里流出。"晚霞中的红蜻蜓哟，请你告诉我，童年时代遇到你，那是那一天……"

望着这火红的晚霞，耳旁又传来了那熟悉的歌谣，仿佛自己又回到了儿时。晚霞中的红蜻蜓呀！你是我儿时最好的伴侣，你的身上映照着的是夕阳的光辉，是鲜艳的夕阳的色彩。十年人事几番新，你的色彩在我眼中依旧是那样美丽。

花花公子的零用钱

"省着点用，别像个花花公子一样。"母亲在电话里对我如是说道。

可别说我狡辩，在大人眼里我曾经可是个节俭的孩子。小时候爸妈几乎不给我零花钱，我也不跟他们索要，那会儿同学们统一在学校的食堂里吃饭，每顿饭都是一荤一素一汤，我不是个挑食的孩子，什么样的食物都能吃得津津有味。扒净了盘子里的饭菜后，再把盘子端进盥洗池里，食堂里的阿婆就会奖励我一串烤肉或者一瓶可乐、一根香蕉这类的小零食。我的同桌乐乐，是个极为贪嘴的胖子，同时他的挑食也是出了名的。他爱吃黄鱼不吃鲫鱼，爱吃青菜不吃白菜，饭菜好时便会胡吃海塞，若不合胃口，则一点也不碰，因此，尽管他很渴望得到那些餐后小吃，却从未在光盘活动中获得过丝毫奖励。

大家吃得津津有味，乐乐看得眼馋，然而在那个对零食极为吝啬的年代里，有哪个小傻子会愿意把点心与他分享呢？乐乐急了，回家就把这事儿告诉他爸。他爸爸原本是卖皮货的，后改行开了家水泵厂，一年发家，三年致富。有了钱，出手也就大方，他决不能让儿子丢了份！当天他便扯出20块钱，说："使劲花！"乐乐他真是听话，大摇大摆进了学校超市，那会儿，同学们的零花钱基本不超过 5 块，谁要是攥着 10 块那便是一笔巨款，乐乐攥着 20 块钱真够羡煞旁人的。乐乐大包小包地使劲往怀里装，一整个大袋子被装得圆滚滚的，把那小卖铺的老板娘乐翻了天。一进教室，他便把那口袋一开，大包小罐的零食骨碌碌地滚落出来。乐乐抓起一包卤鸭腿塞到我手里："涛子，甭客气，只管豁开了吃！"我感动极了，撕开包装便吃了起来。多汁的烤肠、清香的甜饼，周遭的同学投来艳羡的目光，在他们的羡慕与我的感动里，乐乐得意地抓起一只苹果，津津有味地品尝自己胜利的果实。

　　方才已经提到，我的父母从不曾给过我零花钱，往后也是一样。然而有了这样阔绰的同桌，我又何须多此一举呢？显然，我那时还不懂得深谋远虑，没能料到他爹要去南京做生意，也把乐乐带了去，这可遭了，少了这尊小财神，我便再也品尝不到那些烤肠的美味了。对于吃惯了零嘴的人来说，戒零食着实是一件煎熬的事情，午休时，看着前排的小班长津津有味地吃着自己的零食，我忍不住咂咂嘴。终有一日，我忍不住问他，你爸妈都给你多少零花钱？他呸了一声，不屑地说："那俩铁公鸡，平时一个子不给，非给我得了'优'，才奖 10 块钱，要是得了'良'，我还得倒贴他们五块！"

　　"哦——"我不由得恍然大悟，意识到零花钱还有这样的要法。一回家，我便向爸妈提出了零用钱的事儿，我向他们承诺，今后的作业保管都拿"优"，而他们则要支付相应的零用钱作为奖励。奖励多少呢？我说，每个"优"换取 10 块钱。

　　"不行！"爸爸斩钉截铁地说，"一个'优'最多 5 块。"

　　"成！一个'优'五块，那一个'良'3 块。"

"不行！"爸爸说，"'良'就只给1块。"

"成！一个'优'5块，一个'良'1块。"我们就这样说定了。

我那时成绩还算不错，拿一个"优"并不是难事，老爸说话算话，每个"优"5块，每个"良"1块，这项政策从开始实施，一直到我小学毕业。其间，我凭着这些赚来的零花钱吃遍了超市里的零食。然而我终究不是个贪吃的孩子，学校超市的货架上长年累月就那么几样东西，日子一长也就腻味了。尽管不好吃，但我不会因为零食的乏味而拒绝父亲的奖励，零用钱太多了，撑在口袋里派不上用场，我便把它们都藏在床底下，日子一长，倒也积蓄了好几百块。

然而，这条财路从我初中起就断了，不只是因为初中老师不会在每一回的作业本上写个"优"或者"良"的等级评定，更是由于我的成绩已经大不如前，根本没法用此换取零用钱。初中的压力是小学的数倍，终日沉浸在书山学海之中，自然无暇去顾及吃喝玩乐的琐事，倘若不是那天，那俩同学做了件蠢事，估计我也不会想到赚钱的勾当。

事情是这样的，我的新同桌叶鹏是个全科天才，各科成绩都很优秀，许是他才学过剩没处使吧，女生桑桑请他代写作文，他倒一口答应了，这人也是精明，料到字迹不同，怕被老班识破，于是便把范文写在了白纸上。女生千恩万谢接过稿纸，敬上5块钱给他作为酬劳。不过，要说这女生也是够二百五的，抄完了之后竟把稿纸也夹在了本子里，一并交了上去，老师一批阅，这俩人的狐狸尾巴就被逮住了，引得全班人哄笑。这事倒给了我灵感，为何不自己给人代写文章呢？说干就干，收了几个同学的定金，我便开始替人着墨了。

　　我的工作很是细致，每个委托我的客户我都会事先翻阅他们以往的作文，了解他们的风格和水平后，再为他们量身定制出一套最像他们自己写的文章。不仅如此，我还制定了明确的收费方案，90 分的作文 5 块，80 分的作文 3 块，若是获得了好评再追加尾款 2 元，就这么着，一整个学期下来还真赚了不少。

　　父母真正开始给我零用钱那还是在我读高中的时候。学校建立在县城中心，对于自小生长在小镇上，每天都在家校间往返的我来说，每个星期都要跑那么老远的地方住上五天实在是有些不便。父亲开始变得大方了，头一个星期就给了我 60 块钱，此后陆续涨至 70 块，80 块，直至 100 块。父亲跟我说："儿啊，你现在也是一大小伙了，在县城读书可不能叫人家笑话。"县城的物价并不比镇上贵出多少，然而随着这些年物价飞涨，纵然是寻常的价格，那也是往年的数倍。

　　那会正值一年中最热的时节，太阳烤得马路发烫，学校的冰沙店生意特别红火。一杯冰沙 3 块钱，狡猾的老板把它分成了橙子、香蕉、葡萄、蜜瓜等八种口味，他是看准了一旦客人喜欢上冰沙，准得把八种口味都尝个够，倘若只是每天一杯冰沙的话我也还承受得起。然而，一旦舍得花钱买这一份零食，准会舍得花上第二份钱去买第二份零食。一个星期后，我惊讶地发现自己消费了 50 多块钱。初中三年的只赚不花使我无法接受这笔高额的消费，毕竟爸妈也不容易嘛，也该省着点了。我给自己定制了简单且严格的省钱计划，即每周一到周四，一律在学校食堂吃，这样就可以节约不少方便面的钱。零食也仅限于周一和周三两天，每天只买一杯冰沙，周二与周四一分钱不许动，周五的时候可以稍微阔绰点，花上十块钱买两根糖葫芦和一碗龙须粥充当夜宵。如果说挥霍能使人上瘾，那么拮据有时也能达到同样的效果，拮据使我的口袋变得丰满，拮据使我能坐在餐桌上与同学们共进晚餐，拮据使我减轻了花钱太泛滥引发的负罪感，拮据使我从车站一路步行到学校。勤奋为就业者创造财富，拮据则为我攒足余钱。拮据就像氢气，鼓起我积蓄的气球，从300块至500块，再从500块至1000块，当积蓄达到1200块时，我买了生平第一只手机，床单下变得空荡荡了，晚上辗转反侧时，我再不能感受到几枚硬币硌在身下的触感。

大学生活是我挥霍无度的开始，大一新生如同一群羊羔迈进这个圈子，饥饿的老虎们早已磨刀霍霍，他们笑容可掬地埋伏在校园的各个站点，随时准备着在新生身上宰上一刀。

我们对此早有防范，牢记"西装革履者皆属衣冠禽兽"，面对他们的推销一律摇头不理。然而我们始终未能提防那些戴着小红帽热情接待我们的学长们，听了他们的"指点"，购买了高额的电话卡，办理了许多毫无用处的套餐，成百成百的现金从卡里、包里一一流逝。学长们数着赚来的这些外块，乐得合不拢嘴。直到一年后，新一批的学弟们来了，当初挨宰的同学们如今也翻身成了笑面虎，纷纷宰起了这些新的羊羔。当然，这些都是后话了。在我初被宰割后的那个星期，母亲只当是大城市的物价太贵，于是每个星期给我打来500块生活费。高中的拮据她都看在眼里，母亲劝我别再节俭，生怕我饿着自己。每当她这样说起时，我总会惭愧地连声哀叹，她哪里知道我的生活是多么地挥霍无度。

　　大学的生活真是悠闲，半天没课那都是常有的事。闲暇的时候，我们几个好友常去校外消遣。杭州是个好地方，西湖、宋城皆是游玩的好去处。在那些酒吧、歌厅、餐馆、剧院来来往往，休闲娱乐的同时也让身上的零钱不断流失。没课的下午，我们坐在寝室里用尽一切消遣的手段打发时光。受到室友影响，我逐渐迷上了网络游戏。这真是个糟透了的嗜好，人一旦迷恋上新的事物，常常会深陷其中，不可自拔。在界面上看见别的玩家配着精良的座驾与装备，我的心里嗤之以鼻，把这些舍得花大把钱在网络游戏上的家伙统统算作"烧包"一党。然而有一天我心血来潮，手痒难耐，动手买了一套昂贵装备。这可不得了，开了这个先河，我的积蓄就像决堤的水一般灌入了游戏，反复地充值已经足以让我捉襟见肘，我并非意识不到这一点，然而，为了不让这些充值白费，我又浪费了更多的钱去点外卖，以便节约去餐厅吃饭的时间用以攻打副本。

　　为此我连吃了一个多月的方便面。方便面的味道逐渐使我感到腻味、恶心，我把这一切归咎到游戏。

　　"不行，这游戏一定要戒掉"，苍天有眼，在我刚打定这个念头时，电脑就因为病毒瘫痪了。电脑"住院"两个星期，这两星期倒使我精神了许多。等它修复"出院"，系统上的毒与瘾也都被排除得干干净净。

　　悠闲的日子过了一年也就结束了，大二时，学校派我们上岗实习。我选择去一家游乐场做财务，每个月2850元的薪资在我们班同学中排名第二；排第一的是个卖保险的，每个月能赚三千多元；第三名则代表了全班大部分同学的水平，每个月 800 元。

　　实习了，父母们都暂停了生活费的供给，大家统统自力更生。很多同学凭着这点吃不饱又饿不死的工资个个都成了月光族。而我，我每月的工资足够他们做好几个月的，公司又包吃住，使我每个月都能攒出不少钱来。钱在卡里积蓄得越来越多，穷光蛋有了钱总免不了做点烧包的事儿。我在一个休息日来到校园，自己班的同学外出实习，整层宿舍都空荡荡的。这令我感到有些冷清。我坐下来，打开电脑，登上 QQ，在我所管理的社团群里发布消息：学弟学妹们，社长我回来了，晚上请你们吃大餐！

　　这消息在群里炸开了锅，也不知是因为久违的社长重归校园还是为了免费的晚餐。大家都显得格外兴奋。冷清许久的 QQ 群难得地热闹起来。当晚，社团那些与我私交甚好的社员们全都来了。我把菜单一一递给他们，让他们只管点。他们倒是客气，个个都把菜单递回给我，说："社长，你先请。"我便不客气了，张口就对服务员说："烤鱼有吗？上来！龙虾有吗？上来！"饭桌上，大家把学校近来的种种新闻八卦向我诉说，我也把自己在社会上的种种体验与他们分享。这一席饭花了我 300 块，是我生平初次花自己的钱请客，这钱花得自在，花得痛快！若不是那日笔友群里的一处闲聊，也许我会在那游乐园一直做到毕业。

　　那一日雪花簌簌飞，大街上张灯结彩，群里的文友们争相道贺新年好。谈话间，不少人说起了新年的出书计划，其中有一温州哥们儿，准大学生，新书已在着手印刷，就待节后发行。这如平地起风雷，我意识到自己实在落后太久，也该是时候重新提起笔了。等到春节过后我便辞职了，辞职了回到老家，老家的经济没见有多大提升，但物价上涨得与大城市一般无二。我去了家作文培训班，当了个教书匠。尽管老板娘没和我签合同，但我们都是本地人，讲信用，未赖过一分工资。我省吃俭用，计划着年底的时候靠这笔收入出境旅游。

那时候我独自一人在补习班上班，虽处于老家，然身边亲友俱是天南地北，独自的工作令我身处人群却倍感孤独。我不止一刻想到电视里那位穿着红色毛衣的老太太，做了一桌子菜，家人却个个打电话说忙。不愿当个空巢老人的我，每个月都坐上火车背起行囊去找我的亲朋好友，春夏秋冬，我把所赚的钱财都献给了江浙沪一带的高速铁路。

年底的时候，我卡里零星只有四五千块，出境旅游估计是难了。恰在这时，久违的小学同学乐乐发过来一条信息，是群发的，他告诉我们，他要订婚了。

我不清楚订婚的红包要给多少，但三五千块应该是起码了的，可不能让老朋友觉得我小气。酒宴上，放眼望去都是似曾相识的客人。大家凭着十多年前的印象，相互辨认多年前的好友。回忆往昔，畅谈今朝，各种怀旧之声似波浪一般此起彼伏。乐乐长高了，人也瘦了，俊俏了。他说，旧友重逢是最大的财富，我们给他的红包他一个也没收。

剧

本

瘦李肥汤

人物：老李——李胜父，60岁，果农。

李胜——大学生，李家长子，喜经商不务农，与父有
争执。

李媛——李家长女，李胜妹。

方芳——李胜女友。

地点：李家村。

事件：李胜大学毕业想要外出经商，父亲老李却希望他继承
家里的果园，父子因此发生争执，李胜一走四年没有回家。四年
后，李胜因事业危机，在女友建议下回到家，一来与父修好，二来
订购自家果园的产品。不曾想刚一见面，父子俩又发生口角，最
终在家里人的调解下，父子和好如初。

幕前戏

地点：李家门外

时间：四年前

【李胜与老李先后上】

老李：你给我站住了，站住了！

李胜：（停下脚步）爸爸，你甭说了，让我继承果园，这不可

能，不可能。

　　老李：你再说一遍。

　　李胜：一百遍都一样，不可能！

　　老李：我问你，咱家果园种的什么？

　　李胜：李子。

　　老李：你老爸姓什么？

　　李胜：姓李。

　　老李：你叫什么？

　　李胜：李胜。

　　老李：我再问你一遍！

　　李胜：你说！

　　老李：咱家种的是什么？

　　李胜：李子。

　　老李：你老爸是谁？

　　李胜：老李。

　　老李：你是谁的儿子？

　　李胜：老李的儿子。

　　老李：你叫什么？

　　李胜：李子——（说完一愣）

　　老李：儿啊——（唱）

　　　　　　咱家果园世代基业，供你和妹妹把书念。

　　　　　　你俩兄妹长成材，李子的功劳大无边。

　　　　　　李子红了家康安，李子黄了苦难担。

　　　　　　儿今大学毕业了，盼你在家振兴旺。

李胜：爸爸呀——（唱）

　　　　老爸花甲年岁高，思想与时代跟不牢。

　　　　如今生意网上做，快递物流是渠道。

　　　　二维码，扫一扫，

　　　　微信红包就到手了；

　　　　支付宝，转一转，

　　　　网银钞票一秒到。

　　　　爸爸呀，你若想把生意赚——

老李：咋的？

李胜：（唱）

　　　　——弃地上网才牢靠。

老李：（怒）你……你说的什么话？

李胜：（唱）

　　　　点击鼠标键，打开淘宝网。

　　　　加入购物车，订单来提交。

　　　　想致富，需动脑，

　　　　跟上时代才叫好。

　　　　老爸你三亩薄田把树栽，

　　　　瘦李安能炖肥汤？

老李：你这逆子——（唱）

　　　　骂你逆子不孝儿，祖辈基业全忘掉。

　　　　若无薄田把树栽，李氏焉能把家安；

　　　　若无薄田把树栽，哪有侬兄妹吃和穿；

　　　　若无薄田把树栽，侬上大学钱何来？！

电子商务我不晓,勤奋耕耘是正道。

你不务正业心气狂,天上哪有馅饼落?

李胜:(唱)

马追千里旭阳日,象赶四方万寿田。

牛犊勤耕三分地,老狗独守屋一间。

人各有志强求难——

老李:(唱)

——瘦李有我炖肥汤!

(白)

你要走,就走吧。果园由我来撑着,我倒要看看这三亩薄田能不能长出摇钱树来。

李胜:好,既然如此,爸爸你多多保重,儿这就走了。若不出人头地,儿绝不回家!(下)

老李:儿啊——(下)

幕内合唱:(唱)

辛也四年,苦也四年,

只为当初一诺言,春去秋来不相见。

这一个,风风雨雨把树栽;

那一个,勤勤恳恳接订单。

父子没有隔夜仇,一朝争气满堂彩。

幕 启

地点:李家门外。

时间:四年后的上午。

【李媛上】

李媛：谷雨送春去,立夏今归至,今年的李子又丰收了,谁不
　　　来我家果园尝一尝? 话说我那哥哥李胜,四年前与老
　　　爸吵了嘴,独自离家出走,四年来不曾回家一趟。前
　　　些天刚接到电话,说是今天要回来了。嗳,待我打扫
　　　好屋子,沏好茶水,等着哥哥回家。(扫地,沏茶) 咦,
　　　我这地也拖好了,茶也沏好了,哥哥咋还没到呢? (门
　　　口张望)

【李胜携女友方芳上】

方芳：到了没呀? 我都累死了。

李胜：这不都怪你吗? 七点的火车愣是睡到八点半才起,不
　　　然早到了,还用得着坐那么久长途受罪吗? 走走走。
　　　(拉方芳,被甩手)

方芳：还怪上我了呢! 昨晚谁折腾一宿不睡觉的?

李胜：我这不是给客户打电话吗。今年订单多,偏偏果园的
　　　货上不来,客户天天催啊催的我能不急吗?

方芳：你着急! 早说让你回家跟爸订货,就是不听。你要早
　　　听了我的能缺货吗? 不缺货昨晚能打一宿的电话吗?
　　　不打电话能睡过头吗? 不睡过头能赶不上火车吗? 你
　　　还怪起我来了。(委屈欲哭)

李胜：怪我怪我,我这不都听你的了吗? 走吧,到家了。

方芳：在哪呢?

李胜：就前面,你看门口不坐着人吗? 咦,那不是我小妹媛
　　　媛吗? 小妹——

【李媛闻声回头】

李媛：哎！哥哥（上前）——可算来了，等了你们好半天呢。

李胜：哈哈，这不是路上耽搁了吗？

李媛：哥，这咱大嫂吧？

李胜：都忘了给你们介绍了。（向方芳）这是咱小妹，媛媛。

方芳：你好。

李媛：嫂子。

李胜：小妹打小脸就圆，所以就叫了媛媛（众人笑）；小妹啊，这是你嫂子，方芳。

李媛：嫂子打小脸就方！（冷场，众人尴尬）

方芳：妹子可还真会夸人哦。

李媛：（轻打嘴）瞧我这笨嘴，没梗乱杠！（向众人）来来来，咱进屋聊去。

李胜：咱家都盖新房子了？

李媛：那是，快进去吧。哥，嫂，我给你俩拿行李。

【众人进屋】

李媛：爸你快来，哥回来了。哥、嫂子，你们坐（众人放下行李，就座）。哥呀——

　　　（唱）

　　　哥哥，你这一走可好久，

　　　　　如今已有四年春。

李胜：（唱）

　　　四年春秋风雨多，小妹与老爸可安康？

李媛：（唱）

安康家业尚温饱,只是老爸好匆忙。

李胜:(唱)

他老大的年纪忙个啥?

李媛:(唱)

忙着把瘦李炖肥汤。

李胜:(白)四年前的誓言,他还记着呢?

李媛:(白)他的脾气你也晓得,这样的誓言怎会忘记了?

对了,你今儿咋想到回家来呢?

方芳:还不是因为他订单多了,可那些货(被李胜阻拦)……

李媛:货?什么货?

李胜:生活!你嫂子的意思是,咱订单多了,那生活就好了。

李媛:生活过得好就行!不然还得叫咱爸挂念呢。

李胜:他还会挂念我?算了吧,一会见了我别吹胡子瞪眼的
就成。

李媛:咋会呢?他老人家慈眉善目的。

【老李自后方上】

李胜:(冷笑)慈眉善目?你难道没见过他老李发飙啥模样,
往这儿一站,俩眼一瞪,嘴巴张得能把人给活吞咯。
(老李悄悄向他背后靠近,李媛、方芳不断做暗示)咋
了,还不信?我跟你说啊方芳,火起来的时候老爷子
俩脚一跺整栋楼都得叫他给震塌下来。(老李在背后
弹了他一脑袋)谁呀?!(一回头猛地吓退,老李冷
笑着盯着他)

老李:讲,接着讲。

李胜：爸……

老李：别，您还是叫我老李吧。（扭头看见方芳）这位是？

李胜：她是……

老李：侬闭嘴！

方芳：叔叔，我是李胜他女朋友。

老李：你跟这呆头三交往啦？（向李胜）这你对象？

——（唱）

骂你逆子太猖狂，丧尽天良实难饶。

祸害了自家不嫌够，去往别家把金枝糟。

方芳：（唱）

叔叔说话严重了，李胜待我情不薄。

老李：（唱）

他那是羊皮藏狼心，迟早会把你心伤。

李胜：（唱）

说声爸爸不厚道，棒打鸳鸯你心太刁。

四年父子不相见，何苦今朝口不饶？

老李：（唱）

有脸说我不厚道？你那荒唐一箩筐！

（白）你早些年做的都什么事，我就是真拆了你们那

都是积德行善了……

【父子争执，众人忙劝架】

李媛：爸您这干什么呀，哥他来一趟不容易。

方芳：李胜你少说两句，你爸岁数大了。

李媛：（向方芳）嫂子，你先劝住他俩，我下去做饭。（下）

方芳：不要吵了，不要吵了，你俩先坐，一会儿开饭。（李家
　　　父子各自就座）李胜啊，你倒是把那话跟你爸说呀。

李胜：说啥？

方芳：你怎么揣着明白装糊涂？

老李：我看他是无话可说了。四年前说什么"不出人头地绝
　　　不回家"，怎么，现在是发财了要来炫富，还是没钱了
　　　找我认输？

李胜：哪个和侬来认输？我有的是钱。

老李：欧喽，侬还赚钱了呢？

李胜：那是！（唱）

　　　一朝出了李家门，淘宝天猫做电商。

　　　手下网店十来家，家家订单上百千。

　　　一年收入回本金，

　　　二年赚银奔小康，

　　　三年添得好妻房，

　　　第四年——

老李：这第四年咋了？

李胜：额……这第四年嘛……

【电话响起】

李胜：（唱）

　　　这第四年客户电话打不消。（接电话）

　　　（白）哎！贾老板啊，您放心，那六千斤李子少不了。

　　　啥，你要撤单？别介啊，稍稍宽限几日成不？啥，就三

　　　天！你不是说好半个月的吗怎么变卦了？这三天我哪

里赶得及呀！喂～啊喂～（挂电话）

老李：你不是说网上销售好得很吗，怎么人家要撤单？

李胜：这……哪有的事嘛？爸爸您听错了。

老李：嘟！侬这嘴里一句实话也没有，到底出了什么事，你
与我讲！

【李胜欲辩解，遭方芳打断】

方芳：好了！李胜啊李胜，我看你就是煮熟了的鸭子死到临
头了嘴还硬，叔叔啊，您听我讲——（唱）

钓竿长需江河广，葡萄攀高得篱笆绕；

巧妇煮饭需有米炊，电子商务哇还得实体经济呀来
依靠。

虽说是，网络渠道销量广，

却奈何，订单山高货太少。

方才山东贾老板，购我华李六千斤。

李胜他眼见订单心来笑，不问存货多与少。

白纸黑字合同签，法律章程立生效。

战书接下无兵将，客户来电我心慌。

眼见约期来将至，火烧眉毛祸难逃。

老李：（向李胜）你呀你——（唱）

逆子做事不思量，害得媳妇心慌张。

手中无有金刚钻，怎敢将那瓷活揽？

李胜：唉——（唱）

我道网店生意俏，抛下锄头碰鼠标。

三年同行店不少，百舸争流各比高。

如今是,鳞次栉比网店多,摩肩接踵客不少。

却怎料,客多银钱我少货,鸭子蒸熟飞走了。

好比那,冲锋陷阵无枪炮,

好比那,花轿上门却无女可嫁。

老李:你你你!(指指点点走向李胜,李胜惭愧地低头。老李手轻轻搭在李胜肩膀)这些年苦了你了。

李胜:(惊讶)爸爸,你不怪我……

老李:我哪有什么脸来怪你哟!(唱)

我为与儿争口气,栉风沐雨地不离,

一年开花万八朵,

二年成李百千斤,

多有囤积少人取,

三年滞销六千斤。

人家收银扫微信,老爹只会点现金。

客户来往多不便,嫌我落伍不先进。

桃李落地化成泥,赔多赚少我心急。

好比那,良驹卧槽无人问,

好比那,帆高船大却无水可荡。

李胜:爸爸,都是儿子不好,这些年你受累了。

老李:我倒也没有什么,今儿盼到你回家,还带来了媳妇,我心里高兴。

【李媛手捧汤锅上】

李媛:咦,方才还急赤白脸的,这会儿倒是哭上了。看来是嫂嫂沟通得好,他二人如今和解了。爸,哥,嫂嫂,开饭了。

方芳：好了好了，和解就好，生意上的事情一会儿再说，先吃

　　　饭吧。（众人入座）

李胜：媛媛啊，你这炖的是什么汤？

李媛：我这个嘛，叫瘦李肥汤。

众人：这瘦李还能炖肥汤？

李媛：是啊——（唱）

　　　树上把李摘，火腿片片切。

　　　共赴金蛊盏，同把水火煎。

　　　三声听釜响，摆酒琼林宴。

　　　李子酸甜甜，火腿香又咸。

　　　瘦李出肥汤，汤汁鲜满天。

　　　爸爸呀，你多有货积少渠道，好比食材缺烹调；

　　　哥哥呀，你电商若无实体靠，好比锅中空气烧。

　　　爸爸耕耘哥卖货，父子同心把商经。

　　　实体与电商需结合，瘦李方能出肥汤。

老李：说得好，说得好。儿啊，今后这实体经济我供货，电子

　　　商务你推行。只要我们父子同心，把传统经济与现代

　　　科技结合到一起，就不怕没有生意。

李胜：媛媛，你这一番话令我茅塞顿开，我要是早些明白就

　　　好了，不然那六千斤货物早备齐全了，人家也不会撤

　　　单，真是可惜了哇。

李媛：好哥哥，你莫心急，贾老板的生意还能做下去。

李胜：哦，此话怎讲？

李媛：这……还是嫂嫂来说吧。

老李和李胜：你嫂嫂？（二人回头）

李胜：方芳，这究竟是怎么一回事啊？

方芳：李胜呐——（唱）

　　　　早劝你，回家把货订，你却迟迟不答应。

　　　　说什么，功不成来名未就，

　　　　无颜去见老爹地；

　　　　眼见店空货少稀，不由得我为你心急。

　　　　小妹总盼天伦聚，她来与我共商计。

　　　　扮一个山东贾老板，劝你俩父子把心系，

　　　　小妹演戏我照应，女声软件变男音。

　　　　将相合璧姑嫂喜，上阵还需父子兵。

李胜：如此说来，刚刚那电话不是贾老板所打？

李媛：贾老板是忠厚生意人，怎会约期未到要把戏？刚刚正
　　　　是小妹我魔音通话，女变男声。

李胜：原来如此，合着你俩早就认识了！

方芳：闲话少说，快给那货真价实的贾老板打个电话，告诉
　　　　他货已齐全。

李胜：好，我这就打！（打电话）喂，贾老板！我是李胜，那
　　　　六千斤李子已经准备妥当，明天就派卡车与你送去。
　　　　（挂断）这下好了，我的生意保住了，爸爸的货存也能
　　　　卖出去了，真是两全其美呀！

老李：岂止两全其美，更是三喜临门。好媳妇，好闺女，我父
　　　　子四年的矛盾被你俩一朝就点破了。如今合家欢聚，

你俩功劳可不小啊。来来来,咱们把酒言欢,这顿饭不醉不归呀!

方芳和李媛:只要你俩父子和,我们姑嫂也欢喜。(众人入席开宴)

内幕合唱:

欣也今朝,欢也今朝,

天伦相聚喜相庆,商海巡航事业兴。

这一个,上阵还需精良兵;

那一个,船高也得水来依。

电商和农耕相结合,时代与传统手握紧。

共将瘦李出肥汤,一家争气喜满庭。

【剧终】

瓶贵别窑

人物：薛丁富——70 岁，退休校长。靠捡拾瓶子帮助贫困儿
　　　童上学，人送外号"薛瓶贵"。

　　薛　琳——35 岁，记者。想要来接父亲去城里住。

　　六　婶——60 岁，房东。对薛丁富在住宅囤积瓶子的
　　　行为很不满。

背景：六婶的出租房。

时间：高考后。

【出租房楼下，灯光昏暗。桌上一台电话在响，六婶握着手机
上台】

六　婶：（对手机）好了好了，我知道了。走廊那电灯坏了
　　　您都说八百遍了，上个楼梯跟爬烟囱似的，下个楼
　　　梯跟挖地道一样，我不是叫师傅过来修了吗？什
　　　么，电闸被一堆瓶子堵住了？得，准是薛瓶贵！你
　　　放心，我会反映的，先接个电话（挂断手机，吁了口
　　　气，连忙接起座机）。喂——哎哟！怎么又是瓶子，
　　　又是薛瓶贵！行行，你这事儿我也一块反映（放下
　　　电话）。哎，这个薛瓶贵！三天两头的就有人投诉

他，今天非得让他搬走不可。

【薛琳穿着连衣包裙，挎着包上】

薛　琳：总算到了。我爸这脑子也不知咋想的，我跟我老公
　　　　说了好几回要他搬来城里和我们住，他却死活不肯
　　　　来。我当他是念着老房子舍不得走，也就由着他，
　　　　可没成想刚过完年他就把房子卖了，租了这么个地
　　　　方住，唉。这房子怎么连个电灯都没有，黑咕隆咚
　　　　的（走进楼道被瓶子绊了一跤，差点摔倒）。哪来
　　　　的这么多瓶子？（一边盯着地上的瓶子一边走，和
　　　　对面走上来的六婶撞了怀）

六　婶：哎哟！（站稳后，端倪薛琳）你是哪位呀？

薛　琳：大妈您好，我是市报的记者薛琳（递过名片）。

六　婶：（接过名片眼前一亮）还真是个记者。大记者，我
　　　　是这儿的房东，人家都叫我六婶。你来我们这儿是
　　　　做啥的？

薛　琳：我找一个人，薛丁富您认识不？

六　婶：天哪，这个薛丁富把记者都给招惹来了！我也正找
　　　　他呢。（领着薛琳往前走，在一间房门前停下敲门）
　　　　薛瓶贵！薛瓶贵！

薛　琳：六婶，错了，我找的是薛丁富。

六　婶：没错，这薛瓶贵就是薛丁富，这是我们楼住户给他
　　　　起的外号，因为这老头啊……

【薛丁富上】

薛丁富：谁呀，一大清早跟报丧似的。

六　婶：你瞧，人出来了。（上前对薛丁富悄声耳语）可积
　　　　点德吧，你瞅那边是谁？记者！准是有人投诉你，
　　　　连记者都找上门来了。待会采访的时候你可千万记
　　　　得……（薛丁富不耐烦地推开六婶）

薛丁富：我怕什么（上前）哪位是……（见到薛琳眼前
　　　　一愣）

六　婶：还说不怕呢，嘴都撬不开了！（上前）这就我说的
　　　　记者薛琳，（向薛琳）这老头就薛瓶贵，你采访的时
　　　　候可得耐心着点，这老头脾气倔。

薛丁富：（笑）你就是六婶说的大记者？你是来采访我的？

薛　琳：是！我来采访采访您。您叫啥名儿啊？

薛丁富：嘿你这丫头忒不像话了，连爸爸我叫薛丁富都
　　　　忘了？

六　婶：你忒不像话，好好的咋还骂人呢！

薛丁富：我这……

薛　琳：薛丁富？我怎么听说你还有个外号叫薛瓶贵的呀？

薛丁富：那是呀！我这身子骨老当益壮，你就给我一根方天
　　　　画戟我都能舞出个风火轮来，人家看我精神，跟个
　　　　大将军似的，这不就尊称我薛平贵吗？

六　婶：得了吧你，什么放飞机画火箭的！姑娘你别听他瞎
　　　　掰，他那是老黄瓜刷绿漆，装嫩！我告诉你他这外
　　　　号咋来的，这老头子整个就一事精，一天到晚在外
　　　　头捡瓶子，你瞧瞧我这楼里，瓶瓶罐罐全是他的，楼
　　　　里的住户就给他起了个外号，管他叫薛瓶贵！

薛丁富：哎哎哎，六婶您还有完没完，这我个人爱好你管得
　　　　着吗？

六　婶：人家的爱好都是收藏瓷器啊邮票啊啥的，再不济也
　　　　收藏个旧纸币，就没听说收藏瓶子的。

薛丁富：我乐意！

六　婶：你损人家的利，乐自个儿的意。

薛丁富：我捡个瓶子他们还有意见？

六　婶：意见可大了去了！（向薛琳）你刚也瞅见了，上个
　　　　楼啥情况？

薛　琳：黑灯瞎火的呀，我还撞您身上了。

六　婶：对头！就因为电灯坏了，现在这楼里的住户隔三差
　　　　五的就打电话过来投诉，吓得我都不敢接。

薛丁富：那六婶，这可就是您的不对了，您得接受批评，好好
　　　　反思反思呀。

六　婶：（怒）我反思？！（冷笑）噢对，我当然反思了。

薛丁富：反思出啥来了？

六　婶：我就反思出你烦死了！要不是你这破瓶子把楼道上
　　　　那电闸给堵住了，人家电工能找不到地方下手吗？

薛　琳：哈哈！（六婶、薛丁富齐齐看向她，薛琳忙摆出严
　　　　肃脸）啊对，（向薛丁富）这可不对！

薛丁富："啊对"到底是对，还是不对？

薛　琳：六婶对，你不对。

六　婶：文化人讲出的话就是不一样。薛瓶贵，你听见了
　　　　吗？赶紧把瓶子搬了。

薛　琳：搬瓶子哪够,连家也得搬了。

六　婶：说得好! 再不搬瓶子,你就给我搬家。

薛　琳：你要不搬,我明儿就把你挂报纸上现眼去。

六　婶：你要不搬,当心我把你拧巴拧巴塞瓶子里去。

薛丁富：瞧瞧这俩,一个要把我挂报纸上,另一个更厉害,还要把我塞瓶子里,塞得进去吗? 成,我明儿就搬走。

薛　琳：(乐) 真的呀?

薛丁富：是呀,我明天就把这瓶瓶罐罐的都给搬了,多大点儿事。

六　婶：(掏出手机,打开微信群发语音) 楼里的各位住户请注意,有个特大好消息要公布,住 6 楼的薛瓶贵明天就搬走! (幕后响起阵阵叫好声)

薛丁富：哎哎哎,她六婶,我啥时候说我要搬啊,我说的是搬瓶子。

六　婶：不是你搬啊? 咋不早说呢! 我这信息都发出去了,瞧瞧这些住户都还在下面点赞呢。

薛丁富：您这嘴巴急的!

六　婶：(微信发语音) 那个……不是薛瓶贵要搬走,是他那瓶子要搬。(向薛丁富) 人家问呢,瓶子搬哪儿去呀?

薛丁富：就搬后院那墙边上。

六　婶：(微信发语音) 就搬到后院那墙……(回过神来,惊叫) 什么? 后院! 嘿你个老不正经的,一提后院我还来气!

薛丁富：这又咋了，难不成那围墙也通电啊？

六　婶：你把那瓶子堆在墙头，里三层外三层的，人来了一
　　　　看还以为我们这造酒厂的呢。

薛丁富：管外人咋想呢，咱都自家人，咱们知道就行。

六　婶：哪个跟你自家人，今儿就算你亲闺女在这儿也得叫
　　　　你搬！

薛丁富：我又做错啥了呀？

六　婶：你说你堵墙上吧也就算了，还把瓶口子朝内，跟好
　　　　几把机关枪似得，人往那看一眼密集恐惧症都要
　　　　犯了。

薛　琳：哎哟，这可够瘆人的。

六　婶：瘆人的还有呢，尤其是到了晚上，我们这院子里就
　　　　呜啊呜啊（模仿鬼叫）地闹鬼。

薛　琳：闹鬼？

薛丁富：胡说八道，我怎么没听到过？

六　婶：听不到那是你呼噜响！（向薛琳）我们楼里年纪大
　　　　的都睡不安宁，还请了和尚道士过来做法，可全都
　　　　没用！后来算是搞明白了，你猜是怎么回事？

薛　琳：怎么回事？

六　婶：是晚上院子里这风一吹，那些瓶子全都呜啊呜啊
　　　　地叫唤，那声音听着跟鬼叫魂一样！可别提多吓
　　　　人……（后台响起鬼哭狼嚎的音乐）

薛　琳：（哆嗦）六婶，这就您说的那瓶子叫啊，是够吓人的。

六　婶：不是，这我手机电话。（接电话，音乐停）

薛丁富：就她这铃声鬼听了都怕。

六　婶：好的，我这就下来。（挂电话）我下去拿个快递，待
　　　　会再收拾你！（下）

薛　琳：爸！

薛丁富：（往椅子上坐）现在知道叫我爸了，刚才你怎么不
　　　　答应？

薛　琳：您说您这是何苦呢，堂堂一个退休校长，一天到晚
　　　　去路边捡这些个破瓶子，（顺手拿起一个玻璃瓶）
　　　　还弄得整栋楼民声载道。刚刚那阵势你可瞧见了，
　　　　我要叫你一声爸（拿瓶子指着薛丁富），你敢答
　　　　应吗？

薛丁富：（夺过瓶子放桌上）说话归说话，别拿瓶对着我，我
　　　　又不是孙悟空。

薛　琳：不是孙悟空你闹什么天宫？赶快跟我回花果山去。

薛丁富：我不回去。

薛　琳：嘿！我说你这老头咋还油盐不进呢？

【六婶拎着一封信上】

六　婶：（很热情地笑）哎哟，薛大爷。

薛　琳：你瞧瞧，人六婶都被你气得精神错乱了。

六　婶：薛大爷，您呐就别搬了，就在这儿住下吧。

薛丁富：（起身让座）六婶您坐您坐，您要我搬我就搬，可别
　　　　把您老给气坏咯。

六　婶：使不得使不得！您请坐。（薛丁富坐）这都是刚刚
　　　　邮差带给您的信，瞧瞧！

薛　琳：天哪，居然有这么多投诉信！

【薛丁富拆信，众人围在一旁】

旁　白：（少女声）亲爱的薛大爷，妈妈生病花光了家里的积蓄，爸爸说要让我辍学回家，自从您上次汇来一笔钱，我又能上学了。（又拆开一封信，老婆婆声）薛大爷，您寄来的钱俺收到了，俺这小孙子又能读书了，还有您送他的新书包他可喜欢了。（又拆一封，少年声）谢谢薛大爷，我收到大学的录取通知书了，谢谢您对我的帮助。（不断翻信，各种声音的旁白此起彼伏）薛大爷，我这次期末考了第一名；薛大爷，我申请到助学金了；薛大爷，老师说我作文进步了……薛大爷，谢谢您，谢谢您！……

薛　琳：这……这到底是怎么回事啊？莫非，您卖房子、捡瓶子，一年到头连件新衣服都舍不得买，就是为了……

薛丁富：（点点头，起身）我也不瞒着了。琳儿啊，爸爸以前也跟你说过，小的时候家里穷，上不起学，是一位好心的老师，来到我家里，对你爷爷奶奶说："让娃回来读书吧，学费可以报销。"我们一听学费可以报销，都高兴得不得了。直到我小学毕业，才从人家那儿听说，合着那学费都是我老师自己掏腰包给垫上的呀！后来，我也当了教师，我教了40多年的书，一见到上不起学的孩子，我就想起我小的时候，我也想像我的老师那样帮帮他们，为这些家庭做点好事！琳儿啊，爸爸知道你是想接爸回家，让爸过好日子。爸爸一直不肯跟你回去，一来是舍不得那些没有书读的孩子，二来嘛，爸爸也是希望你们俩口子能好好过日子，你瞧爸爸这破衣烂衫的，要是天天去外头捡破烂，怕给你们丢人。

薛　琳：爸！（热泪盈眶，父女拥抱）

六　婶：好呀，合着他俩真是父女，不是假的呀。

薛丁富：六婶，这些日子也叫你费心了。我信守诺言，明天就搬。

六　婶：别介呀薛瓶贵，薛丁富，薛大爷！您还生我气呢？我这嘴就是缺个把门的，您可千万别和我一般见识。

薛丁富：哪能啊。我刚刚也想开了，做好事可以，但不能损害到人家的利益。我捡瓶子帮了学生，却害得整栋楼不安宁，您说我这做的到底算好事还是坏事？六婶，您这脾气我知道，一向是刀子嘴豆腐心，您也是为了楼里这么多的住户着想。我迟迟不搬走，就是想等到高考结束了，看看孩子们成绩怎么样，收到这些信，我也就放心了。现在政府的助学政策越来越健全，在政府的帮助下越来越多的孩子都能读得起书，上得起学，也就不用我多操心了。这些瓶子没啥用，明天啊我就叫人搬走。至于我呢，也该回花果山和我的猴孩子们聚聚，享受天伦之乐了（薛琳笑着捶了父亲的肩膀）。六婶，再见了，再见了

（父女挥手告别，音乐起，银幕上闪过一张张故事原型吴定富靠捡瓶子帮助贫困儿童读书的照片，配以相应文字。吴定富的照片放完后，再闪过国家近年来支持助学的活动照片，配以相应文字）

【剧终】

评论

《聊斋》中的良琴知己

　　中午和一个在日本留学的朋友闲聊,她告诉我最近在看残雪写的游记,里头从古琴谈到知音,然后又谈到防范是现代人本能之一。残雪的这篇游记我没读过,但巧的是我这两天刚好看了《聊斋志异》中的一则故事,也是与古琴,与知己,与防范息息相关的。

　　这故事说的是一个老农在挖土的时候挖到一把古琴,邻居家的书生很喜欢,就用二两银子买下了。有人听说书生有古琴,愿意出十倍的价钱买下,但他都不肯卖。书生自己在家弹奏,弹完一曲,便问妻子自己的琴技有无提升,妻子说没有。书生叹气,觉得自己琴艺不佳,糟蹋了好琴,就把它锁到柜子里。

　　不久,新上任一位县丞,也是个好音乐的主。他听说附近有个爱玩音乐的书生,就去拜访他。书生原本性格孤僻,不喜与人交往,可碍于来者是县丞大人,也便接见了。谁知一见面,两个人聊得甚欢,当即结为异姓兄弟。

　　相处了三年,书生与县丞频繁往来,切磋琴艺。县丞教了书生很多弹琴的技巧,而书生却从未把自己有把古琴的事告诉县丞。有一天县丞带来一首琴谱,说是自己刚得到的伯牙失传的谱子。书生很高兴,连忙拿出琴来请他弹奏。县丞却说:"曲子是好曲,但是用这么普通的琴岂不是糟蹋了?"书生一听,连忙拿出珍藏的古琴来给县丞弹。县丞弹得很好,书生连连鼓掌。

县丞说:"我的琴艺都是我夫人教的,要是让她来弹,必定胜我一筹。"

书生一听,第二天就拿上古琴,去了县丞家里。

县丞派人用酒菜招待书生,让妻子隔着窗帘弹琴,书生听得如痴如醉。酒喝完了,书生醉醺醺地拿起古琴准备辞行。县丞却说:"贤弟你喝醉了,干脆这琴就先放在我家,你明天回来取吧,免得路上弄丢了。"书生同意了。

结果当天晚上,县丞就带着"妻子"和琴,连夜搬了家。

原来这个县丞本是个道士,素来喜欢琴。三年前听说书生这儿有把宝琴,很是羡慕,但他知道这书生嗜琴如命,绝不肯卖,于是他花钱买官,来和书生套近乎,又花了三年的时间和他交朋友,又请了青楼的歌姬来假扮妻子,就为骗走书生的这把古琴。

以上是原著中《局诈》这一篇目的全部内容。1986年版的《聊斋》电视剧将此文进行了改编,并起了个新名唤作《良琴知己》。前面的故事与书中一样,唯独只在结尾处稍稍添了一笔,就是这么一笔,把原著中潜藏着的、不为人知的海底冰山一举掀出海面,将整个故事的格调进行了升华:

县丞坐在船上,扬扬得意地抚着琴。琴盒里突然掉出一张纸来,原来是书生写给他的信,上面写道:

一曲《高山流水》,弟知兄意之所在。相交数年,情同手足,兄之风雅才情更令小弟佩服。兄为此琴不惜入世凡俗,用心之良苦,恐只有嗜琴如小弟者才略知一二。然小弟得琴无非仓储密室,岂比在君手吟奏妙曲，良琴交心相得益彰？考虑再三，将此琴相赠，望兄长笑纳。

县丞看完之后大惊，连忙叫船家调头返航。一上岸，他便抱着古琴往书生家里跑去……

若是原著，仅仅是一个爱琴的骗子从另一个爱琴的人手上骗到琴，最多是说明这个骗子比较雅。而影视剧的改编恰恰就把他与书生皆是爱琴之人这一隐藏特性进行了提炼，重点便不再是琴，而是情，对琴之爱转换为对友之爱。因琴相交，又因琴绝交，最后还是因为琴重归于好。共同的爱好有时是把双刃剑，人们可以因此建立信任，也会为此相互算计。不过，纵使最初是虚情假意，然在这"虚假"的交往过程中，拥有共同的爱好、共同的话题，倒使二人在虚情假意的过程中不经意地变成了真朋友。

这便令人联想到本文开头提到的人与人之互相防范。我们在生活中主动与人结交，有时候是仰慕对方才华，有时候是有求于人，有时候是同处桑梓，故作客套，两个刚认识的新朋友在相交过程中往往是逢人只说三分话，未可全抛一片心。正如书生起初也是防着县丞，三年来都没把古琴拿出来给他看；而县丞更是为了得到好处，才故意接近书生。相识之初二人都没做到互相坦诚。然而，时间是友谊最好的见证，或许县丞自己都未意识到，让他与书生三年来谈笑风生的那根支柱并非古琴，使书生对县丞敬爱有加的也不是对方的官阶，恰恰是二人对音乐的喜爱、相似的追求、共同的话语使得他俩成为知音。直到结尾，县丞老爷分明已经得到他朝思暮想的宝贝了，却为何怅然若失？这不仅仅是因为负罪感——明知书生不责怪他，还将古琴相赠，这古琴便已经名正言顺地成为他的物品了，他便不用背负"骗子"的罪名了。可这一来，县丞老爷反倒不愿领受了。为何？因为对书生而言，失去的仅仅是一把古琴，可对县丞来说，他失去的却是一个知己良友。琴再贵，高价易得；情再浅，千金难买。

故事的结局看似美好动人，但我们不禁会想，倘若书生不写那封信，那这两人还能重归于好吗？县丞还会在宝物和友谊之间毅然选择友谊吗？有的时候做好事也得留名，默默付出固然伟大，但太过低调对交往只怕作用不大——对方压根就没发现你对他的好，那他又怎能感动呢？张小娴就曾说过，人际交往中最大的悲哀莫过于付出了很多却只感动了自己，对方对此一无所知。可若整天把自己的付出挂在嘴上，人家听多了也会厌烦。那么就如何给自己的付出做宣传上，书生的做法是很明智的：平时默默付出，明明看破了对方的心思却还心照不宣，直到二人即将撕破脸的时候，书生舍小取大，以退为进，主动割爱，反倒让县丞自愧不如。这就像《六尺巷》的故事一样，两家都在争夺三尺胡同，结果其中一家让步了，另一家也就不好意思再要了，于是也跟着让了步。

当结尾县丞老爷怀抱古琴一路往书生家跑去，口中喊着"贤弟——贤弟——"的时候，画面恰到好处地戛然而止，令人触动三分。然而，我们并不清楚，日后他俩是否会保持这样的情谊？县丞把古琴归还后会不会后悔心疼？就如《小李飞刀》中，李寻欢将心爱的女人让给龙啸云，自己一个人离开。初时龙啸云必定是既感激又愧疚的，然而随着外界舆论四起，时间一长，龙啸云心里的压力渐渐超过了愧疚，妒忌也渐渐淹没了感激，李寻欢的这一让非但没能坚固二人的友情，反而更遭龙啸云的记恨。两个看似雷同的故事，结尾却大相径庭。

其实细细分析，两个故事又存在着三点不同。其一，县丞对琴的喜爱只是物质上的占有，而龙啸云对林诗音的喜爱本就是情感上的追求。其二，县丞起初并不知道书生是故意让着他的，以至于看到信时他才恍然大悟，意识到自己与书生已经建立起相当深厚的友谊了，对情感的珍视顿时压过了对物质的占有欲。而龙啸云是一开始就知道李寻欢重义气，是自己主动利用他的心软来迫使对方让着自己，因此县丞可以为友情放弃对物质的占有欲，而龙啸云却做不到为友情放弃爱情。其三，古琴是物，到手了就是自己的，可诗音是人，即便把人娶到家可依旧得不到爱情，县丞是失友得琴，而龙啸云是既失友又失爱，得到的只有痛苦和压力。

我们平时常听到"害人之心不可有，防人之心不可无"的忠告，其实生活中真正有害人之心者都是少之又少的，多数情况下还是人们互相防范、人人自危。如同蛇本无伤人之心，只是防范意识过重，也就误伤无辜了。我那位于日本留学的朋友讲道，防范程度往往就是对对方疏远程度的一个体现，这话不无道理。如同故事中的琴是构架两人友谊的桥梁，亦是对二人友谊的考验。双方为了琴互相提防，险些绝交。幸运的是他们成功经受住了古琴的考验，把各自的心里话都坦诚相告，因此他俩的心结自然也就解开了，从此高山流水定知音，良琴知己的友谊将会更胜从前。朋友与朋友之间也该如此，适当地放下防范，多以坦诚相待，将彼此的心里话坦诚相告，对人对己都是有益的。

《猩球崛起 3》: 魔幻现实主义的革命战争

我尝试着用一句话去形容这部电影,为此想了好几句标语,譬如"披着奥斯卡外衣的黑猩猩""商业与文艺的有机结合""本我与超我各是一只猩猩""猩球崛起与黑人革命"……最终还是选用了这句"魔幻现实主义的革命战争"作为标题。

对于这部电影,我首先想到的是南北战争、黑人革命。仅开头字幕的一句"凯撒躲进了丛林,人类正在搜捕它",便让我想到2016 年在圣丹斯电影节获奖的电影《一个国家的诞生》。该片讲述了 1831 年由黑人牧师内特·特纳领导的著名的黑奴暴动的历史故事,牧师起义失败后逃进了丛林所藏起来,而大量无辜的黑人却因此惨遭屠杀,最终为了保护更多的黑人同胞不受牵连,他选择自首。这事件后来也成为引发美国南北内战爆发的重要导火索。这点与《猩球崛起》第二、三部极为相似,或者说,这三部曲就是一群猩猩在讲述"一个国家的诞生"。凯撒与科巴相当于黑人牧师内特超我与本我的两面。从系列之初,凯撒带领着的猩猩们进行正义的反抗,恰似黑人牧师不断地对黑奴予以救赎。凯撒相当于牧师超我的一面,它的反抗、对同类的救赎,也来源于自己的受难,但更多的是它看到同类被剥削、被压迫而引发的民族意识的觉醒。然而,牧师内特最初给予黑奴的"救赎"无非是用

《圣经》里的鸡汤鼓励黑奴，让黑奴顺从自己的主人，直到厄运降临自己头上，方才意识到《圣经》的作者是白人，想要获取真正的自由就得用武装进行反抗。于是他撺掇了一起被奴役的弟兄们，发动他们的"揭竿起义"。而这场起义，又是否全是民族大义呢？或多或少，总有着私人恩怨夹杂其中，否则也不至于别人倒霉的时候他用心灵鸡汤鼓励鼓励，换自己倒霉了就立马抄家伙打群架，并把自己的主人亲手杀死。将私人仇怨夹在民族解放战争中，这一点便是他本我意识的体现，放在《猩球崛起》系列，正好照应着被仇恨缠绕的科巴。

科巴杀人放火、排除异己，所发动的并非是民族解放的战争，而是为报一己私仇的战争，恰如牧师内特在革命中也将一群无辜的白人屠杀。不论凯撒、科巴，还是内特，仅从对主人的态度即可表明：牧师内特虽是黑奴，但从小受主人照顾，主人一家对他并无不好。如同凯撒被人养大，它的主人待它亦是不薄。恰恰相反的结局是，内特起义后头一个就拿主人的脑袋祭旗，凯撒起义后却依旧牢记着主人的恩情。当然，或许你会说，内特的主人后期也欺负过内特，但主人毕竟是事出无奈，并且已经做到手下留情。仅仅只是被鞭笞了几下，内特便起了杀人之心，如果换做是凯撒，即便它的主人后期也欺负凯撒，但凯撒也依旧会宽恕他；若是换做科巴，别说是杀个主人了，就算是主人家刚出生的一窝小奶狗估计也免不了遭殃。

凯撒这个角色是由超我占据大部分，它所象征的便是人性中善的一面；而科巴是由本我占居着它的思想，它所象征的是人性里恶的一面。凯撒的人生以超我贯穿始终，即便是在第三部中面对杀害自己全家的仇人，在他弥留之际，凯撒最终也能对其生出怜悯之心，放下仇恨，超我意识在这个角色身上得到了充分展现。科巴的人生则是彻底地被本我所占据，为报私仇它可以不择手段，为争权它不惜残害同胞，自幼生活在孤独、苦难的环境中，造就了它孤僻、自私的个性。它的一切举止均是以它自身为中心，民族大义、同胞死活在它心目中远不如维护自身利益来的重要。从这点来看，科巴这个角色与著名的诺贝尔文学奖得主乔治·奥尔威的代表作《动物庄园》里的公猪拿破仑有几分相似。黑人牧师内特恰恰居于凯撒与科巴两者之间，他既有着民族解放的崇高理想，有着为了保护同胞甘愿牺牲的超我精神，同时也有着为泄私愤而公报私仇的本我意识，伟大融合着自私，善恶交织更替，这便是人性的复杂面。因此，我们大可以做出如此假设：每个人心中都住着两只猩猩，一只是超我，一只是本我，两只猩猩站到一起便形成了人的自我。

而超我意识有时候并不讨人喜欢，这种意识用在自己身上会显得很伟大，如果用在别人身上便难免引人反感。譬如第二部的凯撒与第三部的毛里诗。在第二部中，科巴受尽了人类的折磨，想报复人类，虽然激进但毕竟情有可原，但凯撒命令它不许报复、不许杀人，却连个为什么也不说。这就只让人感到凯撒的超我意识是一种"圣母病"，合着人家受了这么多气就得忍着？难怪连凯撒的儿子都不信任它，科巴则更是气得发疯，甚至为此做出排除异己、残害同伴的举止。而第三部中，凯撒所受的伤痛无疑比科巴更大，当它因为自己的慈悲而宽恕敌人，却遭敌人杀害全家时，各种悔恨悲愤一拥而上，使它对于以往的超我意识感到怀疑，当毛里诗为此指责它越来越像科巴时,凯撒头一次与它翻脸——这也难怪,在人倒霉的时候进行道德绑架最容易引人不爽。所幸的是凯撒终究不同于科巴,换做是科巴早就把毛里诗给宰了,凯撒顶多是把它臭骂一顿。即便是在报复心切的时候,凯撒的本我意识爆发,但是依旧被超我给束缚着,这点在小木屋里枪杀那位男子这段戏中就能体现出来。当时男子正要掏枪,凯撒在此刻动手既是名正言顺的正当防卫,同时这次杀人也会让它尝到本我意识带来的痛快感。以往的慈悲道德束缚着它,让它回回出手都感到压抑,时刻不愿动手伤人。而此刻杀人的瞬间它就从这种道德束缚中解放出来,那种痛快不言而喻。可就在它刚尝到本我的快感时,剧情突然发生急转:当遇见那个小女孩儿时,它的慈悲心又一次泛滥了。刚刚被自己杀死的会是她的父亲吗,或者其他亲人?凯撒虽然一直瞪着双眼,仇视着她,而这种怒气与仇视无疑是在掩盖内心的歉疚。自己以慈悲为本,却做出了违背内心的事件,难怪之后频频梦见科巴的魅影。

　　杀人者但凡有一丝底线,总会为被杀者感到愧疚。如同麦克白总被班科的鬼魅所困扰,周芷若总被蛛儿的鬼魅困扰,凯撒本着人猿共处的和平之心却杀死了科巴,无论正确与否,其造成的心理创伤总是难以平复的。因此科巴的鬼魅既出现在凯撒的梦中,也出现在其他各族猿猴的梦中。哲学家尼采就曾说过:"与恶龙缠斗久了的勇士最终也会变成恶龙。"估计凯撒梦魇里的科巴便是自己的心魔,它怕自己会变成第二个科巴。影片中两次出现了科巴的鬼魅,一次是在凯撒对自己的复仇进行质疑之时,另一次是在它弥留之际,两次的出现各自展现了不同的意向,颇有魔幻现实主义的味道。其实，在我看来这就是一部魔幻形式主义的片子。电影并无多少科幻元素，若说有，无非是猩猩们吃了药变得会说话，可这跟孙猴子吃了仙丹练出火眼金睛有区别吗？如果说电影能改个设定，把它们会说话的原因由"进化"改为"成精"，那绝对是一部标准的魔幻现实主义电影。

　　这部电影应当算作带有奥斯卡风格，同时也比较传统的电影，整部片子我最为喜爱的便是开头的丛林战、中场的探监、后期的反派自尽这三段。仅从开头的一场大战，导演的功底便可见一斑。当人类士兵窥探猩骑兵时，一只金毛大猩猩从背后伸出爪子搭在那人的肩头，现场观众无不屏住呼吸，深觉这名士兵将被金毛大猩猩手撕了，然而画风一转，这俩居然有说有笑的，当时深以为这人是帮助猩猩的，毕竟前两部电影已经给观众定型了；猩猩们的观念大多比较统一，而人类则是充满分歧的群体，两部电影中都出现了站在猩猩这边的人类，却并没有站在人类这一边的猩猩。即便是引发猿族内战的反派科巴，那也是猩猩、人类两头反，而不站在任何一边。猩猩们就像国之将相，不论内部有多少观念分歧，至少面对外来入侵它们都是一致反抗。如果说人类的战争片中出了一两个叛徒汉奸倒还情有可原，毕竟我们对此已经见怪不怪了，可是当我们看到跟着人类鞍前马后地效力、挥动着皮鞭奴役着同类的猩猩，这种叛徒的形象将比以往的电影更深入人心，使"叛徒"这一习以为常的角色再次获得观众的注目，将这种同类相残的可悲渲染到极致。

　　关于战争片，一直以来我都喜欢看中世纪的战场，冷兵器与热兵器的交汇使战斗场面充满了多元化与可观性。这部电影开场的丛林野战，将原始的弓马弩箭与现代的枪林炮雨相结合，配以丛林的自然奇观，再通过一镜到底的一段航拍，让观众的视野跟随着摄像头一起深入战场，深刻感受到战场的惊险刺激。每一束弓箭、每一发子弹仿佛从自己的耳朵边划过一样，当枪声响起、箭矢凌空的刹那，仿佛自己也身中数箭。其场景在近年来的战争片中堪称一绝，比起2016年梅尔·吉布森的《血战钢锯岭》有过之无不及。

影片中许多角色形象，以及他们各自的作用都是在规规矩矩的传统模式下形成的，譬如人类小女孩诺娃。许多文学与影视作品当中，小孩子往往就像一个符号，象征着浊流中的一股清流，其中小女孩儿的形象更是纯真与善良的代表。当小女孩走进监狱探视凯撒的时候，其表现出来的善良、纯真与勇敢同传统的浪漫主义作品一般无二。给凯撒喂水的那一幕，活脱脱就是一出《巴黎圣母院》。伴随着这小女孩出场，悠扬的钢琴曲小旋律响起，与阴沉沉的监狱相互衬托，显得尤为美妙。这些都是奥斯卡等文艺作品的传统套路，恰合时宜地用在了这部商业电影上。尤其是凯撒获得女孩儿帮助，猿族们欢呼声响，曙光照耀进来时，阴沉黑暗的监狱画面渐渐露出了光明，这便是剧情的一大高潮，而女孩留下的布娃娃又是剧情的一大转折。它是给主角带来信念的天使，又是摧毁将军的恶魔。

将军是个极为激进的反派，但他又不同于科巴的本我，他应当算作带有超我精神却行事激进、疯狂的复杂角色，与《海贼王》中的赤犬元帅颇为相似。按照商业片的传统，主角与反派的最后一战往往打得天昏地暗，等反派一死，全部的麻烦也都会跟着消除。然而这部片子偏偏走出文艺片的路子，它让武戏转为文戏，让斗争由肢体转为心理，让敌人由对手转为自己人。反派的敌人不再是凯撒，而是窝囊颓废的自己，凯撒的敌人也不再是将军，而是内心深处超我与本我的对决，究竟是选择宽恕还是选择复仇，这成了凯撒的最后一战。凯撒最终选择了宽恕，却未想到，它的宽恕成为压垮将军心理防线的最后一根稻草——相比于愧疚地活着，他更希望有尊严地死去。而结局也并非像打游戏似的只要boss一死就万事大吉，战争依然继续，历史不会被一两个人的生死而决定。

"猿"军不怕远征难，万水千山只等闲。经过长途跋涉猿族终于找到了新家园。作为唯一留存的长老，红猩猩毛里诗算是最享有光环的配角。无病无灾，无忧无虑，一直充当着明白人、大善人的角色。这类角色通常都是主角最信任，同时也是能够活到最后的，本片就是这个套路，那么多老配角只有它活到最后。凯撒弥留之际，作为唯一在世的老朋友它见证了这个主角一生的荣辱兴衰。凯撒倒下的瞬间，画面并未给太多猿子猿孙们悲伤的场景，而是把镜头渐渐上移，避过了催泪的环节，把美好的山河景象呈现眼前。随着山川间的一抹曙光展现，镜头完美地将悲哀进行了淡化并将中心转移到对未来美好生活的无限遐想上。

下面谈谈片中的几个小角色。

叛徒金毛大猩猩，这是典型的从本我到超我的一个角色。它先是盲目地追随着科巴，再是等科巴死后为了活命，心甘情愿地做人类的奴役，帮着人类去残害自己的同胞。我原以为这只是个跑龙套的，抓住后会被立即处死。没想到主角放过了它，加上后期的若干戏份，我便不禁联想，它会不会被"洗白"？实际上只要是有过一定观影数量的人，看到凯撒对它说的价值观等话题，都能猜得到，这家伙的结局准是被"洗白"了为主角而死。这也是比较传统的套路化的角色。

比较悲催的是主角的大儿子，一只帅气的猩猩王子。它可以说是一个孙悟饭式的角色，有才而不得发挥。上一部里人见人爱的，连科巴都器重它，总让人觉得它以后会有大好前景，可惜的是到了这一部电影，才开头露了个脸，到下个镜头就阵亡了。当然，这也是现实中的许多出师未捷身先死的遗憾。明知道是个人才，将来必有大用，可惜还未发挥作用，人就先死了。这既是现实的无奈，同时也是为剧情发展做出重大贡献。从上一部的懵懂到稳重，再到第三部一出场就透露着一股饱经风霜的成熟感，这个角色着实受人欢迎，人们总会对它予以希望。偏偏人怕出名猪怕壮，编剧意识到让这样的角色死亡准会比其他角色死亡更带动观众情绪。所以，可怜的猿王子啊，为了剧情需要，你就做一只献祭的倒霉猿吧。

比猿王子更悲催的是黑毛大猩猩卢克。虽然长得五大三粗的，可它的命运就像《数码宝贝》系列里的狮子兽，回回上阵回回吃瘪。第一部里大猩猩战死了，还算是个泪点；可第二部又出来个长得一模一样的，而且角色定位也和第一部的那头大猩猩一模一样，那干脆第一部那头别死，续集直接沿用呗，何必死了之后发现续集还用得着它，于是又诈尸似的弄出了第二头。第二部的黑毛大猩猩一出来就被科巴关笼子里，霸气全无；到了第三部，看见它给小女孩送花，我就心里发慌，这一幕就等于是预告了它准得死了，只是没想到死得比我预计的还要快。

　　《猩球崛起 3》于 2017 年 9 月 15 日登陆全球银幕。首日 1.25 亿的票房远超前作的 8897 万。而它的口碑在北美一路飘红，在国内却呈现着两极分化的模式。此外值得一提的是该片的导演马特·里夫斯还参与了 DC 超级英雄系列的《蝙蝠侠》电影制作。《蝙蝠侠》原定导演恰恰就是扮演蝙蝠侠的演员本·阿弗莱克，阿弗莱克是一位极具天赋的导演兼演员，早在 1997 年，他自导自演的处女作《心灵捕手》获得了当年的奥斯卡最佳原创剧本，2012 年的《逃离德黑兰》更是获得奥斯卡金像奖，让他以演员兼导演的身份拍摄《蝙蝠侠》，这种模式在超级英雄电影史上还真史无前例。遗憾的是阿弗莱克最终放弃了执导，选择专心表演，把导演让给了《猩球崛起》第二、三部的导演马特·里夫斯。那么马特·里夫斯又能否拍好这部作品呢？阿弗莱克是这么说的："为马特，就算演只猴我都愿意，更何况蝙蝠侠。"

《蜘蛛侠归来》观影有感

关于漫威的超级英雄电影，但凡好评，准离不开"有泪有笑"；但凡差评，也准离不开"流水线工程"。我对这部片子的评价是好评，那应当是属于前者。说它有泪有笑，其实也没有什么泪点。笑点是有，也挺多，但是相比于《银河护卫队》的大喜大悲，本片显然收敛了许多，也自然了许多。没有太多突如其来的捧腹大笑，也没有亲人生离死别的鬼哭神嚎。整体风格比较贴近我们的日常生活，在平平淡淡、静水微澜的日常生活中给人惊艳的感觉。

许多传统的超级英雄电影往往喜欢在人性深处进行探索，极尽所能地去阐述世间的善恶哲学，尤其当诺兰的"黑暗骑士系列"问世后，玩深沉便成了彰显格调、提升档次、吸引文艺小青年的一大利器。作为一位极具野心的导演，扎克·施奈德自接任"DC电影宇宙"总负责人以来，更是在追求格调档次的路子上变本加厉，渴望打造出一套足以超越黑暗骑士系列，能够彪炳史册、青史扬名的超级英雄系列电影。为此他投入了巨大的精力，纵然是在女儿自杀身亡后依旧忍着悲痛投身工作，其敬业精神堪称业界的典范。尽管有着优秀的题材和令人深思的哲学，然而观众买票并不是为了听两个小时的说教，愈是深沉路线风险便愈大，运气好拍得像样了自然影坛封神，偏偏扎克导演运气不好，玩脱了手，其有格无调的成品使 DC 系列英雄电影一度陷入口碑票房双低迷的尴尬境界。直到华纳高层痛定思痛，广泛听取影迷意见后重新排兵布将，2017 年 6 月上映的史上首部由女导演执导的过亿项目《神奇女侠》在全球取得了 8.13 亿美元的票房，其优秀的剧情与良好的口碑为 DC 英雄的逆袭打了场翻身仗。相比于命途多舛的 DC，隔壁迪士尼旗下的漫威英雄专走嘻哈搞怪的轻喜剧路线，打造了一条虽然饱受争议却又确实有效的流水线，在这条流水线的规则下，漫威英雄电影没有过多的悲情渲染，减少了一定量的苦情戏，以轻松愉快的基调来迎合广大观众的口味，使得其在市场上一直顺风顺水。尽管流水线工艺使其在运营上四平八稳，但其作品往往是循规蹈矩下的合格品，缺乏了一种突破以往、使人惊叹不已的感染力。为此，渐渐出现了"漫威作品缺乏个性"的论调。《蜘蛛侠归来》亦是在流水线工程上打造的一部作品，但它又与以往的流水线产物（如《蚁人》《奇异博士》等）有所不同。不敢说它突破了这条流水线的束缚，恰恰相反，它是一颗遵循了漫威流水线工艺却闪耀的翡翠。

　　相比于传统超级英雄电影对人性矛盾、世间善恶的深入探索，这部片子更像是在表达贴吧、论坛、公众号上常见的"如果你获得了超能力，你会怎么办"。这种风格转换也是不错的，少了许多大道理，将作品魅力更多地放在角色刻画上。作品的风格与多数漫威电影并无许多不同，但其视角的独特性在众多英雄电影中堪称首屈一指。作品以一个普通高中生的视角出发，趋近于我们日常生活。平日里我们站在上帝视角，对美国队长、钢铁侠这些大红大紫的英雄人物见怪不怪，而当视角切换到一个日常生活中的平凡人物时，观众自身也跟着进入角色的视野。我初次感受到美队、钢铁侠这些熟悉的角色此刻正高居庙堂，让人遥不可攀，而这个时候，代表普通群众的蜘蛛侠便显得尤为亲切，他以粉丝瞻仰偶像的目光看待钢铁侠等英雄人物，恰如生活中我们看待同行中的精英领袖一般，其互动性不言而喻。对于普通观众来说，或许会感到更亲切一点，会有很大的代入感吧！这种代入感，上一次我只在马修·沃恩导演的《海扁王》中体验到。

　　作品充满青春校园的色彩，却又不像传统的青春片那么"作"。我一向都不喜欢看校园青春片，因为大多数这类的片子，要么是几个熊孩子整天唯恐天下不乱地搞破坏，要么就是几个没爹没妈的苦孩子，整天被欺负，被欺负，被欺负，最后在一位亲切和蔼的女老师指点下变得阳光开朗，并且在期末考试中拿到全班第一。这些桥段给我的感觉往往是试图偏向于现实却又总是偏离了现实，而这些电影给我的感觉是穿着校服的宫斗剧。因此，早先听闻电影将被打造成"校园风格"时，我潜意识里是抗拒的。而真当自己走进电影院观赏这部影片，蜘蛛侠给我的感觉出乎意料地好。真实，不做作，有点想炫耀却又不得不忍着的心境调动起每一位观众的心绪。传统校园片里总离不开几个仗势欺人（通常情况下都是校董的儿子）、恶事做尽的坏孩子，虽然现实生活中也有，但概率不高，在这类电影里仿佛全校的孩子都是恶人，只有主角一个是乖孩子。在《蜘蛛侠归来》这部电影中，学校也确实存在这一些讨人厌的角色，但是对于角色的处理安排得十分妥帖，就像是把生活中那些令人有点小反感却又在道德底线之内的讨厌鬼插入其中，不管是校园打闹还是校园斗争都处理得十分婉约，没有传统校园青春片里不是大哭就是大笑的狗血情景。

　　说校园风，那是因为电影从主角彼得·帕克的视角出发。而一旦涉及了反派秃鹫——就让我感觉这是一部悬疑片。反派的真实身份，我们一开始就知道；女主的真实身份，我们一开始也知道，但是当他俩站在一块的时候，那一幕依旧会令我们感到吃惊。平常的超级英雄电影中，女主无非都是一些可有可无的花瓶。典型的像雷神，我清楚地记得早在 2013 年《雷神 2》上映时，某家电影院门口就挂着雷神搂抱着洛基的海报。哪怕《雷神 2》的女主波特曼在漫威演员里的知名度很高，但是在电影里的存在感却最弱。而《蜘蛛侠归来》这部片子就巧妙地把两个我们都自以为已经很了解的角色串联到一块儿，给人一种平静的水里突然荡起涟漪的感觉。小小的意料之外，给剧情带来小小的惊喜转折。这种意料之外的感觉就好像一只角雕的侧脸，当我们自认为已经看清它的外表，它却突然转过头来给了我们一个正脸，吓得我们猝不及防。

　　因此，整部电影令我最为惊艳最为喜欢的，就是女主和反派交织到一块儿的那条线。虽然明明就知道了两者的身份，却依旧给人带来悬疑感。反派开车时与主角你一言我一语的互动，那种紧张感真像是悬疑片、警匪片里的审讯环节，悬疑与紧张交织，这在善恶分明的超级英雄电影中十分罕见。这个小小的细节绝对是这部电影的一个加分项！当秃鹫与蜘蛛侠在汽车里进行看似随意实则步步紧逼的对话时，不禁让我想到了两个桥段：

　　1.《少年包青天》插曲的歌词"一切漫不经心的说话，教我疑惑解开"。

2.《沙家浜》中阿庆嫂智斗刁德一。此处的"胡司令"也还是那个被阿庆嫂救过一命的胡司令，却没有给阿庆嫂派上任何用场，反倒无意中暴露了阿庆嫂许多秘密。而这个"阿庆嫂"终归太年轻，没有刁德一这么老奸巨猾，更没有依靠好胡司令这棵大树。倒是"刁德一"心疼她，主动给了胡司令的面子，放过了这位年轻的阿庆嫂。

观影过程中，原本我想说这部影片是蜘蛛侠系列最佳。但是后来想想，最佳还是过誉了，系列第二吧，仅次于托比·马奎尔版的《蜘蛛侠2》。

整部片子虽然轻松愉快，但是他所欠缺的恰恰就是一些倒霉的事。主角一路过关斩将，太顺利，几乎没有遭受到一丁点儿的苦难折磨。而电影则必须得有一个高低起伏的转折。于是船上那场戏给主角转折了，给他带来困扰了。但是这里的困境引入得略显牵强，纯粹只是为了遵循剧本写作课上老师教过的基本法而进行引入。导演想让我们看到主角成长，可主角究竟有什么变化呢？从一开始同学邀请他以蜘蛛侠身份参加宴会时，他就已经能够忍着不去参加——这算犯错了吗？没有！懂得忍耐、顾全大局这很好，而电影的错误恰恰就在于主角样样都做对了，没犯一丁点儿错误就是他最大的错误。既然电影开头就已经成熟稳重懂得顾全大局，那后来的成长又从何而来？若改成主角为了炫耀而穿上蜘蛛战衣参加舞会，导致反派追杀他，并牵连到会场其他群众，那么这个错误便合理了，钢铁侠便能理直气壮地收回战衣、开除帕克。可惜导演没这么安排，他让帕克正确地离开舞会，让帕克正确地去轮船上伏击反派。可一看进度条，时间已经过半了，想

起主角一路过得太顺，再不来点惨都过意不去了，于是在主角揭
开反派阴谋、成功保护一船人之后，钢铁侠按着台词念："你犯错
误了，开除！"钢铁侠对其"正确"与"错误"的评判标准在此
显得格外模糊，蜘蛛侠一个人成功拯救纽约大厦的群众，钢铁侠
打个电话表扬一下；蜘蛛侠一个人拯救轮船、难民吃力了，靠和钢
铁侠合作才完事，钢铁侠便指责他犯错并予以开除，两件事的本
质毫无差别，全程与主角是否冲动鲁莽也不关联，估计小蜘蛛被
开除后一定委屈，但他不知道其实钢铁侠也觉得委屈："剧本就
这么写的呀。"

　　好，用一个牵强的理由说他犯错并逐出队伍、没收战衣，算是
达到了剧本课堂上要求的"主角需要遇到困难"这项任务了。那
么这个困境引入真的给主角造成什么困难了吗？并没有。即便是
失去了战衣，也没见对主角造成了什么困扰。前一次大战穿上那
件功能烦琐的战衣应付敌人时没派上一点用处，这次脱下了战衣
也没有造成什么不利。唯一的区别就是打架的时候换件衣服而
已，照样能打能跳的。但是这个鸡肋的"没收战衣"环节又不得
不引入，因为如果没有引入的话，那么剧情实在太顺了。引入的
话，导演还能说"看见没，我们的电影还是有高低起伏的"，所以
失去战衣只是一个意思意思的过程，证明自己的剧本不存在"没
有困境"这一硬伤。

　　若说给主角造成困难的角色，那无疑是反派秃鹫了。小时候
不知道那么多超级英雄，有印象的就两个侠，一个蜘蛛侠，一个
蝙蝠侠。儿时一直挺想看他们大战的呢，想不到这部电影真让他
俩打了起来。迈克尔·基顿似乎很爱飞，从年轻时在蒂姆波顿的

《蝙蝠侠》中扮演正义的使者蝙蝠侠，到 2014 年冲奥作品《鸟人》中扮演过气明星，再到今年的《蜘蛛侠归来》里扮演反派秃鹫，从超我到自我再到本我，这人品是越来越"堕落"了，不过爱飞的习惯一点儿没改。

秃鹫这个角色虽然戏份很少，不过绝对是漫威塑造的最好的反派。漫威的英雄能让人留下深刻印象，但是反派存在感实在太低了。这个反派，他的个性、家底交待得十分清晰，算是塑造得比较完整的角色。顾全兄弟又顾家，寥寥数语便盘问出帕克的身份，为了报答蜘蛛侠救过女儿一命，明明有动手杀他的机会却放走了他，并祝福他与自己女儿幸福快乐，如此有人情味的反派估计没什么人会舍得他死掉。美中不足的是他的戏份着实少了点，不过这也是一直以来漫威反派的通病。

最后那场大战（或者说每一场战斗）都是点到即止，没有给人酣畅淋漓的感觉。尤其是最后那场大战，就是大鸟落到地面啄虫的那段。放到这里的时候刚好电影院的电灯不知道被哪个搞恶作剧的家伙打开，我看的是 IMAX，全场几百个观众纷纷左顾右盼，在这场 boss 大战的最高潮开灯，就好比睡觉的时候室友把电灯开起来一样令人愤怒。当时场内秩序混乱，骂声不断。当然，电影院人员很快又把电灯关了。可是……

有道是落地的凤凰不如鸡，在天上霸气十足的 boss，想不到了一旦着陆，才三两下就被击败了。以至于当电灯重新熄灭的时候我们看到反派已经被打倒了，可究竟是怎么被打败的呢？我就不知道了。因为我当时也只顾着跟观众们一起骂。

综上所述，电影虽略带不足，却也是瑕不掩瑜。作为翻拍，这是一部优秀的系列开山作。值得一提的是，蜘蛛侠的版权并未回归漫威，电影也仅仅是索尼公司自己经营不善，不得已之下和漫威合作的一部作品，在漫威的流水线下打造出浓郁的漫威风味。可当有一天，续集没有漫威加盟了呢，是选择继续借鉴漫威手法进行拍摄，还是沿用索尼传统的手法拍摄，或者想出第三种新奇的点子路数呢？这些还需依托市场行情再予定夺。

马修·沃恩的英式艺术

在餐桌上摆好杯子,你转身去拿一瓶红酒。你知道这酒贵,因此倒的时候小心翼翼,生怕撒出去一点。红酒只倒了整只杯子的2/3,上面浮着漂亮的酒花。客人尝了一口,直夸味道甘醇,酒花漂亮,喜欢得赞不绝口,于是你兴奋地去倒第二杯酒。第二杯倒得很快,酒水很快就灌满了杯子,几滴泼溅到桌布上,酒花满满地溢到杯口,看似把整个酒杯都给填满了。等你转而把酒递到客人面前时,酒花褪去,杯中的酒只剩一半,还无刚才的那一杯多。客人摇摇头,轻轻地叹了口气。

这瓶红酒的名称叫《王牌特工》,第一杯酒叫《特工学院》,第二杯叫《黄金圈》,倒酒的服务生名叫马修·沃恩。

作为好莱坞知名的商业片导演,马修·沃恩凭着《星尘》《海扁王》《X战警：第一战》等佳作在影迷圈里积累了相当高的人气,粉丝们对他的印象可以概括为八个字：四平八稳,精益求精。影视圈的大腕往往有着自己独有的"怪癖",例如焦恩俊同一个角色绝不演三次,而马修·沃恩更是高冷,同一系列的电影他只拍一部,从不拍续集。不论是2010年的《海扁王》还是2011年的《X战警：第一战》,任凭粉丝们热情高涨地求他回归,他也不为所动,然而这次他破天荒地接拍了续集,并宣言拍完第二部还要再拍第三部，仅凭这点就足以成为《王牌特工2：黄金圈》的营销噱头。2017年9月，马修·沃恩在采访中透露："过去我不拍续集，那是因为老调重弹燃不起我的兴趣。"那么显而易见，对他而言《王牌特工》绝对是令他爱不释手的一部作品，即便是"老调重弹"，他也依旧兴致盎然。那么，他又是为何如此钟情于这部作品呢？这与他自小的兴趣爱好分不开。众所周知，马修是一位狂热的特工片爱好者，打小就梦想着能拍一部"007"系列电影，同时基于英国贵族的血统，他对20世纪的英国服饰、风土人情也极为喜爱，这些在他执导的作品《夹心蛋糕》《X战警：第一战》中都有所体现。

马修·沃恩的电影大多有着语言幽默、剪辑流畅、打斗酣然的特点。不同于通俗搞笑、夸张直爽的美式幽默，他善于用文静的英式幽默展现出一种"闷骚"的喜感。

英式幽默的一大特点便是把笑点塞进平淡的对白里，往往是在那些看似寻常无奇的情节中让观众会心一笑。譬如《巨人捕手杰克》中，主人公杰克被一群市井无赖包围，眼看着他要挨打，这时城中的将军正巧巡查经过这里，当他走到杰克身后时，这伙儿无赖统统跪倒在地。没有察觉身后有人的杰克，以为这伙儿无赖是怕了他，露出了嘚瑟的笑容。剧情到此没有出现一句台词，但影厅里的不少观众已经被逗乐了。接着，当杰克对无赖们表示原谅，让他们起来时，这伙儿无赖照旧跪在地上，无人理睬他。这时他恍然大悟地说了一句："难道我背后有人？"一回头，只见将军高冷地盯着他，杰克顿时满脸尴尬，现场观众无不捧腹大笑。

英式幽默的另一大特点便是首尾呼应。在传统的喜剧电影中，一个笑话往往讲过去就没了，接下来的情节中只会给出其他新的笑话。而英式幽默的特点便是把讲过的笑话再讲一遍，通过前后重复的方式使人会心一笑。

还是以《巨人捕手杰克》为例，在故事的结尾，一群巨人将城堡团团围住，将军手足无措。突然，巨人们纷纷跪在了地上，士兵们面面相觑，不知何故，这时将军恍然大悟地自言自语："难道我背后有人？"一回头，只见杰克捧着魔法王冠，威风凛凛地站在他身后。影厅里顿时笑作一团。

善于使用英式幽默的导演不仅能将讲过一遍的笑话带来新意，就连非笑话也能通过此手法变成笑话。在这方面马修·沃恩堪称一绝，他不仅熟练地掌握了这门技术，更是将它发掘出多种花样。

首部《王牌特工》中有个桥段：主角艾格西被一伙儿混混包围（咋听着有点像杰克？），老特工哈利前来助阵。混混们叫他滚，他便转身离去，走到门口停住了，把门一锁，用雨伞勾柄把茶杯甩到混混头子的脑袋上，酷酷地说一句："你们是想现在就开打呢，还是继续站着？"接着便是一番酣畅淋漓的打斗。这段情节不能算笑点，只能说是一处精彩的打戏，观众们会觉得很酷、很帅、很燃，但很难发出笑声。等到了结尾，艾格西已经修炼成一名身手了得的特工，并成功地打败了boss拯救世界。他回到了自己老家，看到母亲正被这伙恶霸纠缠，他上前解围。恶霸们照旧是对他说滚，而他也是学着师父的模样转身走到门口，停下脚步，把门锁上，像师父一样用雨伞勾柄把茶杯甩到混混头子的脑袋上，酷酷地说一句："你们是想现在就开打呢，还是继续站着？"说完，他露出一个帅气的微笑，电影到这儿戛然而止，字幕升起。不论第一场还是第二场，若单独拎出来，那就只是一段寻常打戏，难以留下印象。而两者分别位于片头片尾，前后呼应，则给影片带来了极大的趣味性，让观众感受到英式幽默是一种酷酷的幽默。

英式幽默中首尾呼应这一技法不仅用于营造笑点，马修还将它开发得更广。如《X战警：第一战》，片头反派给了年幼的男孩一枚硬币，并用枪指着男孩的母亲说："我数到三，你用超能力让硬币飞起来，不然我就杀了她！"反派数完三声，男孩的超能力还是没能激发出来，反派便开枪打死了他的母亲。多年后，这个男孩长大成为神通广大的万磁王，他一路追杀反派。结尾的大战中，当反派被制服后，万磁王掏出当年的那一枚硬币对他说道："现在换我数到三。"三声数完后，硬币飞起来，击穿了反派的脑袋。这里有关硬币的前后呼应便是借鉴了英式幽默的手法，却一改传统英式幽默的轻松愉快，将风格变得阴暗、悲哀。

如万磁王的硬币，《王牌特工》系列在甩酒杯上将英式幽默开发得更为多元化。两部《王牌特工》共有三处甩酒杯情节，经过这三次精彩演绎，将会像《泰坦尼克号》的展臂拥抱、《金刚》的高楼捶胸、《侏罗纪世界》的空手挡三龙一样，成为影史的一大经典桥段。第一次甩酒杯算是耍酷，让观众们开开眼；第二次算是笑点，同时也见证主角的成长；而这一情景还沿用到了续集，续集中哈利旧伤初愈，当他锁上门窗甩起酒杯的瞬间，粉丝们的情怀在这一刻被推向高潮。随后的酒杯如你所料的没有砸中，哈利被混混们群殴，这些都是满大街的喜剧都会用的情景，马修应当也不会指望靠这个博人一笑，但他还是得这么安排：通过酒杯没砸中，以交代哈利的伤势并未痊愈，他的身手已经大不如前；假如酒杯再次甩到反派头上，岂不是太俗套了？此外，马修还善于使用交叉剪辑使观众产生误会，通过误会带来一种别样的喜剧效果。如《王牌特工2：黄金圈》，基地被炸毁后，主角艾格西为同伴们全被炸死而伤心的时候，师叔梅林一脸严肃地训斥他："先找个安全的地方藏起来，然后你再慢慢地哭！"于是他们走到了安全地带后，开始喝起酒来。随后镜头再一剪辑，对桌子来了个特写，观众只能看见桌子边上坐着人，却看不见脸。一个人首先哭了起来："我早就应该想到的，我要是再细心点，他们就不会死！呜呜呜……""好了好了，别哭了。"看到这儿，观众们第一反应准会以为是年轻的主角在哭，师叔在安慰他。可结果镜头上移，哭的人竟然是师叔！反倒是年轻的主角在哄着他。

从先让观众误以为哭的是艾格西，再到二人露脸向观众宣布"其实真实情况竟是这样的"，这给观众带来了一个巨大的反差，从而形成了幽默感。关于幽默，我国作家刘恪曾如此比喻："倘若一场会议上坐的都是人，那不是笑点；可如果一条狗闯进来和人一起开会，那就是笑点了。"（引自刘恪《先锋小说技巧讲堂》，百花文艺出版社2012年1月版）倘若哭的是主角，那很正常，只能算个泪点，但这个泪点观众不会哭，只会觉得鸡肋，于是马修倒行逆施，让高冷严肃的长者哭哭啼啼，一惊一乍的主角倒像个家长似的哄着他，这便是马修的高明之处，全都体现在如此简单的一个桥段里。

这种幽默手法在他的代表作《海扁王》中也有体现：海扁王走到街上被反派看见，并遭到枪杀。随后镜头给了尸体一个长长的特写，伴随着特写，一个女声画外音哭了起来："噢不，他死了！他才这么年轻。"接着画面切换到女主在房里抽泣。看到这儿，观众们或许会以为女主是在为海扁王哭泣。可随后镜头往左移了移，只见便装打扮的海扁王正安慰着她。观众们顿时心生疑惑了，他还活着？！女主接着哭："噢不，拉苏尔（前男友的名字）你还这么年轻就死了。呜呜呜。"这时观众们心里吁了口气："嗨！原来是在哭那个渣男啊，我还以为是海扁王呢！"这时候电视上播报了新闻，说是今天有个 cosplay 爱好者穿着海扁王的服饰走到街上，被人误认为是海扁王，遭到杀害。反派看到这条新闻，差点气晕过去。

除幽默和剪辑外，酷炫的视觉效果也是马修·沃恩的一大杀手锏。

这里说的视觉效果主要是指画面配色和打斗设计。在好莱坞有两位充满个性的商业片导演，他们的片子总能给观众留下深刻印象。一位是《蝙蝠侠大战超人》《正义联盟》的导演扎克·施奈德，另一位便是《王牌特工》的导演马修·沃恩。而这两位导演的风格却是大相径庭的。画家出身的扎克是一位暗黑风格爱好者，他的电影往往透露着一股现实的黑暗与悲哀，同时他的电影以昏暗的场景和慢动作的打戏闻名，这些在他早期的作品《斯巴达 300 勇士》《守望者》中都有所体现。在故事的讲述上他主张非线性叙事，意识流、蒙太奇是扎克电影中常见的元素。而马修·沃恩的风格与他正好相反，从他早期的《星尘》《海扁王》等作品中就足以使观众窥斑见豹。他的画面以色彩斑斓闻名。从《海扁王》中的奇装异服到《王牌特工：特工学院》的烟花爆头，鲜艳多彩的画面总能给人留下深刻印象，而这些设计竟是源于马修是个色盲。他以一个色盲的视角，给观众带来了新奇的画面效果。在打斗上他以灵活轻快为主，这与扎克推崇的慢动作又是截然相反。马修对打戏的要求非常严格，不论是《星尘》里的剑术对决还是塑造出的《海扁王》中身手敏捷的超杀女，都用充满节奏感的长镜头打斗，彰显着他的招牌特色，这些在《王牌特工》系列的每一场战斗中更是发挥到了极致。马修坦言，他是中国明星成龙的铁粉，因此在动作设计上有很多都借鉴了成龙的影片。而扎克与马修却有一个地方是相似的，那便是长镜头的运用。还记得吴京在《战狼2》开头的那段一镜到底的水下大战吗？马修在两部《王牌特工》中都采用了不少类似的长镜头打戏（如首部的教堂厮杀、续集的餐厅大战等），虽然不全是一镜到底，却也达到了相同的效果。

《王牌特工》称得上是马修·沃恩最想拍的电影，特工、枪战、潮流、复古、硬动作、软科幻、英伦对决、西装革履……融入了一切个人喜爱的事物，仅是拍的过程就足以使他大呼过瘾。一部电影的上映，就像是把自己喜爱的事物向全世界安利一样，全程充满了快感。第一部的成功更是让他充满自信，在续集中他将这种安利的瘾发挥到了极致。电影还未杀青，马修便早早地向影迷们宣告，在《王牌特工2：黄金圈》中将会加入四场堪比教堂大战、烟花爆头的打戏。粉丝们大呼万岁，表示自己就是喜欢看这些。其实，马修比粉丝更喜欢看。我们有理由相信马修周末一放假，就会把自己关在房里反复观看自己的作品。这就像爱美的女生明知道自己长啥样，却还是要自拍一样，而且，盯着这张自拍反复欣赏最多的也绝对是她本人。

　　虽说是首次执导续集，我却感到马修对此是非常得心应手的。还记得首部《王牌特工》的结尾吗？公主对艾格西说："如果你拯救了世界，我就亲你一下。"通过英式幽默的手法，这句话在续集中由埃尔顿·约翰对哈利师父说了出来，把浪漫变成了娱乐，让观众忍俊不禁，同时也前后呼应，带动了观众对首部电影的情怀。此外，哈利回归、"如果你拯救了世界"、甩酒杯等桥段，无一不是把情怀牌巧妙地融入剧情里。不过，这仅仅是该系列第二部作品，与前作间隔也就两年，人家《加勒比海盗》《星球大战》都是隔了十几年才打的情怀牌，像《王牌特工2：黄金圈》这种才第二部就打情怀的当真是不多见。

　　在续集《黄金圈》中，马修·沃恩兴奋地将自己喜爱的一切元素融入进去，眼花缭乱的特效、酣畅淋漓的打斗、笑声不断的英式幽默、变幻多端的剪辑交错……在他的导演生涯里，这绝对是一部让他卖力最勤、发挥最广的一部片子。然而，在陷入狂热的兴奋的时候，人的发挥往往与平时有所偏颇。就像本文开头所述的那个倒酒的服务生一样，在第二杯酒里倒入更多漂亮的酒花，然而酒杯只有这么点大，电影时长也就这么点长，杯子里塞入了太多的酒花，等它褪去之后剩下的酒是少许的，电影里酷炫搞笑的个人特色过后的剧情是单薄的。马修太爱这部电影了，他希望将自己喜爱的、擅长的一切元素都融入进去，于是他塑造了慷慨就义的梅林、笑里藏刀的女魔头、卖友求荣的查理、愤世嫉俗的威士忌、年轻有为的龙舌兰，又加入了哈利复活、师徒联手、爱情考量……倘若是电视剧，那还能由着他搞，可这是电影啊，时长不过两个多小时，想安利的东西塞入太多导致了过犹不及——就像《复仇者联盟2：奥创纪元》那样，每个人物都有所提及，却没一个深入开发，详略调配严重失控。

由佩德罗·帕斯卡饰演的美国特工威士忌是片中的一大亮点。他以索套为武器，但又不同于神奇女侠的索套。神奇女侠的索套是精美的、细长的、柔韧的，在电影《神奇女侠》中，女侠挥舞着绳索与敌人交战，脚步轻盈、绳索飘逸，动作设计就像舞蹈一样，充分地展现出女性的柔美。而威士忌的索套是朴实的、粗大的，它噼噼啪啪落在地上发出响亮的声音，展现的是男性的阳刚之气。这个角色智勇双全，一度讨观众喜欢，可惜的是结局突然黑化被宰，这转变有些突兀，让观众猝不及防。其实，关于这个角色，即便黑化也可以有两个方式自圆其说。其一是在他打翻药瓶的时候，完全可以说他是女魔头波比的情夫，如此既交待了他打翻药瓶的用意，又解释了女反派之所以能为所欲为的原因，可惜导演没有采纳；在结尾威士忌宣称要让全世界的瘾君子丧命时，这与总统的想法不谋而合，如果改成他是总统的手下，那也能说得通，可惜编剧又没想到。仅仅是因为他看不惯吸毒者，于是就要杀光全世界的瘾君子，这样的理由很难令人信服。

值得一提的是女魔头波比的两大手下，一个是机械手查理，另一个是绰号小天使的安吉拉。作为王牌特工的淘汰者，叛徒查理在本片中有着对剧情相当重要的戏份，然而片中只字未提查理加入"黄金圈"这一组织的详细过程。却在安吉拉这个龙套身上进行了详细讲述，把安吉拉如何卖友求荣加入组织描绘得非常具体，可这角色加入之后啥事没做，等他下一次登场就是直接被杀害,那么这个角色出场是干吗的,他对电影的作用是什么? 难道仅仅只是用来拖进度条吗? 其实编剧如果稍微细心一些,完全可以这样处理:

把安吉拉的开头戏份改成查理,就说查理靠朋友介绍来到波比餐厅,又恩将仇报地杀害了那位朋友。如此,既交代了查理加入组织的经过,又舍去了那个鸡肋的安吉拉,岂不两全其美?

而影片中加入对总统草菅人命的戏份更不知是何用意,莫非只是导演想要调侃政客的两面三刀? 这就像是给路面挖了个坑,虽然最后坑是填上了,可路也不平坦了。

其余的配角如瑞典公主、埃尔顿·约翰,他们的戏份虽少,但本就是龙套,因此安排得算是较为合理的。和公主的打情骂俏能够为电影保留一点生活味儿,加上了也是蛮不错的。

埃尔顿·约翰是世界知名的摇滚音乐家,同时也是《王牌特工2:黄金圈》的配乐师,这次由他自己上台客串自己,也算是个不错的亮点吧。他的戏份很短,不过全程精彩有趣,为故事带来了不少笑点。埃尔顿·约翰与公主的戏虽短,但是由于他俩本就是支线上的龙套,和主线毫不沾边,就像餐后甜点一样可有可无,因此虽短却也合理。然而,较为讽刺的是女魔头波比、总统、师叔梅林、查理与他的女友克拉拉等主线角色因为时长问题安排不过来,导致他们的戏份与龙套相差无几,这就显得本末倒置了。

我们去餐厅里吃烤鱼,辣椒、花椒、香菜、洋葱……各种调料将这盆鱼烹饪得美味可口。厨师听说客人爱吃辣,于是下次客人再来,他就往锅子里使劲地放辣椒,可是锅就这么点大啊,配菜多了鱼放不下。辣椒他又不舍得扔,就只好拣了条小鱼放进去。客人尝后极为不满,任凭他调料加得再多,辣椒比以前更辣,可这鱼缩水了,客人照样给他差评。马修的《王牌特工2:黄金圈》恰似这样一盘烤鱼,调料多了鱼小了,特色多了剧情薄了,观众又怎么会买账呢?

然而瑕不掩瑜,《王牌特工2:黄金圈》依旧是一部精彩的电影。片中所存在的缺陷,并非是由于才华不够造成的,而是才华过溢导致的负荷。野心太大、时长不够、无奈缩减导致的剧情拥堵,是许多商业片的通病,即便是彼得·杰克逊、山姆·雷米等大咖也在这上面栽过跟头,如《霍比特人3》《蜘蛛侠3》等。这本是非常危险的毒药,若换作其他导演一不留神就会拍成烂片,而马修却成功地把场面给控制住了。诸葛亮北伐虽出师未捷,却至少做到全身而退。马修的处理虽算不上完美,却至少能够自圆其说。而这些不足在第三部中只需加以控制,依旧是能处理得好的。

善良比团结更可贵

——观《芳华》有感

　　经过一波三折的定档、撤档又定档，冯小刚导演的《芳华》终于在 2017 年 12 月 15 日登陆全国院线。

　　由于素来对歌舞青春类的题材不感兴趣，以至于每每《芳华》在媒体上宣传时，我都没去关注。只因近日实在没什么电影可看，加之票价便宜，我便去了影院。没成想，电影刚一个开头就令我心驰神往。在随后的观影过程中，我逐渐意识到这并不是一部反映歌舞青春的年代剧，而是一部直达现代人生活观念的社会问题剧。自幼被人孤立的何小萍满心欢喜地来到文工团，以为从此可以不再孤独。谁料到这只是从一个火炉跳到另一个火炉，即便大家年岁相仿，兴趣相投，她却依旧不被待见。电影的开头就表现出一件尴尬的事儿：私借军装——恕我实在不愿意用"偷"这个字眼。何小萍未经人许可私借军装，这做法确实欠妥，然而即便是错误也分三六九等，有的错误是十恶不赦的，有的错误是情有可原的。小萍的初衷只是想拍张军装照以宽慰被批斗的父亲，拍完之后立即原物奉还。至于不问自取，这顶多只是一个不大礼貌的举动，其性质就像不让座、插队、闯红灯一样，是生活中常见的小事，虽然不值得提倡，但还没到涉及"品质问题"的程度，然而何小萍为何被众人围攻，成为众矢之的呢？这便涉及大众的三个共同心态：跟风性、放大性、背后性。

跟风好理解。都说"群众的眼睛是雪亮的"，而实际生活中"真理往往掌握在少数人手里"，最后的结果总会以"少数服从多数"裁决。因为是群体，所以当事情发生后人们首先考虑的不是"我该怎么做"，而是"我的伙伴会怎么做"，自己的主见将会极大地削减，转而参考队友们的意见。老虎在捕食野猪的时候，看见一群野猪它敢冲上去，看到一只野猪反倒会小心提防了。这是因为，一群野猪看到老虎它们只会顾着逃命，毕竟有这么多猪，老虎不至于刚好吃到自己吧？何况看到同伴们都在逃跑，自己干吗不跑？而只剩下一只野猪的时候呢，它知道自己是唯一的目标了，身边又没有队友给它做参考，那它便会拥有主见，细细思索如何应对，究竟自己是该逃跑还是该迎上去用长牙把老虎戳死。同样的，人类生活中亦有不少此类现象，曾经有位外国学者看见广场上有个人晕倒了，他身边来来往往很多人却没有一个停下脚步。这位学者感到好奇，便凑近去瞧瞧。令他惊讶的是当他停下来观察的时候，广场上其他的游客也都陆陆续续围拢过来了，有的送水送面包，有的叫救护车，终把这病人救活了。因此在群体活动中，人们总会把自己的主见寄托给旁人的脑子，看到队友们往前自己也往前，队友们往后自己也往后。文工团的女兵看见队友们都在肆无忌惮地嘲讽何小萍，在这种环境的潜移默化中自己也跟着瞧她不上了。可文工团的行为明明也被政委给集体批评了，为什么他们还能谈笑风生的？因为法不责众，政委批评的是一个名为"文工团"的集体，却不是"文工团的林丁丁"或者"文工团的朱克"，"文工团"不是一个人啊，政委的批评全被这个叫"文工团"的角色给挡下了，每个人都不觉得是自己挨了批评。因此可以得出一个结论：一群人挨骂比一个人挨骂要幸运得多。

第二种是将矛盾扩大化的心态（说白了就是小题大做），这也是生活中常见的现象，却很少被意识到。譬如 2012 年陈凯歌导演的电影《搜索》，故事的主人公叶蓝秋（高圆圆饰演）坐公交车的时候，售票员与乘客要求她给一位老大爷让座，由于态度恶劣，叶蓝秋一气之下拒绝让座。这本是一件小事，然而有好事者将现场视频发布到网上，网友们一个个义愤填膺地唾骂叶蓝秋缺德，并人肉搜索有关她的一切个人信息，给她带来了极大的生活压力。最终，这部电影以叶蓝秋自杀而告终。实际上，不让座是小事，穿室友衣服也是小事，如果这些小事只是一两个人争执的话，顶多也不过当场吵一架，过后就忘了；然而事情被摆到公众面前，一旦一群人就此事进行讨论，那么再小的事情都会变成了不得的大事。这就像两个炸弹绑一块儿的威力会比一个炸弹高出好几倍。网友们十有八九都会说"大家别冲动，要理性分析这件事情"，其实此处的"分析"就是日常生活中的"想太多"，越是"理性分析"就越是鼓励人们对这小事没完没了钻牛角尖。本来就是件大不了的小事，有啥好分析的呢？生活中那些生性敏感想太多的人哪个不觉得自己是在"理性分析"呢？我们私下看到哪个朋友太敏感，就会劝他别想太多，可当事情被摆在众人面前时，那么群众就会不约而同地"想太多"。

何小萍之所以让林丁丁这么气愤的第三个原因，那便是她的错误不是当面承认而是被人拆穿的。这就像你当面说人家傻，人家也许觉得无关痛痒，可背后说人家傻，对方得知后必定暴跳如雷。大二寒假的时候我去一家公司实习，有个女同事对我说"我男朋友说，看到你痘痘比他还多，他心里好受多了"，虽然知道是玩笑话，可我当时听着就有点儿不大自在。巧的是这姑娘她自己就曾在我涂祛痘霜的时候当着办公室全体同事的面尖叫道"我看了你的脸好想吐哦"。同事们都笑了，我也笑了，办公室充满了快活的氛围。实际上，她男朋友和我这几年相处得都很不错，只是这话由别人从背后转述，味道就会差了些，给人以"他当面对我笑，背后说我坏"的感觉。毕竟人的本能就会觉得，当面的都是客套，背后的总是实话。因而发现对方背后的"实话"后，就会顿时觉得这人有多么阴险。这也就是小萍直接被人认为品质有问题的一个缘故。如果当面承认，反倒会好许多，人家就会当作一个误会，乐一乐就过去了。而这也就是为什么很多人常说"有意见你当面提，不要背后讲"的好处：当面让人家给自己提意见，甭管自己采纳不采纳，至少人家当面把话说完了，把气出了，那背后的议论自然也就少了，况且人在当面提意见时的语气总比背后吐槽要委婉许多。每次有人背后说谁坏话的时候，总会心虚地再加一句"其实他人也不错"，其实这是多此一举的，如果对方真要去告密，那是绝不会把"其实他人也不错"转告给人家听的。

不过，要想让何小萍当面解释说明，恐怕也是有难度的。毕竟人家刚一进来，个个都嫌她身上有味，那她哪还好意思借呢？连借都不敢说，那么在林丁丁像抓贼似的到处询问时，她又怎敢承认呢？某种程度上说，她的所谓的"偷"就是在队友们的不友好中逼出来的，但凡人家都像刘峰似的接纳她，不欺负她，她也绝不会出此下策。

如果说，小萍是因为给人的第一印象不佳才没能融入群体，那么刘峰也被排挤是因何缘故呢？这些天我看到网上有不少人都在对此事进行分析，针对人性的解剖、当今社会的为人处事予以探讨。所提出的意见说对也对，说马后炮也不为过。众人对刘峰的评价，不外乎是傻好人、缺心眼。刘峰这样的人物或许有人觉得他可怜，但很难被当代人喜爱，毕竟只有"始终不被善待的人最能识得善良，也最能珍视善良"。观众对他的批评远大于同情，这一点参考《农夫和蛇》的寓言故事就能看出来：没有人会谴责忘恩负义的毒蛇，反而都去嘲骂善良的受害者。有太多的人深信"可怜之人必有可恨之处"，甭管见谁倒了霉，总会把这句话复制粘贴一遍，殊不知多少可爱之人也是可怜。见到谁做了好事没倒霉，纷纷直夸他好榜样活雷锋，等有一天这个活雷锋点儿背了倒了霉了，一个个又从中获得启发"做人可不能像他似的呀"！总有太多的人觉得，凡是结局是善终的，那么即便是坏人也成了英雄。凡是最后倒了霉的，那错误必定在他身上：被贼偷了，不怪贼，只管失主太粗心；被人骗了，不怪骗子，只怪受害人太傻……每每看到网页上那些悲剧新闻时我都深感痛心，因为我看到太多人对受害者的嘲讽远比对坏人的谴责还要多。在众人都欺负何小萍的时候，刘峰不顾自身伤痛站出来说："我和她跳！"这是一种雪中送炭的崇高美德，在千百年的文化传承中这类美德一直是为人所敬仰的。那些跟着起哄的、坐视不管的人理应感到羞愧，然而到了当今这个充斥着圆滑世故的社会下，保持如此美德的人反倒被说成"他傻""他活该""他情商低""善良？真幼稚""站出来帮人家这不是得罪群体吗，这人活该，我们不要学他"……因此关怀弱者、善良友好、舍己为人这些多年传承下来的美好品质统统成了错误，成了迂腐，成了只有小孩子才会当真的幼稚。那么什么是成熟的呢？像萧穗子这样的就成为当今社会人群的榜样。

萧穗子真正做到了"害人之心不可有，防人之心不可无"，与何小萍单独相处时有说有笑，在同伴们欺负何小萍时她又躲到一边，既不去伤害好人又不用得罪坏人，这使她在任何一个群体都能左右逢源。当小萍请求穗子帮她给林丁丁带狠话时，小萍体现出的是弱者的自尊与正义，同时也携带着她的稚嫩——她没看出穗子是个居中派，穗子可不愿意做个两国交战的使者。而小萍之所以信任她，或许也正是因为她这个居中派是敌营中唯一一个与自己亲近的人吧。在尔虞我诈的社会环境中，穗子这种不惹是非的做法对于保全自己最是妥当。然而当全社会都向萧穗子学习时，对于个人是有益的，对于社会却是隐患。典型的如 2011 年的女童小悦悦被车碾压事件，七分钟内有十八个路人从旁经过，却个个袖手旁观。这十八个路人可以理直气壮地说：人又不是我伤的，也不是自家孩子，那我有什么义务去救她？他们的确没有做好事的义务，但他们拥有做好事的权利，而善良本身也不是出于义务！他们不去做好事，也不去做坏事，深怕做了好事连累自己，做了坏事又良心不安。那么见死不救是最佳选择，反正自己没有救人的义务，这于理也不亏，更能让自己少遭连累，岂不是两全其美？尽管网友们痛骂这十八人，可骂他们的人当中又不知有多少人自己遇事也会如此。毕竟生活中带着这种心态的萧穗子比比皆是，在以前，人们管这类人叫"墙头草"，是贬义的，而如今，他们成了为人处事上的师表模范。

写到此处，我猛地想起一个故事：

有座城堡里只有一口井，全城的人都饮用此水。一日，有巫在井中施术，凡饮水者皆会变作疯子。当全城的百姓都变成疯子后，只有国王没有喝水。群众见国王的心智与大家都不一样，便以为大伙儿是正常的，国王才是疯子，纷纷表示要废掉他的王位。国王情急之下也饮了井中之水，也变得疯狂，于是这些疯子为自己的国王终于变回"正常"而欢呼。我们总是习惯性地跟着大部队走，可是当有人发现群众是盲目的时候，他到底选择坚持原则而背离群众，还是选择盲从群众不顾原则，这便成了一个鱼与熊掌式的话题。

其实穗子的做法也无可厚非，毕竟自我保护是人之天性。然而人之为人，社会之为社会，全仰仗个人与个人之间的互相体恤、相互理解，若是人人只求自保，那群体何能长久？不伤人也不帮人，既不必承担道德负担又不用担心得罪人，于己最为有益，于社会最为隐患。我们只能说是体谅他们，毕竟只是普通百姓，又不是超人、蝙蝠侠、美国队长，为保全自己置身事外，为融入群体而不当出头鸟，本也无可厚非。但这仅仅只能是体谅，而不该提倡。若以此当作做人标准，并把不这么圆滑世故的人群归类为傻子，那久而久之，善良的刘峰们也会饮下井水变作穗子，而穗子们久而久之又会往林丁丁发展，这便是引起全社会人心不古，世风日下的根源。

我们常常能听到这类言论,"一个人说你不好,可能是他误会你;一群人说你不好,那必定是你的错误"。绕来绕去终归还是"真理掌握在少数人手里,少数人得服从多数人,群众的眼睛才是雪亮的",是非善恶竟由此化作了数量上的投票,谁票数多,谁就是真善美。然而回顾历史,我们不难发现如今口耳相传的英雄佳人大多都以少数派的身份与群体较真。《梁祝》的故事中,全社会都支持包办婚姻,就主角反对,梁祝二人在那个年代想必也是备受争议的;布鲁诺反对日心说,这样的想法背离了群众,他因此惨遭火刑。可千百年后人们发现这些"少数派"都是正确的,需要改变的不是这些偏离群众追求真理的少数派,而是偏离真理的整个群体。真理不被票数多少来决定,善恶也不是看哪边人多就效仿谁。如同电影里,需要做出改变的不是刘峰与何小萍,而是整个文工团。好人是少数的,坏人也是少数的,少数的好人会被不明是非的群体所欺负,而错误的群体即便胜利了也依旧是错误的。那么问题来了:既然好人没好报,那自己要不要改变一下,去做坏人呢?千万不要,既是好人便不该改变,非但如此,还应有个英雄主动走出来,去改变恶人,去纠正群体,倘若群体皆善,那好人自然就成了多数派,自然不会再受委屈了。就如当今支持婚姻自由的成了多数派,因而包办婚姻便再难压迫到人们了。我们呼吁刘峰,呼吁出头鸟,呼吁世间的真善美,对于萧穗子固然值得体谅,但体谅并不是提倡。

作为观众,我很感激冯小刚导演能拍出这样一部直达社会深处的电影。我给许多电影写过评论,几乎都是在"怎么说"上做技巧点评,而《芳华》是第一部在"说什么"上让我如此触动的影片。影片不玩弄技巧、不故弄玄虚，却又深刻地把思想内涵展现得淋漓尽致，这正是大巧不工的典型。冯小刚一直以喜剧闻名，但他并不满意于只拍爆米花作品，他的野心是要拍出引人深思的绝好佳作，这与一位好莱坞商业片导演很像——扎克·施奈德。扎克也是追求格调档次的，他想在他的作品中加入各种人性深思，怎奈功力不够，又极喜欢炫技，拍惨就整天说这人被欺负了那人又被欺负了，拍笑便又是与气氛毫不沾边的笑点。而《芳华》这片子看似简单朴素，实则蕴含了一位老艺术家多年积攒的经验功底。

　　片中有两处删减引发争议，其一是片头林丁丁牵刘峰手的镜头被删除，其二是文工团散伙的催泪戏被保留。实际上这两点都是聪明的做法：若是片头就让林丁丁牵起刘峰的手，那么哪还会有后来告白时的出人意料？文工团并不被观众喜爱，但它的散伙戏又拍得催人泪下，观众看到这一幕的反映准会像在校人缘不好的学生看到散学式上同学们依依告别的景象，能够感受到他们的团结，但这团结并不包括被排挤的个人，被排挤者见到这一幕只会更加愤懑。其实，若是把主角从何小萍换做林丁丁，或许这一幕戏便没那么令人反感了。这让我想起 2016 年上映的《疯狂动物城》，原本制片方想把狐狸作为主角，但考虑到以狐狸处处被动物城居民欺负的视角出发，观众必然不会喜欢动物城，因而把主角换成阳光的兔子小姐。当然，这是基于《疯狂动物城》本身就是一部合家欢的动画片，而《芳华》是一部文艺片，两者都根据各自不同的定位来锁定相应的视角人物。将悲伤淡化而又不失尖锐，将笑点融入而又不与气氛违和，于无声处听惊雷，高超的艺术技巧尽融入平淡朴素的细节中，从中可以看出冯小刚比扎克着实技高一筹。

多年后，面对变得善良正直的人们，我会想起去看《芳华》的那个遥远的下午。我在电脑上打字，输入"芳华"二字的拼音时，输入法竟错误地弹出"防滑"。初始不留意，但到结尾，又觉得其实"防滑"与电影的基调也挺搭配。

伟大的悲剧艺术

——读《祝福》有感

　　关于《祝福》，我首先想到的一句话是"知《水浒》者少，知潘金莲者甚多"。《祝福》这个题目很多人都不熟悉，可一说到祥林嫂，不少人都听过大名。

　　高二之前，我还没读过原著，虽听过祥林嫂的大名，但她究竟有什么故事，我便不大了解了，当时只知道是一出经典老戏里的一个人物，仅此而已。由于"祥林嫂"名气太响，以至于自小便一直以为《祥林嫂》就是原著名字。高一暑假，一家越剧班子来我村演出，剧目就是《祥林嫂》。对于这出戏，村里年长的观众们多是不太喜欢的，比起凄凄惨惨的悲剧他们更愿意看热闹欢喜的故事，他们嫌这戏太冷清，不好笑。可能这也是《祥林嫂》这部戏一直鲜少演出的原因吧。不过我当时看了这戏的感受却是十分震撼的，情节的起伏、思想的波动在戏台上被渲染得入木三分。戏唱完了，余兴未散，我回家就在百度上输入"祥林嫂"。百度百科第一句话就给我带来了巨大惊喜——"祥林嫂是鲁迅短篇小说《祝福》中虚构的人物"。如此悲剧却用了"祝福"二字作标题，此刻我便更因作者精湛的讽刺艺术而感到佩服了。

　　这种讽刺艺术在我们所熟悉的另一部外国文学作品中也有所体现，那便是安徒生的代表作《卖火柴的小女孩》。祥林嫂最终冻死在大年夜里，而卖火柴的小女孩也是冻死在新年夜里，欢喜的日子里发生悲剧，仿佛在阳光下感到严寒，展现了悲剧在伤不在惨的魅力。"惨"指的是故事写了一件悲惨的事，而"伤"则是激起读者的情绪，让读者在阅读中感到悲伤。写一件悲惨的事情容易，可要让读者从中感受到悲伤那便是一件技术活了，因此悲剧的"伤"比"惨"更能展现作者的功底。"女孩在夜里冻死"，这只是一件悲惨的事件，读者只能感受到惨，却难以激发悲伤。而安徒生的高明之处就在于描绘她的死亡时，未曾用到一句"我好惨""我好难过"之类催泪悲情的句子，反而都是用"喷香的烤鹅""慈祥的奶奶""挂满礼物的圣诞树""新年的第一缕阳光照耀在她脸上"这类美好的词句替代。作者虽未在她如何凄惨痛苦上着墨，但愈是提及这些美妙的事物，便愈是能令读者联想到她的现实是多么不幸，从而产生同情；当美好的幻象一幕幕从女孩的眼中闪现，读者们的心绪也便跟着产生波动，直至结尾潸然泪下。这便充分地达到了"伤"的效果。

　　借美好衬托悲伤，这一手法不仅出现于悲剧，在喜剧作品中也同样适用。如《大话西游》，谢霆锋对它的评价是"让我笑着笑着就哭了"。而一篇了不起的悲剧，其魅力就在于它让人在平淡中感受到波动、在人群中感受到孤独、在温暖的阳光里让人倍感凄凉。这比直接浓墨重彩地唠叨"她好惨啊她好惨"更能打动读者。

　　至于《祝福》中的思想表现手法，又让我忍不住联想到《梁祝》《一缕麻》等戏剧。

就以《梁祝》为例子。《梁祝》里面有坏人吗？没有。有人要问了：马文才不是坏人吗？当然不是。很多影视剧中，为了突出主角梁山伯，总会给他树立一个 boss，既然马文才是情敌，那boss 的黑锅只能是马文才来背。可实际上整出戏里，马文才压根就没出场过，更没做过什么坏事，人家也有追求自己幸福的权利，而且他也是明媒正娶并非逼婚，那么为什么会给人一种他是恶人的错觉呢？唯一的解释是他想追求祝英台，可英台是山伯的呀，山伯又是男主啊，我们惯常的思维里男主追女主天经地义，你马文才一个暗场的凑什么热闹！啥叫暗场？就是只活在他人台词里、连龙套都轮不着跑的角色。因此在获取观众的支持上，仅从这一点他就输给了享有主角光环的梁山伯。其实，倘若把《梁祝》这一标题改叫《马祝》，那么马文才显然能够获得更多的同情，观众们的骂声也会随之转移到梁、祝二人身上。细细一想，他从头到尾就不认识梁山伯，更不知道其中发生的事情，自己按照正规的流程求亲，获得女方家长批准后，正风风光光地办着婚礼等着花轿子抬家来，冷不丁听说新娘子死了，自己还凭空落下个横刀夺爱的黑锅，岂不比窦娥更冤？在《梁祝》全戏里，马文才既无刁难过梁山伯，又未逼迫过祝英台，他仅仅是按当时社会最规矩的流程求亲，未做过一件不通情理的事情，那么显然他不是构成悲剧的反派。

既然马文才不是坏人，那么构成悲剧的坏人是谁？人们会想到第二个 boss 候选人：祝老爷。然而祝老爷也不是坏人。

在男尊女卑的社会里，祝老爷肯让女儿假扮男子去读书，这已经算是很开明了。同时他对梁山伯也是以礼相待,之所以拒绝梁山伯也并不是因为嫌他家穷而是因为自己已经许诺把女儿嫁给马家。在这种知书达理的知识分子家庭,无故悔婚绝对是一件很缺德的事情,也就是说,人家也是按照当时社会的道德标准拒绝的梁山伯。在讲究父母之命、媒妁之言的时代里,马文才和祝老爷都不是坏人,他们都是按照那个时代正确的制度、正确的流程、正确的道德方式做正确的事情,那么既然没有坏人,又为何会造成悲剧呢?这就正好引出了这部剧比其他戏剧伟大的地方:错误的不是个人而是时代。

通常的戏剧、小说作品中,悲剧往往是由一个坏人引起的,当结尾主角打败那个坏人后就立马天下太平了。可《梁祝》这部戏里都是好人啊,为什么好人在遵循制度的同时还会酿成悲剧呢?那么原因就不是出在人身上,而是出在制度身上。是制度本身就存在着缺陷,而遵守这个不良制度的人,不过是该制度操控下的一个可悲的傀儡(包括遵守该制度去"害人"的以及因遵守该制度而"被害"的)。

与《梁祝》类似,《一缕麻》也是全程没有一个坏人,都是好人在遵纪守法,却也因此接连酿造了好几起悲剧。

如此看来,祥林嫂的故事就与他们太相似了。她所遭遇的四叔等人也不算坏人,因为他们也是封建社会里知书达理的"文明人",她所经历的也是封建好人们"遵纪守法"所引起的悲剧。不过祥林嫂又比上述两部戏曲的主角要更倒霉一些。

《梁祝》里头,祝老爷对梁山伯是以礼相待,后来又觉得过意不去还不停地送金送银给他。马文才压根就不认识梁山伯,更不可能刁难他，梁山伯是自己心理承受能力不够气死的。

《一缕麻》的男主更是人生赢家。一个傻子娶到了貌美如花的新娘子，虽然中途运气不好得了病死掉了（故事本可以就这样结束，不过如此岂不是和梁祝太过相似？），就在大家哭灵的时候，这傻子又活了，而且智商就像吃了脑白金＋黄金搭档一样噌地一下从 0 飙升到 120。

那么祥林嫂遇到的人显然都比他们俩遇到的要狠得许多。先是被婆婆出卖，再是被四叔扫地出门，即便是中途短暂的与老六一起的幸福时光那也是靠被婆婆贩卖这一悲惨遭遇所带来的。然而祥林嫂与梁山伯、荣少爷的不同不仅在于外界遭遇，在自身个性上祥林嫂也与他俩存在着一个很大的不同。

梁山伯是太过被动，什么好运厄运都是等着它来而不是自己主动出击。如果不是祝英台给他机会，他压根没有爱情；而遇到困难之后他也一点都不知道反抗、不懂得如何应对困难、没有为两人的爱情想过一丝解决困难的主意。有时候观众就会想，这呆头鹅要是主动点或者机灵点说不定就能把悲剧变成喜剧了。那么这一假设在《祝福》里得到实验。

祥林嫂与梁山伯在这方面是很有区别的：她是知道反抗的，是动过脑子的，她为了摆脱厄运是采取过各种措施的。她不像梁山伯那样被动无主见。然而即便如此，为何她最后还是悲剧了？因为不论梁山伯还是祥林嫂，他们的问题都不是出在自己身上，归根结底，还是一句话：制度问题。祥林嫂真正的敌人不是四叔也不是四婶，而是制度。毕竟处在这样一个社会制度下，全世界遵循该制度的人都会是她的 boss。如果说社会是一条江河，那么制度、礼教就是一场风浪，她陷入了封建礼教制造的漩涡里，试图游出来，然而整条江河都是漩涡，她刚从这里游出来，转眼又卷到了另一个漩涡中。虽然我们在心灵鸡汤里常看见"想要摆脱困难，求幸福只能靠自己，不要怨天尤人"之类的字句，然而在时代的波涛里，有时候问题还偏就不是出在自己身上，而是真的就出在时代上。真正能让她摆脱苦难的方式，就是等封建时代的风浪平息了，这些漩涡才会消失，她才能游到岸上。

从上述几篇作品里，我们可以获得一个启发：

在畅销书中，所有的坏事尽可以由一个反派、一个坏人来做；可是在伟大的作品里，反派不一定是坏人 A 或坏人 B，而是一整个时代的风气、制度。而遵循这些制度的好人，往往成为酿造主角悲剧命运的反派。《白蛇传》里面的法海就是典型的做了一件正确的坏事。如果悲剧只是由一个坏人酿造，那问题也就只局限于这一个坏人；而好人与制度所产生的悲剧，那便足以折射整个时代。

一条咸鱼的翻身仗

——《雷神 3》观影有感

　　2017 年 11 月 3 日，漫威最新巨作《雷神 3》正式登陆全国影院，掀起了 2017 年冬季的票房风暴。作为"雷神"系列三部曲的最终章，《雷神 3》比前两部更受期待，仅从那 24 小时就突破 1.36 亿的预告片点击率就可见一斑。

　　《雷神 3》的预告片称得上是漫威最受好评的一款预告，开篇便给出了"神锤被毁""雷神大战绿巨人"等重磅物料，吊足了粉丝们的胃口。而其中"雷神大战绿巨人"更是引发了众多粉丝的热议，将 2012 年《复仇者联盟 1》上映以来便争论不休的"雷神与绿巨人谁更厉害"这一话题推向了高潮。

　　回顾三巨头的第一部影片，不论钢铁侠还是美国队长，他们都是能力由弱到强的一个进阶；而雷神则不同，他开头就表现出强大的实力，直到结尾，凡是和他战斗的就没一个能挡得住他几回合。他当然也有进步，但这进步是在精神、修养等方面的进步。也就是说，《雷神》系列主要表现的就是一个人内在的进步，而战斗力方面给了他毋庸置疑的肯定。

　　雷神第二次登场是在 2012 年的《复仇者联盟 1》。为了不破坏电影的平衡,各个人物的实力强度都会进行相应的调节,把强的削弱,把弱的增强。雷神索尔作为复仇者第一战力,到集体队伍里必然是被削弱最多的一个。先是被钢铁侠偷袭,一连串地挨了几下打之后终于要还手了,高举神锤,一招雷电劈过去——得嘞,非但没伤着人,还给钢铁侠充足了电!钢铁侠又能乘机喷他一炮。(这里插一句,似乎超级英雄的电影里,电系技能总是打不死人反而助攻对手,DC的《神奇女侠》也是如此)接着美国队长来了,几句话不合又打了起来,然后呢?雷神索尔一锤子砸下去,镜头赏赐他一个被弹飞的特写。再到后来绿巨人发了疯在基地里大肆破坏,光头司令连忙打电话叫秘书通知雷神来阻挡绿巨人——说真的,此处的“快去请如来……啊呸,快去请雷神索尔!”当真是这部片子里仅剩的一个还算肯定了雷神实力的地方。然后两个“最强”打起架来,虽然雷神也虐了绿巨人几下,但多数情况下还是绿巨人在虐雷神。尤其是收尾的几下,全是绿巨人怒砸雷神的镜头,雷神毫无光彩可言,反倒是绿巨人浩克在银幕上出尽了风头。

此外,在《复仇者联盟1》当中,雷神不仅战斗力下滑,连角色在剧本中的定位也不高:照理说,反派既然是洛基,那么雷神当男一号也没啥问题,就算让他做男三号,那也得和剧情息息相关才好,然而,在这部片子里面的雷神角色就是个凑数的,对于剧情唯一的推动就是把洛基放了。之后他就从头到尾听着地球人的指挥做事,帮忙打几个杂兵,和剧情就没啥关联了。貌似从绿巨人跑了之后,接下的剧情有他没他都毫不影响。

雷神第三次登场的《雷神2》,虽说特效豪华,打斗酷炫,但雷神给人的感觉就是比之前更弱。看《雷神 1》和《复仇者联盟 1》的时候，尚且有人为他算神还是外星人纠结，于是奥丁的台词来了："洛基，咱不是神。"大家纠结他不用锤子还能不能飞，于是雷神自黑的台词又来了："洛基，难道咱俩有谁会飞吗。"这部片子第一遍看的时候感觉和《雷神 1》差不多，第二次看感觉还不如《雷神 1》，而且票房也是漫威第二阶段垫底的，是当时唯一的一部总票房低于 DC 的作品。以至于后来续集档期排在《美国队长》之后，再后来就连这个档期也被蜘蛛侠这个半条腿还挂在门外的新兵给抢了。

再到后来的《复仇者联盟 2》，先是海报上被美国队长抢了主位，挤在一个小角落举着锤子。再是预告片宣传被冷落，连黑寡妇、鹰眼都比他抓风头。接着又在上映前几天被网友曝光，他与幻视两个人戏份加起来也就不过十几分钟。得知他戏份这么少，网上一片哭天抢地。如此种种，都让观众以为雷神已经彻底被漫威抛弃了。

直到《复仇者联盟 2》中雷神以为数不多的戏份便抢了所有人的风头，让不少观众眼前一亮。拔锤子的一段大家也看见了，那出戏仿佛就是所有人扮演小丑，只为给雷神耍酷、营造优越感。原先我只以为美队移动锤子是给续集电影做铺垫而已，直到后头安排幻视在玩锤子这出戏时，方才发现，这正是导演对雷神锤一般人动不得这个梗的一个调侃与重视。可见雷神在导演心中还是有一定分量的。反派奥创初次露面，是顺着雷神的一句话茬露面的；最终决战，他也是顺着雷神的话茬咬文嚼字。打斗的时候，明明绿巨人也破坏了无数小兵，可是奥创懒得搭理他，雷神这么一两招帅气的群攻技能打爆了包围圈时，奥创忍不下去地喊道："索尔你够了！"然后亲自飞过来和他干架。除奥创外，《复仇者联盟 2》还有个令人眼前一亮的强大角色——幻视。需知幻视在片中的表现就是一个 boss 级大神，而他刚钻出来玩偷袭就被雷神摔飞，可见，在这一部当中，雷神比前作表现要好得太多！至于他戏份少的问题，其实细细一想这也合理。毕竟这部电影的剧情和洛基无关了，和神域无关了，雷神就是一个外援，所以他真没什么好安排的。虽然美国队长占了很多戏份，但都是些普通平常、无亮点的戏份，雷神戏份虽少，可每次出场都是众人当中最出风头的一个。结尾部分简直就是他和幻视的二人戏，最终的三合一光线让粉丝们大呼过瘾。索尔离去时，难得一见的是索尔站在了三巨头的中间位置，也成了对话的中心人物。走出影厅后，我打开手机和不少网友聊到了这一点，吃惊的是在我的帖子里几乎每位网友都表示观影过程中完全没发现雷神戏份少，存在感一直很高。这是一个好兆头，为后续的《雷神 3》留下了希望。

在我看来，"雷神"系列与"金刚狼"系列还是有一些相似处的——都是两部烂片打头阵，直到第三部才修成正果。《金刚狼 3》宣布立项的时候，起初我还是觉得挺没趣的，尤其是当官方给出剧情梗概，说"金刚狼已经失去超能力，不再像以前那样无敌"的时候，让人心里忍不住想骂一句："他已经够弱的了，还要继续被削？"——把这句话放在"雷神"系列也挺合适。好在《金刚狼 3》本就是走颓废路线，故事饱满、个性丰富，把角色塑造得入木三分，因此电影还是相当不错的，只是观众依旧看不到狼叔神勇无敌的形象。雷神索尔也是同理，在复联的团队中票房人气不敌钢铁侠、美国队长，表现自然也就略逊一筹，始终没能展现出与他与"雷神"之名相称的实力，连他亲爹奥丁都在纳闷："难道你是锤子之神？"在《雷神3》中，甚至一开场就安排反派把他一度依赖的神锤给捏碎，看起来雷神实力似乎又一次削弱，但给人的感觉却不像《金刚狼3》那样颓废，反而更让人觉得这部电影中雷神会变得更强。原因在于，此削弱不同于对金刚狼的削弱。金刚狼的弱化在于他年老体衰，向观众宣布他已经彻底弱化不可能再变强，这部电影就为向观众展示一个弱化的金刚狼；而雷神能力被削弱并非是他自身的弱化，而是来源于反派的打压，电影意在通过神锤的毁灭衬托反派的强大，通过反派的强大向观众宣布雷神会变得更强大。这点从两部电影大相庭径的预告风格就能看出端倪，看完正片后更是印证了这一预感。索尔神力的觉醒让他真正成为与他"雷霆之神"的名号相称的神祇，而不是之前那个没了锤子就啥都不是的大块头。

　　不得不说2017年上映的《雷神3》是一部绝佳的商业巨制，它不仅是"雷神"系列的一大进步，更是漫威的一大进步。《雷神1》的失败让漫威决定换帅，然而当时漫威的流水线尚未成熟，一切均在摸石头过河的初级阶段，漫威甚至不能完全掌握嘻哈搞笑与严肃宏大之间的平衡点，放弃了一位好导演派蒂·杰金斯，选择了《权力的游戏》中水平最次的艾伦·泰勒进行执导，结果是前者转投DC带来了《神奇女侠》这一口碑票房双丰收的黑马，而后者却将这个IP拍成了第二阶段口碑最差、票房最低的片子。

　　《雷神3》的进步首先在于其风格的转变。基本上一看见北欧神话这类题材，首先想到的就是拍史诗风，可惜上一部导演水平没到家，玩崩了。这一部干脆就倒行逆施，玩起了太空喜剧，酷炫与幽默的结合让人眼前一亮。打斗戏也体现出好莱坞打戏的逐年进步，以往的好莱坞动作片，往往就是几个大块头你撞我一下，再我撞你一下，看谁先倒下，十分缺乏观赏性。而近年来的好莱坞大片，动作设计五花八门，就像中国功夫、日本动漫一样夸张刺激，极具可观性。《雷神3》的打戏巧妙地结合了摇滚乐，场面火爆，动作流畅，观众在观赏过程中就像打一盘格斗游戏一样刺激。不仅如此，在硬件升级的同时软件也有得到改善，比如那些让人烦透了的情节：

1. 别的王子们为王位争得你死我活，可国王就不让他们当；国王主动要主角当王，主角又死活不愿意。

2. 主角与反派亦敌亦友的时候，主角一门心思的劝反派回头，反派回了头又背叛，再回头又背叛，主角还像个傻子似的继续循环。

事实上，观众们从来不会反对主角当王，反而当主角坐上王座拿起权杖的刹那，观众只会觉得"哇噻，好帅！好威风！"如果电影每次都要玩拒绝王位这种得了便宜还卖乖的梗，着实不算高明。在《雷神3》有句台词，"每次都是我救了你，你再背叛我，这样的反复循环我都腻味了，以后我们分道扬镳，人总是要有所成长的"，这句台词既是雷神说给洛基听的，更是第三部导演说给前两部导演听的。这两个俗套至极的点一直存活在雷神系列，倘若第三部不换个导演，可能还得继续这么循环下去。

不过《雷神3》依旧存在着一处俗套点：光头守卫开头胆小

怕事，中间向反派投诚，最后良心发现一洗白，就立马被反派杀掉。像这样的角色一抓一大把，就像配角专门负责喊"小心"再扑过去为主角挡子弹的套路一样狗血。不过导演还是这么用了，毕竟总有那么一群多愁善感的观众，看到这种情节会一把鼻涕一把泪的说"太感人了"。

片中最大的亮点人物是死神海拉。她妖娆妩媚、能征善战，一开场就捏碎雷神锤，充满了女王的气场。海拉的扮演者是来自澳大利亚的女演员凯特·布兰切特，她是一位获得国际影后称号的实力派演员，以出众的演技把海拉这一角色演绎得深入人心。可惜的是这个角色在剧本里并没有深入展开，仅仅只是作为一个只会打打杀杀的 boss，而无更细腻的内心波折，这点忍不住让人联想到今年夏天上映的《绣春刀2》中的丁师傅。当然，这也是漫威塑造反派的通病。

《雷神3》的喜燃风格与今年的《银河护卫队2》《王牌特工2》颇为相似。但三者的口碑却各有不同。《雷神3》是专门去繁求简、化整为零，尽量把情节简化，让观众顺顺当当看一遍就离场。起初更是把时长定为100分钟，观众有意见了：俩小时不到，还算什么大片？于是后来又追加了半个小时，可半个小时顶多追加一些笑话段子，打戏还是这么点，因此走出影厅的观众不少都在感叹不过瘾："要是雷神少说两句多打几下就好了。"《王牌特工2》的口碑不尽人意，倒不是因为导演水平下降（反而是导演最卖力的一次），而是导演野心太大、热情太高，要"安利"的东西太多，好比锅里又放香菜又放辣椒，配料多了，可锅就这么点大，装不下，最后只能放条小鱼进去煮。配料多了鱼小了，食客不买账，特色厚了剧情薄了，观众自然也不买账。而关于多少比例这一问题，《银河护卫队》的导演就曾说过一番话："虽然我喜欢幽默，但幽默也得为剧情服务，与剧情不协调的幽默再有趣我都会狠下心删掉。"那么《王牌特工》的导演马修·沃恩就是心太软，《雷神3》的导演就是心太硬，《银河护卫队》的导演则居于两者之间。

此外值得一提的是影厅观众的反应。以前听别人谈论电影时，我都觉得他们的不懂显得很"呆萌"，不过这次我发现观众的观影水平有显著提高。首先一点就是正片完了，大伙儿没急着走，纷纷问"有没有彩蛋"，以往我大多是独自坐在影厅里盯着字幕等彩蛋，扫地阿姨则坐在边上盯着我，这会使人非常尴尬。而此次 IMAX 影厅放映结束后，至少有 1/3 的观众还留在场上。虽是陌生人，但坐在边上足以壮胆儿，给人一种咱人多势众不怕阿姨的感觉。飞船出现的时候，观众们纷纷喊着"灭霸！灭霸！"让人感到身边的路人越来越专业了，这也间接地说明漫威的基本盘已经撑起来了。

后 记

　　终于到了出书的时候。当您翻到这一页时，不管您对作品满意与否，我都感谢您的阅读与支持。

　　本书收录了我高中、大学期间所创作的多部小说、散文、剧本和评论，汇集成册。既是文集，自然得起个像样的书名，我便想到莫言先生曾说过的这段话："天空中冷空气跟热空气交融的地方，必会降下甘露；海洋里寒流和暖流交汇的地方必会繁衍鱼类；人类社会多种文化碰撞，总是能产生出优秀的作家和优秀的作品……"我从中得以灵感，遂起名为《冷热甘霖》。

　　书稿整理好了，名字也有了，下一个问题是请谁来写序。著名作家张抗抗在读过我的短篇小说《囚鸟》后，曾如此评价："这是一篇成功的短篇小说，从前半段凤都驯鸟的细节铺垫，到后半段祭祀斗鸟的人性选择，直至结尾那颗寓言炸弹的爆炸，呈现出一个循序渐进、厚积薄发的裂变过程。作者掌握了短篇写作的技巧，对故事节奏和读者预期的把控非常到位。"感谢张老师的评价，大师的褒奖往往会成为对新人的鼓励及其作品的卖点，也便因此想到，我认识的许多新人作家，在出版第一部作品时，往往会请名家前来作序。然而我的想法或许比较另类，当我回顾自己出道之初发表的第一篇文字，获得的第一个奖项时，我首先想到的是那些与我同期创作、共同进步的同龄写手们。本书中写的最早的文章是 2012 年 7 月的《迷城》,最晚的是 2018 年 1 月的《〈聊斋〉中的良琴知己》,整整六年的跨度,那些与我最初相识的写手们,如今有的异国留学,有的事业有成,大家都在共同的青春岁月中吟诗论酒,又在各自不同的领域里溯游而上,便不由得联想到毛主席的诗词,"恰同学少年,风华正茂;书生意气,挥斥方遒。指点江山,激扬文字,粪土当年万户侯"。毛主席是我喜爱的词人,他的这篇作品极大地鼓舞了我们这一代青春的、迷惘的 90 后青年。从当年的 90 后作家潘云贵、孟祥宁横空出世,再到如今的 00 后作家杨渡、俞天一步入文坛,这十几二十年来我国的青少年文学有了空前的发展。从新概念到北大培文杯,越来越多的年轻写手脱颖而出,在如今的市级作协、省级作协乃至国家级作协中都不乏见到年轻人的面貌。我便不知天高地厚地冒出"数风流人物,还看今朝"的想法:与其抱名家大腿,沾"大神"的仙气,何不就在自己的圈子里寻个同舟共济的伴侣,与他一起乘风破浪?于是便请了与我年纪相仿,交集颇多的好友杨一欣为我作序,并把书名改作《百舸风华》,取"风华正茂,百舸争流"之意,以纪念我和我朋友们的这段青春岁月。

　　我的兴趣面不广,美术、雕刻、打羽毛球、饲养宠物都是浅尝辄止,真正让我长期以来都方兴未艾的两大爱好便是文学和影视。自高中起,我的生活便在学校、新华书店、电影院三点一线间徘徊。我一直认为,艺术与艺术之间是相辅相成的,影视与文学的关系就像稻田养鱼那样互相促进。我最喜爱的商业片导演是来自英国的马修·沃恩,我惊叹于他风格的幽默犀利、剪辑的错落有致,这种影视制作上的艺术感染到我，对我小说的叙事结构带来极大影响。关于写作，我主张先继承前人的风格，再衍生出自己的风格。2015年2月8日，是我与一欣的第一次见面。一欣问我，是否有尝试在写作题材、文章风格上进行突破。我的回答是，高一喜欢莎士比亚，因此写的对白乃至日常对话都一股子洋剧味儿；高二喜欢韩寒、钱锺书，便尝试幽默犀利的写作风格；到高三又喜欢上汪曾祺，于是风格又变得舒缓闲适；到了大学，接触到的作品越来越多，反倒不知模仿谁了。这一点一欣亦有同感。最终我俩又达成了一个共识，便是从百家流派中调剂出一种稳定的，专属于自己的个人风格。事实上，大多数作家也都是这么过来的，莫言受马尔克斯的影响，马尔克斯又受鲁尔福的影响，艺术与艺术薪火相传，而创造艺术的人又因各自不同的生活际遇而产生各自不同的风格，好比子女的相貌总是有继承父母，却又不同于父母。

我羡慕许多年少成名的作者，他们常在获奖感言中鸣谢那些帮助自己走上创作之路的老师或伯乐；我更羡慕那些生在书香门第的文二代，自小就能受到文学艺术上的熏陶。我的创作过程是孤独的，在我的文学创作中没有遇到哪个老师予我指点，带我参加各种比赛，并把文章推荐给编辑；我也没有申报过哪个写作培训机构，所有创作、投稿全凭自己摸索。我的父母都是工人，他们的文化水平也不高，无法像知识分子家庭那样对子女进行高瞻远瞩的教育。然而他们善良、淳朴、诚实、忠厚，他们身上有着农村人所拥有的一切美好品质。母亲常说，我对艺术的热爱多少有些遗传我父亲。父亲只有小学文化，但他会写信，会画画，会唱歌，会吹口琴，他是工厂里出了名的安装好手，他还会做电工、做木匠，他只需一刀就能把整个苹果皮削净，父亲的厨艺更是了得，他做的红烧鸡块、酸菜鱼比一般的小餐馆都要美味；母亲也是小学文化，但她的针线活远近闻名。小学时，我常把红领巾弄丢，母亲便会撕下一块红布，在缝纫机上一通修理，一分钟不到便裁出一条崭新的红领巾，与商店卖的一模一样。那时候，学校里盛行丢沙袋，许多同学听说我母亲针线好，都来我家找她定制沙袋，母亲把他们的沙袋做得精致美观，不取分文。我的父母没在文学上对我有过指点，但他们的勤劳善良无不影响着我。近几年来，常有年轻的 00 后甚至年纪偏小的 95 后新人，写好文章请我指点。我无一不细读，无一不回复，不曾收取一分报酬。每当他们心满意足地对我说谢谢时，我都不由得想到我的父母，我从他们那里继承来的最宝贵的财富，莫过于这份平凡的善良。

由衷感激那些陪我走过六年青春的朋友们。杨一欣、滕卢涛、汤斌、许畅、胡馨媚，感谢你们在这青春岁月里与我百舸争流；叶楚馨、田思雨、八月、马可桑、金竹，感谢你们在我失意时给予我的温暖阳光。教过我大学英语的杨磊老师，感谢你与我亦师亦友的情谊；被我教过作文的孩子们，感谢你们让我有爱可以传播。感谢梁春晓、唐慧慧、潘世杰对本书的编辑工作，感谢程沙柳、封尘、郭鸿宇、张忱涵对本书的支持与推荐，还要感谢《中学生天地》杂志社的编辑许淑瑶，长期以来如同亲姐似的对我的关照。太多的朋友需要鸣谢，再多的感激也难以言表，期待本书的上市能够不负你们的期望！

赵斌涛

2018 年 4 月，于温岭